BABYDOLL

De la même autrice chez Addictives

California High School
L'Initiation
Touchdown. Campus Star

SONIA BIRDY

BABYDOLL

addictives

1

Barbara

J'ai les cuisses en feu. J'en suis à ma quatrième danse, et il devient difficile de faire croire à la rock star qui se trouve devant moi que j'apprécie qu'il me regarde défier toutes les lois de la gravité sur cette barre de strip-tease.

Phoenix Walker est un régulier, il paie le prix fort pour m'avoir en exclusivité chaque fois qu'il est en concert à Miami. Il me fait aussi beaucoup de rentre-dedans et, avec son statut de star adulée, il a du mal à comprendre que je ne veuille ni dîner ni coucher avec lui. Je le rejette, mais en douceur, il fait quand même partie de mes plus gros clients, et peut laisser jusqu'à mille dollars de pourboire. Et j'ai réellement besoin de cet argent. Ma tête est une caisse enregistreuse : encore trente-quatre mille dollars, et j'aurai épongé ma dette.

Bien sûr, je dois endurer ses mots crus, son regard lubrique et ses mauvaises manières. Il me demande parfois de faire des trucs bizarres, comme me pencher en avant et le laisser fantasmer sur mes fesses, pendant qu'il claque longuement sa langue contre son palais, et sort son carnet pour écrire des paroles.

Apparemment, je lui ai inspiré sa dernière chanson « In Bambie's Land ». Je devrais peut-être lui réclamer des droits d'auteur.

– Putain, Bambie ! Je paierais cher pour sucer tes seins. Je suis sûr que ta chatte a un goût de paradis.

Et dire que certains pensent que la poésie est morte !

Je soupire, la tête en bas – dans ma position, ce n'est vraiment pas une mince affaire –, avant de me redresser et de lui adresser le sourire le plus chaud que j'ai en stock. D'une voix aguicheuse, je l'allume, j'utilise tous les mots et les clichés qu'il affectionne pour qu'il fasse pleuvoir les billets.

Je suis la reine de la séduction. Faire croire aux mecs qu'ils ont le pouvoir et que je suis une innocente petite créature qui n'existe qu'à travers leur regard, c'est ma spécialité. Ils adorent ça et moi, j'adore capitaliser sur leur stupidité.

Au début, c'était difficile. Chaque fois que je sortais de scène, j'avais envie de vomir. Tous ces regards sur moi… Je me sentais sale. J'avais envie d'arracher ma propre peau. Mais peu à peu, j'ai pris l'habitude de me concentrer sur ma performance, pas sur les hommes ni sur leurs sifflements de coyote. J'ai pris le pouvoir et les choses sont devenues beaucoup plus faciles.

La musique touche à sa fin, il faut que je l'achève, lui aussi. Je me contorsionne, minaude, le frôle, ondule et, lorsque son excitation atteint le point de non-retour, que ses pupilles se dilatent, je recule. La musique s'arrête juste à temps. Je ramasse les billets et disparais aussi vite que je suis arrivée.

Dans les vestiaires du Babydoll, le club de strip-tease le plus sélect de Miami où je travaille, les filles sont en train de se marrer et d'échanger des anecdotes savoureuses.

L'ambiance est euphorique. Un mélange de sueur, de parfums, de nudités assumées et de talons qui claquent. Ici, je me sens chez moi. Ça n'a pas toujours été le cas.

Quand je suis arrivée, j'ai dû prouver ce que je valais. Il y a beaucoup de rivalités entre les filles. Ma jeunesse et mon manque d'expérience faisaient de moi une proie de choix. Certaines ne supportaient pas que Boris, le patron, me manifeste autant d'intérêt et que ses plus gros clients me réclament pour une danse privée. J'ai gagné beaucoup d'argent – j'en gagne toujours beaucoup – et ça ne plaisait pas à tout le monde. Du coup, on me foutait de la colle dans mon maquillage, on égarait mes tenues fétiches ou on me faisait trébucher lorsque je devais monter sur scène.

J'ai répondu comme j'ai toujours appris à le faire : avec mes poings. Mais « Mama », la régisseuse, m'a prise sous son aile, et le harcèlement a fini par cesser. Maintenant, je suis complètement intégrée et mes anciennes détractrices sont devenues mes meilleures amies. J'imagine qu'il faut en passer par là, pour prouver qu'on mérite sa place au Babydoll.

Au moment où j'arrive, des billets plein le string et les mains, les filles sifflent et applaudissent, pendant que je fais une révérence largement exagérée.

– Bambie a encore frappé ! crie Mama.

– Merci. Merci.

Nous avons toutes un pseudo ridicule. Le mien, c'est Bambie, à cause de mes grands yeux et de ma fragilité apparente. C'est le boss qui m'a donné ce surnom lorsque j'ai débarqué dans son bureau. Je ne savais pas vraiment où je mettais les pieds. Tout ce que je savais, c'est que ça payait bien et que j'avais besoin d'argent. Il y allait de notre survie. Quand j'ai vu pour la première fois les filles sortir de scène avec des liasses de billets enroulés dans leur chaussure, de quoi faire pâlir les plus gros dealers de drogue, j'ai su que j'étais au bon endroit.

Boris me pensait faible et influençable ; il est vite revenu sur sa première impression après que j'ai envoyé balader les clients les plus lourds et tactiles.

J'ai peut-être l'air d'une fleur délicate, avec mes grands yeux bleus et ma taille menue, mais j'ai grandi au milieu des orties. Et si j'ai appris une chose dans la vie, c'est à me défendre. Ça, et à ne faire confiance à personne. Les gens prennent votre gentillesse pour de la faiblesse et n'hésitent jamais à vous trahir.

Je marche jusqu'à ma coiffeuse, recevant des compliments, des tapes sur les fesses de toutes mes collègues. Ces filles, c'est ma famille. On est soudées par un truc fort. La détermination. La misère. La vraie. Celle qui frappe et vous oblige à faire des choses que vous n'imaginiez pas possibles. Qui trouble la ligne entre le bien et le mal. Le blanc et le noir.

La plupart des filles ici ont eu une vie difficile. Un mari en prison, un gosse à l'hôpital, des grands-parents dont il faut s'occuper ou même un village tout entier au pays qui compte sur des mandats Western Union. Ce genre d'enjeux crée des liens indestructibles.

Je m'assieds face à mon miroir, presse mon visage contre la coiffeuse pour calmer la migraine qui menace de faire exploser mon crâne.

Une petite tape sur l'épaule me fait grogner.

– Bambie !

C'est la voix de Camilla, ma colocataire. Je ne sais pas comment elle fait pour avoir autant d'énergie, mais, quelle que soit l'heure du jour ou de la nuit, elle m'arrose de sa vitalité et de son débit de paroles, de ses musiques latinas, de ses coups de fil matinaux à son *abuela*, à ses sœurs, à ses tantes restées à Cuba. Quand elle ne parle pas, ce sont les casseroles qu'elle fait résonner. Parfois j'ai l'impression qu'elle ne supporte pas le silence. On ne pouvait pas être plus différentes, mais on s'adore.

C'est une fille en or, qui voit la vie en couleurs. Couleurs qu'elle met sur ses canevas, les murs de sa chambre et dans sa garde-robe. Elle est d'une beauté renversante et d'un romantisme à toute épreuve. Elle tombe amoureuse de chaque client qui lui promet monts et merveilles. Et le dernier en date, c'est Tommy Spleen, le batteur et ami de Phœnix.

– Alors je peux compter sur toi, Preciosa ?

Elle parle tellement vite qu'elle ne capte mon attention que lorsqu'elle se tait.

– Compter sur moi pour quoi ?

– Tu viens avec nous à la villa de Phœnix ? Il a lourdement insisté pour que je te le propose. S'il te plaît ! Il a dit que si tu ne venais pas, il annulerait sa soirée. Et il faut absolument que je voie Tommy.

– Franchement, j'en ai aucune envie. Je suis crevée, j'ai des ampoules aux pieds, et j'ai encore deux danses à faire.

Pour ponctuer mon propos, je claque mes plates-formes argentées sur la table à maquillage.

– Je serai incapable de faire la fête après ça. Pas ce soir.

– Allez ! Il veut absolument que tu sois là. S'il te plaît, ma Preciosa.

Elle joint ses mains devant elle en signe de prière et fait papillonner ses longs cils de biche.

Je soupire. Je n'ai aucune envie de me retrouver dans cette soirée avec Phoenix, qui fera tout pour me mettre dans son lit. Et sans la présence rassurante d'Edgar, le videur, je ne suis pas sûre de pouvoir calmer ses ardeurs. Quand il a bu, il est vraiment lourd.

– Allez ! Fais-le pour moi, ta colocataire qui t'adore. Si tu veux, je préparerai le petit déjeuner toute la semaine.

– Et tu feras le ménage aussi ?

Camilla est la nana la plus bordélique que je connaisse.

– Promis, dit-elle en joignant les deux mains devant elle dans un geste de supplication.

– Bon, d'accord !

– Ouiiiii, crie-t-elle comme une hystérique avant de me sauter dans les bras, et d'écraser des dizaines de baisers sur ma joue.

Je ris de sa ferveur.

– Mais je te préviens, je ne resterai pas plus d'une heure.

– OK ! T'es la meilleure. Je t'aime.

– Bambie, tu remontes sur scène dans quinze minutes, annonce Mama.

Je lui fais signe que je l'ai entendue avant d'aller me changer pour ma représentation générale. C'est le moment où je danse sur la scène principale devant tous les clients.

Je mets mon corset noir en dentelle, et ma perruque bleue, avant de faire un raccord de maquillage. Je prends une grande respiration pour me donner du courage.

– Allez, *show time* !

2

Alec

– Tu verras, Alec, tu vas adorer le Babydoll, m'explique Matt, les yeux remplis d'excitation.

Matt nous a tannés tout le week-end avec cet endroit, mais ni Zack ni Jude n'ont cédé. Tous les deux sont fous amoureux de leur femme et n'entreraient jamais dans ce genre d'endroit. Il a tout de même réussi à éveiller ma curiosité à force d'en parler alors, pour notre dernier soir à Miami, j'ai accepté de l'accompagner.

Nous sommes ici pour le week-end, avec mes coéquipiers. Un rituel que l'on aime à s'accorder avant que la saison de foot ne reprenne. En général, on passe du temps au soleil à faire des activités sportives comme du surf, du bateau ou de la plongée, mais cette année Matt, le meilleur ami de Zack, s'est joint à notre « *bro week-end* » et en a quelque peu modifié la donne, en en faisant un séjour festif.

Nous sommes accueillis au Babydoll en grande pompe, puis conduits à l'intérieur par une jolie hôtesse qui roule des fesses dans sa mini robe noire serrée.

Ça commence bien !

Les serveuses sont quasiment toutes en bikini, portant des plateaux de bouteilles de champagne illuminées par des lumières pétillantes.

– Voilà, c'est le coin VIP. Notre meilleure table, messieurs.

Vous avez une vue imprenable sur la scène.

– Merci, lui répond Matt, le sourire aguicheur, appréciant la beauté de la jolie brune.

L'hôtesse reste un instant à me dévisager, puis finit par me demander un autographe pour son fils.

Merde ! Elle m'a reconnu !

Ça va faire encore parler. Alec Graham, le bad boy des Chicago Bears, aperçu dans un strip-club à Miami. Parfait pour aller avec ma réputation de queutard. Ces derniers temps, mes frasques ont défrayé la chronique, faisant de moi la cible idéale des paparazzis. Je suis devenu une caricature de moi-même et je déteste que ma réputation sulfureuse ait un impact sur mon équipe. Jude, mon meilleur ami et wide receiver des Bears me dit de ne pas m'en faire, que ça finira par se tasser. Pour l'instant, leur intérêt ne s'est toujours pas calmé.

L'hôtesse sort une carte avec son nom et son numéro de téléphone, puis m'indique de la signer.

Je remercie le ciel qu'elle ne fasse pas comme tout le monde en me demandant un selfie. Puis elle glisse une autre carte devant moi avec une moue suggestive.

Je la regarde s'éloigner. Elle est jolie et pourrait me plaire. Pour une nuit ou deux, en tout cas. Plus, ce n'est pas mon truc. C'est cliché, j'en suis bien conscient. Mais je n'arrive pas à m'attacher aux femmes. Elles m'ennuient au bout d'une semaine. Les mecs de l'équipe se foutent de ma gueule et disent que je n'ai pas de cœur. C'est peut-être ça. Pourtant j'ai été amoureux, une fois. Il y a bien longtemps.

– C'est ça, ta vie, Alec ?

La remarque de Matt me sort de mes pensées. Des pensées que je préfère enfouir à tout jamais.

– Qu'est-ce que tu veux dire ?

– Ben, les meufs te laissent leur numéro, sans même que tu aies à lever le petit doigt.

– C'est le fantasme du footballeur. Moi, un autre… Ce qui l'intéresse, c'est de dire qu'elles se sont tapé un athlète.

– Ne fais pas le mec blasé ! Elle est canon.

– Tu veux son numéro ? proposé-je en lui tendant la carte.

– Nah ! J'ai mon propre *game*, t'inquiète.

– Je n'en doute pas une seule seconde.

Matt est plutôt beau gosse, avec ses longs cheveux blonds et son *man bun*. Il poursuit une carrière de mannequin et d'acteur à Hollywood même si pour l'instant les choses n'ont pas encore décollé pour lui.

La serveuse revient avec nos verres. Deux whiskys *on the rocks*. Les danseuses enchaînent leurs numéros devant nous.

Cet endroit est plutôt raffiné et les exhibitions restent très érotiques, mais tout en suggestion, sans la vulgarité qu'on associe habituellement au strip-tease. Les danseuses se désapent, mais le font avec grâce.

Je regarde autour de moi. Des mecs puissants et riches occupent la plupart des tables. Aucun ne regarde vraiment les prestations.

– J'espère qu'elle va danser ce soir, s'enquiert Matt.

– Qui ?

– Bambie.

J'étouffe un rire devant ce surnom ridicule.

– Mais dis-moi, combien de fois tu es venu ici ?

– Oh, ça va, c'est la troisième, avoue-t-il malicieusement.

– Tu dois te faire soigner, mec. Tu n'as pas besoin de ce club pour voir des meufs à poil.

– Les strip-clubs, c'est pas mon truc d'habitude, mais attends de voir Bambie danser et je te promets que tu vas devenir accro. Ton cul sera ici demain et tous les jours qui suivront. D'ailleurs, je soupçonne la plupart des mecs d'être ici pour elle.

– Franchement, j'en doute et je te rappelle qu'on part demain.

– Tu verras, cette fille est une déesse ou une sorcière, je sais pas, mais elle a quelque chose d'envoûtant. Je donnerais tout pour avoir une danse privée, mais son carnet est rempli jusqu'en décembre.

Je continue à l'écouter déblatérer ses conneries, parler de son obsession pour cette fille tout en buvant mon verre. Je suis à mon deuxième whisky quand une voix annonce au micro l'arrivée tant attendue de Bambie.

– Ça y est, putain, elle arrive !

Les yeux excités de Matt m'intriguent. Ainsi que l'ambiance électrique qui s'empare de la salle. Je m'enfonce sur le canapé en velours violet pour admirer le spectacle.

La lumière s'éteint d'un coup, plongeant l'assemblée dans l'expectative.

Une musique envoûtante retentit des enceintes. Pleine de basses et de sensualité. Matt se lèche les lèvres, impatient, pendant que je secoue la tête en me foutant de sa gueule.

Un faisceau lumineux apparaît au milieu de la scène puis une fille habillée d'un corsaire noir à dentelle fait son entrée sur scène. Elle est grande, belle et élancée, avec un visage ravissant. De longs cheveux bleus retombent sur son dos, à la cambrure folle.

Elle enroule sa jambe autour de la barre, et fait onduler son corps avec grâce. Monte puis redescend, s'accrochant à cette barre comme si toute loi de gravité avait disparu. Elle est d'une sensualité et d'une souplesse incroyables, mais il y a quelque chose d'autre qui fait d'elle un objet de désir ardent : son charisme fascinant. Elle dégage un truc presque irréel.

Ces mouvements sont sensuels, précis et tellement excitants. Grâce à l'éclairage, on ne voit pas grand-chose de ses formes, on les devine simplement, la rondeur de ses fesses, le galbe de ses seins, la ligne voluptueuse de ses hanches. Cette fille se déplace sur la scène avec une telle assurance qu'elle pourrait faire bander un morceau de bois. Sa peau nacrée semble douce, ses grands yeux bleus innocents, elle me ferait presque penser… à… Non, impossible, ça ne peut pas être elle !

Elle poursuit sa danse au sol. Ses cuisses musclées et fermes sont un pur appel à la luxure.

Tous les mecs autour de nous ont cessé de parler et ont les yeux rivés sur elle. Moi compris. Mon corps se tend de désir à mesure qu'elle ondule, rampe, joue de ses cheveux, fait traîner ses seins sur la scène – seins recouverts d'un fin tissu. On ne peut que deviner à quel point ils sont beaux, galbés, ravissants, comme le reste.

J'humecte mes lèvres. Ma gorge me paraît affreusement sèche. Ses gestes sont félins, d'une sensualité telle que cela me démange de la toucher. Le bout de mes doigts me brûle et mon sang cogne contre mes tempes. Elle m'excite. Elle m'excite énormément, et ça fait longtemps que ça ne m'est pas arrivé.

Mon regard coule sur elle, essayant de ne pas en louper une goutte, appréhendant déjà la fin de la danse.

Elle se redresse puis se penche en avant, faisant entrer son visage dans la lumière. Et cette fois, je la reconnais. Ses grands yeux bleus. Cette couleur unique. Rare. Que je n'ai jamais revue ailleurs, un mélange de ciel et d'océan. Ça ne peut être qu'elle ! Clara.

Je me redresse tout à coup avec l'envie d'en savoir plus, d'en avoir le cœur net.

– Je t'avais dit qu'elle était sublime.

Ignorant le rire moqueur de Matt, je m'avance vers la scène comme si ma vie en dépendait.

Elle se retourne, retire son corset. Les sifflements d'encouragement envahissent la salle tandis qu'un sentiment de possessivité me donne envie de grimper sur scène et de l'emporter sur mon épaule, comme un homme de Cro-Magnon.

Clara, c'est ma Clara.

Maintenant que je suis proche, j'en suis quasiment persuadé. Malgré le maquillage, la perruque, c'est elle. Je la reconnaîtrais entre mille. Elle est la seule à pouvoir me faire autant d'effet.

Mais qu'est-ce qu'elle ferait ici, à Miami ? Dans ce strip-club ? Elle qui était à peine capable de montrer ses chevilles.

Elle tient son corset du bout des doigts puis le laisse retomber sur la scène, avant d'adresser un dernier sourire joueur à l'assemblée. On ne voit que ce qu'il faut. Une suggestion, une illusion. Mais on en voit déjà beaucoup trop.

Les dollars pleuvent sur la scène. Elle les ramasse avec grâce avant de disparaître derrière le rideau qui se referme, me laissant plus confus que jamais.

Dix ans. Dix ans qu'elle a disparu sans donner de nouvelles !

Je croyais qu'elle était morte.

Le bruit des conversations reprend. Pendant cinq minutes, le temps s'était comme suspendu. Mais moi, je reste sonné, complètement déboussolé par ce à quoi j'ai assisté.

Qu'est-ce qu'il vient de se passer ?

J'ai l'impression d'avoir 17 ans de nouveau.

Une main s'abat sur mon épaule et me fait redescendre sur terre.

– Putain, quelle bombe, cette fille ! Je t'avais dit qu'elle ne te laisserait pas indifférent.

C'est le moins qu'on puisse dire.

– Tu devrais voir la tête que tu fais, mec, se marre Matt. J'ai bien fait de t'amener ici, non ?

Je me rassieds et bois mon verre cul sec, tout en levant le bras pour en recommander un autre. J'ai la tête en vrac, mes pensées partent dans tous les sens. Il faut absolument que je la revoie. Que je m'assure que c'est bien elle.

– Elle est là tous les jours ? demandé-je à Matt.

– Je crois que oui.

– Et elle prend des danses privées ?

Il a un rire gras qui me donne envie de lui mettre un coup de poing dans la gorge. Son obsession ne me fait plus du tout rire. Je déteste que Matt, ainsi que tous les autres mecs ici, fantasment sur elle.

Mais est-ce vraiment elle ?

Maintenant qu'elle a quitté la scène, je n'en suis plus sûr. Clara était plutôt pudique. Elle portait des fringues amples, au lycée. Elle n'a jamais joué de sa féminité. Au contraire, elle se planquait dès que l'occasion se présentait, notamment à cause de son porc de beau-père. Pour elle, sa beauté était une malédiction, ce qui faisait qu'elle devait raser les murs dans sa propre maison, enfin, dans le taudis dans lequel elle a grandi.

– Comme je te l'ai dit tout à l'heure, son carnet est booké jusqu'en décembre, finit par répondre Matt, mais tu es Alec Graham. Peut-être que les règles qui s'appliquent à nous pauvres mortels sont différentes pour toi.

– Il faut absolument que je la revoie.

Il se marre encore alors que je suis déjà sur mes jambes à chercher le bureau du manager.

***

– Je vous le dis et je vous le répète. Bambie est très demandée. Vous n'êtes pas le premier ni le dernier à tomber sous son charme. Je vous suggère de vous mettre sur liste d'attente. Peut-être qu'un de nos clients annulera et vous aurez votre chance avant décembre.

– Combien ? insisté-je.

Il hausse un sourcil.

– Combien êtes-vous prêt à mettre ?

– Votre prix sera le mien.

Il humidifie ses lèvres et se penche vers moi. Les mains croisées sur son bureau en bois précieux. Imposant et rustre, Boris Griffith, le patron du Babydoll est un cliché ambulant. Costard trois pièces et cheveux gominés, tout en lui sent le business à plein nez.

Dans quel genre de problèmes Clara est-elle tombée pour se retrouver à travailler pour un requin comme lui, et pourquoi je n'étais pas là pour l'aider comme je le lui ai toujours promis ?

La culpabilité me vrille l'estomac. Le regard de Griffith s'ancre dans le mien, il cherche à comprendre les raisons de mon obsession.

– Permettez-moi de vous poser une question, monsieur Graham ?

Je hoche la tête.

– Pourquoi Bambie ? J'ai d'autres filles bien plus expérimentées à vous proposer, qui n'hésitent pas à aller plus loin moyennant finance. Et bien sûr, tout ce qui se passe dans mon club reste dans mon club, aucune chance que quoi que ce soit ne fuite dans la presse. J'ai des clients très influents, et préserver la vie privée de ma clientèle est ma priorité.

Mes poings se serrent. Ce connard me propose un service de prostitution. J'espère que Clara ne fait pas ce genre de truc.

– Elle me plaît, c'est tout.

J'évite de lui dire que c'est une amie d'enfance. Je ne sais pas pourquoi je mens, mais ça me paraît être la bonne chose à faire sur le moment.

– Je vous comprends. Elle est divine. Mais, comme je vous l'ai dit, son carnet est rempli jusqu'en décembre. Aucune exception n'est possible.

– Cinquante mille dollars pour une danse privée ce soir, proposé-je.

Il siffle entre ses dents serrées.

– Alec Graham sait ce qu'il veut.

Oui et ce que je veux là, tout de suite, c'est m'assurer qu'il s'agit bien de Clara et éloigner tous les connards qui pourraient l'approcher.

Des années que je ne l'ai pas vue, que je n'ai pas eu de nouvelles. Elle a littéralement disparu de la surface terrestre, m'arrachant le cœur au passage. Mais comme toujours avec elle, je ressens le besoin primaire de la protéger.

– C'est une belle somme, en effet.

Il se lève et je crois qu'on va conclure un deal, mais il casse tous mes espoirs en m'invitant à prendre la porte.

– Je vais voir ce que je peux faire, monsieur Graham, mais pour ce soir, c'est impossible. Je vous contacterai dans la semaine si une possibilité se libère. Edgar, voulez-vous raccompagner monsieur ?

En traversant les couloirs, escorté de près, je la cherche partout des yeux. Mais je ne la vois nulle part.

Arrivé sur le parking, je décide de l'attendre dans ma voiture. Je préviens Matt de rentrer sans moi. Il faut que je sache, ce soir, si c'est bien elle.

Après quelques heures, je la vois sortir. Elle a enlevé sa perruque bleue et, avec ses cheveux blonds qui lui arrivent aux épaules, elle a tout de la fille que j'ai connue autrefois. Cela me démange de sortir de la voiture et d'aller lui parler, mais elle n'est pas seule, accompagnée d'une amie et d'un des cerbères du Babydoll. J'imagine que je ne suis pas l'unique client à avoir eu l'idée d'attendre une des danseuses sur le parking.

Ils discutent un instant devant leur véhicule, puis les deux filles partent ensemble.

Il ne me reste plus qu'à les suivre.

3

Alec, 9 ans

– Eh, toi ! Pourquoi tu me suis partout ? T'as rien d'autre à faire ?

Je m'arrête d'un coup sec puis me retourne vers la stupide, stupide fille qui habite en face. Elle s'empresse de se cacher derrière un arbre. Comme si je ne pouvais pas la voir avec ses stupides cheveux blonds.

– Je te vois toujours, espèce de tarée.

Elle ne répond pas, alors j'attends, les bras croisés, à quelques mètres. Elle penche la tête pour s'assurer que je suis toujours là, et se ravise quand nos regards se rencontrent.

Qu'est-ce qu'elle est bête ! Et moche et stupide.

De toute façon, les filles sont bêtes comme maman. Je les déteste. Je la déteste.

Papa est vraiment triste depuis que maman est partie, il ne se remet pas de sa trahison, et moi non plus. Le tromper avec notre médecin de famille, en plus ! Je ne savais pas qu'on pouvait arrêter d'aimer sa famille du jour au lendemain. Mais apparemment oui !

Tout ça pour un crâne chauve à lunettes. Je revois maman nous annoncer qu'elle partait. Qu'elle ne voulait plus vivre dans le mensonge, qu'elle voulait s'épanouir en tant que femme. Papa l'a suppliée et moi, j'ai beaucoup pleuré. Je ne comprenais pas en quoi abandonner sa famille allait l'aider à s'épanouir.

Les adultes sont bizarres. Égoïstes. Je ne deviendrai jamais comme eux. Elle a fait sa valise et elle est partie, sans demander son reste, une nuit d'orage. Je hais l'orage.

Et puis ça a été la descente aux enfers pour mon père. Il a perdu son travail et on a dû déménager dans ce quartier pauvre, avec des voisins stupides comme la fille derrière l'arbre, qui a fini par comprendre que je ne voulais pas lui parler et est partie en courant à travers la forêt.

Quand maman a appris qu'on s'était installés ici, à Bayou Creek, le quartier le plus sordide de la ville, elle a voulu me récupérer, m'intégrer à sa nouvelle famille avec ses nouveaux enfants, mais je ne les aime pas et je ne vais pas laisser mon père tout seul.

Perdre sa femme et son fils, ça le tuerait. Je dois m'occuper de lui. Parfois le soir, je l'entends pleurer dans son lit et ça me rend vraiment triste.

J'arrive enfin en ville. Pour acheter les courses que papa m'a demandé d'aller chercher, ainsi que ses cigarettes. Il ne sort pratiquement plus de la maison. Il ne sort même plus de son fauteuil, obnubilé par sa télé et ses bières. Alors c'est moi qui m'occupe des tâches du quotidien.

Je parcours les rayons en prenant soin de vérifier que j'ai bien tous les produits notés sur ma liste, avant d'aller en caisse. Et je la vois, la petite blonde. Ma voisine. Encore. *Elle m'a suivi jusqu'ici !* Il va falloir qu'elle trouve un autre passe-temps parce que je ne vais pas supporter longtemps d'avoir une deuxième ombre.

Je l'observe. Elle n'a pas l'air de prêter attention à moi, cette fois, mais semble plutôt obnubilée par les sandwichs préemballés du coin réfrigéré. Elle en prend un, regarde autour d'elle et le glisse dans son sac à dos. *Qu'est-ce qu'elle fait ? Elle est en train de le voler ?* Intrigué, je continue de la surveiller. Elle attrape une pomme, des chips et d'autres trucs qu'elle fait disparaître de la même façon. Elle se dirige vers la sortie en regardant ses chaussures. Au moment où le patron de l'épicerie l'aperçoit, il se met à crier :

– Eh, toi ? Qu'est-ce que tu as dans ton sac ?

La petite blonde se met à courir. Mais l'épicier la rattrape par le bout de son sac à dos.

– Viens par ici, sale petite voleuse.

Elle se débat de toutes ses forces. Nos regards s'accrochent, le sien est suppliant ; on dirait qu'elle me demande silencieusement de l'aider. En réponse, je fonce sur l'homme avec mon panier. Mes boîtes de conserve tombent sur ses pieds.

Un cri de douleur lui déforme le visage et l'oblige à lâcher la petite voisine ; elle en profite pour détaler.

– Eh, reviens ici ! Reviens ici tout de suite.

Mais elle ne l'écoute pas et disparaît au coin d'une rue. Les sourcils froncés, l'épicier se tourne vers moi.

– Tu l'as fait exprès, sale garnement ! Tu es son complice. Tu vas devoir payer pour elle.

– Non, pas du tout. Je ne vous avais pas vu, protesté-je. Et je ne la connais pas. Je viens d'arriver en ville.

Il me toise en essayant de déceler le vrai du faux puis finit par me croire. Il m'adresse tout de même un regard noir de colère, grommelant quelques accusations dans sa moustache.

En rentrant à la maison, je décide de passer par les bois. Il y a un joli étang où on peut se baigner et pêcher ; c'est mon père qui me l'a dit pour essayer de me vendre le nouvel endroit sordide dans lequel nous allions atterrir. Un camp avec des mobile homes et des gens pas très fréquentables.

Je marche quelques minutes au milieu des cyprès et des pins des marais. C'est le début de l'été et il fait déjà chaud, alors ça fait du bien de se retrouver à l'ombre des arbres.

Une belle étendue d'eau très claire apparaît, et je suis subjugué par cet endroit qui, si on excepte la forêt, tranche complètement avec le reste.

Il y a un petit ponton en bois, où des barques de fortune sont amarrées. J'attrape deux ou trois cailloux que je fais ricocher sur l'eau. Un de mes cailloux atterrit sur le ponton.

J'entends un cri de douleur résonner puis vois apparaître la petite voisine, qui se frotte le bras en cherchant des yeux le coupable.

Nos regards s'accrochent comme tout à l'heure dans le magasin. Elle a les sourcils froncés et les poings serrés ; on dirait qu'elle est sur le point de m'attaquer. Je lui fais un signe de la main, elle me répond par un minuscule sourire avant de se rasseoir.

Une fois assise, on ne la voit plus, cachée derrière les barques. Je décide de m'approcher. Parce qu'elle m'intrigue. Il y a une canne à pêche accrochée au ponton à côté d'elle, et ma petite voisine est assise à même le sol en train de dévorer le sandwich qu'elle a volé au magasin.

Elle s'interrompt quand elle détecte ma présence et avale l'énorme morceau qu'elle a dans la bouche. On dirait qu'elle a peur, que je la dérange. Ce qui est ironique quand on sait qu'elle me suit depuis ce matin.

– Tu vas me dénoncer ?

– Te dénoncer ? Pourquoi je ferais ça ?

Elle hausse les épaules.

– Parce que tu m'as vue prendre tous ces trucs et partir sans payer.

– Ça s'appelle voler, dis-je en m'asseyant en face d'elle. Et non, au contraire, j'ai poussé l'épicier, pour que tu puisses te sauver. Aucune raison de te dénoncer maintenant.

– Alors tu l'as fait exprès pour m'aider ?

Elle sourit et ses grands yeux bleus trop grands pour son petit visage s'illuminent.

– Oui !

– Je n'en étais pas sûre. Merci, en tout cas. Tu veux des chips ?

Elle me tend le paquet.

J'acquiesce et nous restons là quelques minutes à les dévorer en silence. Elle semble vraiment affamée, et finit son sandwich en moins de temps qu'il n'en faut pour le dire.

– Pourquoi tu m'as aidée ? Je croyais que tu me détestais, demande-t-elle, la bouche encore pleine.

– Je ne déteste pas, je ne te connais pas et j'aime pas trop les filles.

– C'est pour ça que tu m'as crié dessus, ce matin ? Parce que tu n'aimes pas les filles ?

– Non, je t'ai crié dessus parce que tu m'espionnais. Et j'aime pas qu'on me suive.

Elle étouffe un rire.

– Tu n'aimes pas grand-chose, à ce que je vois.

– Euh, si, les chips, dis-je en replongeant la main dans le paquet.

Elle me sourit, je fais de même.

– Je m'appelle Clara.

– Moi, c'est Alec !

– Tu viens de t'installer en face de chez moi ? Je t'ai vu arriver avec ton père, il y a quelques jours.

– Oui.

Elle sourit.

– Pourquoi tu as volé tous ces trucs ? lui demandé-je.

Elle hausse les épaules et ses joues rosissent.

– J'avais faim…

– Et tes parents, ils ne peuvent pas te nourrir ?

Cette fois, elle détourne carrément le regard en se mordillant les lèvres et je regrette d'avoir posé cette question.

Sa canne à pêche se met à bouger, nous sortant de ce moment on ne peut plus gênant.

– Oh ! Il y a un poisson, annonce Clara avec enthousiasme, avant de bondir sur ses jambes.

Elle saisit sa canne et se lance dans une bataille avec un ennemi invisible englouti dans l'eau.

– Aide-moi, s'il te plaît ! crie-t-elle, après avoir trop lutté.

Je me redresse à mon tour, n'ayant aucune idée de ce qu'elle veut que je fasse. Comme j'ai l'impression qu'elle manque de force pour maintenir la canne à pêche droite, et que le poisson est en train de gagner la bataille, je me place derrière elle, enroule mes mains autour des siennes et l'aide à maintenir la pression.

– Allez ! Il ne faut pas qu'il nous échappe.

Après quelques minutes à batailler, nous réussissons à extraire de l'eau un énorme poisson.

Nous le hissons sur le ponton, où il gesticule dans tous les sens.

– Beurk ! C'est immonde, cette odeur, dis-je en le regardant ouvrir et fermer la bouche, s'accrochant à son dernier souffle.

Clara se penche vers lui et répète des trucs incompréhensibles à voix basse.

– Qu'est-ce que tu fais ?

– Je lui jette un sort pour atténuer ses souffrances.

J'étouffe un rire.

– N'importe quoi ! Comme une sorcière ?

Elle hoche la tête, on ne peut plus sérieuse, et continue de répéter ses incantations bizarres jusqu'à ce que le poisson cesse de bouger. Cette fille est vraiment étrange.

– Tu sais que ça n'existe pas, la magie.

Elle me regarde de ses grands yeux bleus et s'approche de moi.

– Tu en es sûr, Alec ?

– Évidemment.

– Dans ce cas-là, ça ne te dérange pas que je te jette un sort ?

J'acquiesce en pouffant.

Elle me fixe longuement et murmure une phrase. Je ne peux m'empêcher de la regarder ; on dirait que mes yeux sont collés aux siens et je ressens quelque chose vibrer à l'intérieur de moi. Quelque chose de fort. Qu'est-ce qu'elle est en train de me faire ? Elle approche son visage de plus en plus…

– Bouh ! crie-t-elle, me faisant sursauter. Ah, ah ! Je t'ai eu. Tu as eu peur, se moque-t-elle, ce qui me fait enrager.

J'ai envie de la pousser, de lui tirer les cheveux, de l'obliger à se taire.

– N'importe quoi ! J'ai pas eu peur. Je sais que tu n'es pas une sorcière. Ça n'existe pas. C'est des conneries.

– On en reparlera quand tu auras une troisième oreille qui poussera sur ta tête.

Ses yeux dardent au-dessus de mon crâne. Machinalement, mes mains se posent là où elle regarde, et elle se marre de nouveau.

– Tu es bête, déclaré-je avant de ramasser mes courses et de prendre la route de chez moi.

J'ai à peine fait quelques mètres que l'autre pot de colle me rattrape.

– Laisse-moi tranquille, tu pues le poisson.

Ignorant mes insultes, elle marche maintenant à mes côtés, portant son sac à dos et son poisson, enroulé dans du papier journal.

Je lui jette un coup d'œil.

– Qu'est-ce que tu vas en faire, de ce poisson, de toute façon ?

– Ben, le manger. Au cas où maman ne rentrerait pas.

– Tu sais cuisiner ça ?

– Je suppose qu'il faut le mettre dans le four.

– Mais tu vas cramer ta baraque. Elle est où, ta mère ?

– Je ne sais pas. Elle est partie avec mon beau-père hier et je ne sais pas quand ils rentreront.

Elle baisse les yeux.

– Alors tu es toute seule dans ta maison ?

– Yep !

– La chance. Je rêverais d'être à ta place.

– Ouais… c'est pas toujours génial. Parfois je me sens un peu seule, et parfois j'ai peur aussi. Mais tu pourrais venir chez moi. On jouerait ou on regarderait la télé.

– Je ne sais pas. J'aime pas trop les filles.

– Allez, et puis je ne suis pas tout à fait comme les autres filles que tu connais, moi. Je suis forte. (Elle montre ses muscles inexistants.) Je cours vite, saute très haut et je sais grimper aux arbres.

– Ah oui ?

– Oui !

– Alors le dernier qui arrive à Bayou Creek est une mauviette, dis-je avant de me mettre à courir.

– Eh, attends, c'est pas juste, tu triches, proteste-t-elle tout en se lançant à mes trousses.

Mes courses sont un peu encombrantes, alors je trébuche à plusieurs reprises, ce qui fait marrer Clara.

Je me retourne pour la narguer, mais elle me colle vraiment aux basques ; c'est vrai qu'elle ne court pas comme les filles de l'école. Là, tout de suite, avec ses joues rouges, ses cheveux blonds qui partent dans tous les sens et son poisson, elle a l'air d'une folle, ce qui m'arrache un rire.

Je me retourne et continue ma course. Le dénivelé accélère mes pas. J'ai l'impression que je vais m'envoler. Ça fait longtemps que je ne me suis pas amusé comme ça.

On traverse Bayou Creek en trombe. On ne s'arrête qu'une fois arrivés devant nos mobile homes. Je me plie en deux pour reprendre mon souffle et Clara fait de même.

– J'ai gagné, dit-elle en toute mauvaise foi.

– Pff ! N'importe quoi.

– Alors, ça fait quoi de se faire battre « par une fille » ?

– Rien, car tu ne m'as pas battu.

Elle hausse les épaules et m'adresse un sourire espiègle qui laisse apparaître ses petites dents écartées.

– Je crois que j'ai un point de côté, annoncé-je.

– Moi aussi, avoue-t-elle, à bout de souffle. Alors est-ce que j'ai passé le test ? Est-ce qu'on peut devenir amis ? Même si je suis une fille.

Ses grands yeux bleus sont remplis d'espoir.

Je n'ai pas le temps de lui répondre qu'un homme grand et mince ouvre la porte de chez Clara et l'appelle. C'est sûrement son beau-père.

Elle se retourne d'un coup sec. Ses yeux s'écarquillent. Elle a l'air d'avoir peur de lui.

– Je dois y aller, Alec. Mais peut-être qu'on se reverra plus tard ou demain. On pourra aller pêcher, si tu veux ?

– Clara, tu te dépêches de rentrer !

Elle sursaute et se dirige, tête baissée, vers lui. Il ne bouge pas pour la laisser entrer.

– Qu'est-ce que c'est que ça, encore ? demande le grand homme sur un ton sec, une cigarette au bec.

– Un poisson !

– Je vois bien que c'est un poisson, je ne suis pas débile. Qu'est-ce que tu fous avec ? Hein ? Ça empeste.

Il fait voltiger le paquet du revers de la main, faisant trembler Clara. Elle a l'air minuscule à côté de lui.

– On t'a dit de ne pas sortir d'ici pendant notre absence, continue-t-il sur un ton des plus désagréables. Mais, bien sûr, tu n'écoutes rien.

Ma petite voisine reste immobile, tétanisée.

– J'avais faim… explique-t-elle d'une toute petite voix, et je ne savais pas quand vous alliez revenir.

– Tu as tout le temps faim, bordel. Je vais t'apprendre à obéir.

Il l'attrape par le bras et la précipite violemment à l'intérieur. Choqué par cette brutalité, j'interviens.

– Eh, laissez-la tranquille, elle n'a rien fait.

– Occupe-toi de tes affaires, sale morveux.

Et là-dessus, il claque la porte. J'entends des cris et des pleurs étouffés. Je serre les poings avec l'envie de casser cette porte.

Quand je rentre chez moi, j'ai le bide complètement retourné par ce à quoi je viens d'assister.

Mon père est assis dans son fauteuil, comme d'habitude, les yeux rivés sur son écran. Le monde pourrait s'écrouler qu'il ne bougerait pas d'un pouce. Parfois j'ai envie de le secouer.

– Alec, c'est toi ? demande-t-il sans même tourner la tête.

Évidemment que c'est moi. Qui d'autre ?

– Oui…

– Tu en as mis du temps.

– Je suis passé par la forêt, c'est pour ça.
– Tu as découvert l'étang ?
– Oui, il est vraiment chouette.
– On pourra aller s'y baigner un de ces jours, si tu veux.
– Ce serait cool.

Je dis ça, mais je sais pertinemment qu'il n'en fera rien. Mon père quitte très rarement la maison, et je ne me fais plus aucune illusion sur ces promesses.

Ça le rassure de jouer au père de temps en temps et moi, je joue le jeu pour lui faire plaisir.

Je me dirige vers la cuisine afin de ranger les courses, avant de retrouver ma chambre. Je regarde par la fenêtre et aperçois Clara, qui regarde aussi par la fenêtre. Elle a l'air abattue.

Je toque contre la vitre pour attirer son attention. Nos yeux se croisent, mais elle ne me sourit pas, et se contente de me fixer. Elle efface ses larmes ; ça me brise le cœur. Tout à l'heure, elle était si enjouée, et maintenant toute trace de bonne humeur a quitté son visage.

Son enfoiré de beau-père a dû lui faire du mal, c'est sûr. Je n'ai que 9 ans, mais je sais qu'on ne parle pas comme ça à son enfant. Il était franchement agressif, avec sa cigarette au bec, son débardeur crade et tous ses tatouages. Il lui reproche quoi, au juste, d'avoir pêché un poisson ? Pour se nourrir ? C'est son rôle à lui de s'assurer qu'elle va bien et de subvenir à ce genre de besoin.

Je prends un gros feutre noir et une feuille qui traîne sur mon bureau, pour lui écrire un message.

Tout va bien ?

Elle acquiesce, mais je n'en crois rien. Son visage est bien trop maussade pour que ce soit vrai. Alors je lui écris un autre message, en espérant lui remonter le moral cette fois.

Est-ce que tu veux être mon amie ?

Cette fois, son regard s'illumine vraiment. Elle sourit de toutes ses dents, regarde derrière elle et disparaît quelques secondes pour revenir avec sa propre feuille.

Oui ! On se retrouve demain devant l'étang ?
Je suis punie aujourd'hui.

OK, on fait ça !

Elle me fait un signe de la main puis disparaît.

Cet été-là, nous sommes devenus inséparables. Elle m'a fait découvrir les environs, nous pêchions, allions nous baigner dans l'étang et, chaque fois que je la ramenais chez elle, j'appréhendais de croiser son beau-père ou d'entendre les pleurs de Clara.

Elle était joviale le jour. On faisait les quatre cents coups. La forêt et l'étang étaient notre terrain de jeu. On a construit des cabanes, inventé mille histoires, elle adorait jouer à *Harry Potter* et on se disputait souvent pour savoir qui ferait Voldemort.

Mais le soir, elle avait toujours ce regard triste avant de rentrer, et ce pendant des années. Ce regard qui me donnait envie de l'envelopper dans mes bras et de l'emmener chez moi.

Parfois, quand ses parents n'étaient pas là, je pouvais le faire. Elle mangeait chez moi, y dormait aussi, mais la plupart du temps, nos au revoir portaient le lourd fardeau de ne pas savoir si on allait l'engueuler ou la frapper.

Elle ne me l'a jamais vraiment dit, mais je voyais les marques sur son bras, parfois son visage ou son dos. Avec le temps, j'ai appris que son beau-père était un mec dangereux, un trafiquant de la pire espèce.

Mon père m'interdisait d'approcher leur mobile home, mais je ne pouvais m'y résoudre. Clara était devenue ma meilleure amie, et j'avais envie de la protéger. Nous avions une relation très forte, que personne ne comprenait, ni mes potes ni mes différentes petites amies, qui étaient toutes jalouses de Clara. Et celles qui me demandaient de choisir ne faisaient pas long feu.

Alec et Clara, c'était à la vie, à la mort.

***

Les années ont passé et transformé nos jeux d'enfants en jeux d'adolescents. Je me rappelle exactement le jour où j'ai commencé à la trouver belle.

4

Barbara

La villa de Phoenix est en ébullition lorsque nous garons notre voiture.

Il y a du monde partout, et un service de sécurité s'assure que les gens sont bien sur la liste. Camilla, qui n'a pas arrêté de fantasmer sur Tommy pendant tout le trajet, ne tient plus en place.

L'agent de sécurité nous mesure d'un regard lubrique avant de nous laisser passer. Il faut dire que Camilla a fait claquer la robe, celle qu'elle porte quand elle veut terrasser l'adversaire. Décolleté vertigineux, satin blanc qui épouse ses courbes à merveille et fait ressortir sa peau hâlée.

Nous traversons le couloir tout en marbre, qui mène au salon, où des gens dansent, s'embrassent ou discutent. Il ne faut pas plus de cinq secondes pour que Camilla repère Tommy et me le fasse remarquer en me tapant comme une hystérique sur le bras.

– Il est là. Avec une pétasse qui lui bouffe le cou. Putain ! Elle n'en perd pas une. Et t'as vu la minijupe qu'elle porte ? Sérieux ! C'est quoi, son projet, dévoiler sa chatte avant son nom ?

– Camilla, on est strip-teaseuses. On se fout littéralement à poil toute la journée pour gagner notre vie, tu crois pas que tu devrais tempérer ton jugement ?

– Je ne juge pas, je constate, et puis t'es de quel côté ? Celui de ta meilleure amie qui fait les meilleurs pancakes de Miami ou de cette…

Je lui plaque la main sur la bouche pour qu'elle évite de larguer toutes les obscénités qui lui passent par la tête, et je sais que la liste est longue.

– Je suis de ton côté, évidemment.

– Super ! Comment tu me trouves ? demande-t-elle en ajustant son décolleté débordant.

– Magnifique. Comme toujours.

– Merci ! Allez, souhaite-moi bonne chance, je me lance !

Sans aucune hésitation, elle fait volte-face, et se dirige d'une démarche chaloupée vers sa proie.

Dès qu'elle arrive dans le champ de vision de Tommy, celui-ci détourne son attention de la pauvre groupie et se concentre sur Camilla. Il la prend dans ses bras pour lui dire bonjour et elle me fait un clin d'œil victorieux.

Je ris et lui fais le signe de la victoire. Finalement, elle n'a pas eu besoin de moi. J'en suis ravie.

Pour l'instant, pas de trace de Phœnix à l'horizon. Une étrange impression que quelqu'un m'observe m'oblige à me tourner brusquement. J'ai ce feeling bizarre, ce soir, que l'on m'épie et que l'on me suit. Cette crainte que je croyais enfin disparue ressurgit.

Hier, je me suis réveillée plusieurs fois avec la certitude qu'il était là, qu'il m'avait retrouvée et qu'il voulait me faire payer. Mais c'est impossible. Il est mort. Il ne peut plus me faire de mal.

– Un cocktail aux fruits rouges, mademoiselle ?

Une charmante jeune fille se poste devant moi avec un plateau rempli de verres à pied triangulaires au liquide rose, surmontés d'une fleur d'hibiscus.

– Volontiers, merci.

J'y trempe les lèvres, ce qui a pour effet immédiat de calmer mon angoisse.

Je balaie l'endroit des yeux. La villa est magnifique, avec une baie vitrée qui donne sur la mer des Caraïbes. L'ambiance électrique des corps excités qui ne cherchent qu'à fusionner autour de moi me pousse à me réfugier dans le jardin.

Avec un peu de chance, Phoenix ne me verra pas de la soirée et je vais pouvoir m'éclipser discrètement. Je me dirige vers l'endroit le plus calme au fond du jardin. Cachée par les longues branches d'un banian, je m'adosse à son énorme tronc pour observer les étoiles, quand j'entends quelqu'un arriver derrière moi.

5

Alec

Je la contemple longuement, en essayant de ne pas me faire repérer. Putain, cette fille ! Avec Clara, elles se ressemblent comme deux gouttes d'eau. Elle a cette douceur et cette fragilité, ce truc unique que je n'ai plus jamais retrouvé ailleurs. Quand elle rit, son visage s'illumine entièrement, me rappelant tous les bons moments que j'ai passés avec Clara.

Mais il y a des choses qui sont différentes et qui me font douter. Cette posture, cette façon de se tenir droite et d'être pleine d'assurance. Mon amie d'enfance était plutôt timide, le dos constamment voûté ; elle s'excusait presque d'exister. Une chose est sûre, elle ne se serait jamais foutue à poil pour gagner sa vie et ne saurait pas comment se comporter lors d'une soirée VIP dans l'une des plus grandes villas de Miami.

Cette nouvelle version de Clara exhude d'assurance et de luxure. Elle semble bien trop à l'aise avec son corps et sa sexualité.

Est-ce possible qu'on change à ce point en quelques années ? Ou est-ce que mon obsession de la retrouver me joue des tours, et que je suis en train d'espionner une parfaite inconnue ?

J'ai besoin de savoir, d'en avoir le cœur net.

J'ai joué la carte Alec Graham, pour entrer ici. Je

n'étais évidemment pas sur la liste des invités, mais, avec un peu de baratin et la promesse de tickets dans les loges VIP pour notre prochain match, le mec de la sécurité a bien voulu fermer les yeux.

Après tout, une star de foot n'essaierait pas de s'incruster dans une soirée à laquelle il n'est pas convié. Le service Événementiel a dû faire une erreur et oublier d'ajouter mon nom. Depuis que je suis devenu ce connard riche et prétentieux, je sais exactement quel ton adopter pour obtenir ce que je veux.

Je me demande ce qu'elle fait ici dans la villa de Phoenix Walker.

Est-ce un client ? Son petit ami ? Est-ce qu'elle le baise ?

Pourquoi cette idée me donne-t-elle envie de tout casser ?

Calme-toi, psychopathe ! Tu n'es même pas sûr qu'il s'agisse de Clara.

Mais ces yeux bleu arctique, ce visage de poupée et cette silhouette que j'ai tant dessinée du bout de mes doigts et plus encore depuis sa disparition m'indiquent que mon instinct ne se trompe pas.

Une casquette vissée sur la tête, je reste à bonne distance, en attendant qu'elle soit seule pour l'aborder. Sa copine se barre enfin. Clara n'attend pas longtemps avant de sortir dans le jardin. C'est le moment que j'attendais.

À l'extérieur, le jardin tropical est extrêmement calme, tranchant complètement avec l'ambiance euphorique de l'intérieur, où drogue, alcool, danses lancinantes et corps à corps sont légion.

Clara traverse le jardin puis s'adosse à un arbre, dont les branches descendent presque jusqu'au sol, formant un abri naturel.

Là, les yeux rivés au ciel, à scruter les étoiles, elle a tout de la petite fille que j'ai un jour connue à Baton Rouge. Elle a toujours été fascinée par les étoiles. Comme si la fidélité du ciel avait quelque chose de rassurant pour elle. La constance versus le chaos qu'était sa vie.

Une fois, alors que nous n'avions que 13 ans, elle m'avait réveillé en plein milieu de la nuit en jetant des cailloux sur ma fenêtre pour m'entraîner dans la forêt. Elle voulait observer Sirius, grâce à un télescope de fortune qu'elle avait fabriqué avec du matériel emprunté au laboratoire de l'école.

Elle était passionnée par les constellations.

Je m'approche lentement pour ne pas briser le charme. Ma voix me paraît presque irréelle quand je prononce son nom.

– Clara ?!

Elle se retourne d'un coup sec et me regarde comme si elle venait de voir un fantôme. Un fantôme du passé.

Ses yeux, ses cils foncés et longs qui tranchent complètement avec son regard bleu acier. Mes battements de cœur. Mon cerveau qui part en vrille. Le courant qui électrise chaque pore de ma peau.

C'est elle !

Elle reste interdite un instant, me dévisage en plissant les yeux. Je fais de même. Je ne veux pas la brusquer. Ma bouche est sèche, et les mots que j'ai cent fois répétés dans ma tête, chaque fois que j'ai imaginé ce moment, restent bloqués au fond de ma gorge.

On ne s'est pas vus depuis dix ans. Qu'est-ce qu'on dit à une personne qu'on croyait morte ? Rien ne semble suffisant.

Ses yeux s'arrondissent et son visage opale blêmit, je vois son pouls cogner contre son cou. Je n'en mène pas large non plus, mon cœur bat à tout rompre, et mes mains me démangent. Je n'attends qu'une chose, de la prendre dans mes bras et de la serrer pour qu'elle ne puisse plus jamais m'échapper. Dix ans, putain! Dix putains d'années!

– Où étais-tu, Clara? Merde, tu m'as tellement manqué.

Mais en un éclair, l'état de sidération disparaît et c'est comme si un masque venait durcir ses traits délicats, obscurcir ses yeux, lentement, comme un poison.

– Désolée, je crois que vous faites fausse route. Je ne suis pas Clara.

– Quoi? Non! Clara! C'est moi, Alec.

J'enlève ma casquette. Peut-être qu'elle ne m'a pas reconnu. Peut-être que j'ai voulu aller trop vite.

– Vous avez dû me prendre pour quelqu'un d'autre, continue-t-elle en reculant déjà.

Non!

Je secoue la tête. Toutes les fois où j'ai imaginé nos retrouvailles, je n'avais jamais pensé à ce scénario-là. L'amnésie. Le rejet. Je ne peux pas la perdre une deuxième fois. La première fois a déjà failli me tuer.

J'avance vers elle, la saisis par les épaules, mais elle se recule précipitamment, effrayée par mon attitude.

– Ne me touchez pas ou je hurle.

Elle tourne les talons, et se met à courir vers la villa. Il me faut tout le self-control du monde pour ne pas lui courir après. Mais je l'ai visiblement effrayée.

Au pas de la porte, elle s'arrête et se plie en deux, mains sur les genoux, à bout de souffle comme si elle venait de courir un marathon. Elle me jette un dernier regard confus, vulnérable, l'ultime aveu.

Après quelques minutes à essayer de reprendre mes esprits, je retourne dans la villa. Je scrute le salon en pensant que Clara a pris la fuite. Grande est ma surprise de la trouver pendue au cou de notre charmant hôte. Et par charmant, je veux dire cheveux roses, piercings et tatouages partout.

Alors c'est bien pour Phoenix Walker qu'elle est ici ! Comment se connaissent-ils ? Pourquoi joue-t-elle à l'amnésique et pourquoi me fuit-elle ?

Tant de questions que je souhaiterais lui poser.

Mais pour l'instant, je me contente de rester adossé à un mur, en face, à les observer tel un psychopathe.

Si des yeux pouvaient tuer, ce connard de Phoenix Walker serait déjà mort.

Rock star de merde !

Il passe son temps à la tripoter et elle passe le sien à faire comme si elle aimait ça. Mais elle se déplace subtilement, de manière que ses mains n'atteignent jamais son cul. Et ce, malgré toutes ses tentatives grossières.

Clara fait preuve d'un véritable talent d'équilibriste, mais il s'approche de plus en plus, réduisant à presque rien la distance entre eux. Il lui susurre un truc à l'oreille, elle rit, alors que je serre le verre de whisky que j'avale plus vite que nécessaire, avant de lever le bras pour attirer l'attention de la serveuse.

Apparemment, ce geste n'attire pas l'attention que de la serveuse. Des yeux bleus se posent sur moi et, par réflexe, je lève mon verre en sa direction, un sourire amusé au coin des lèvres, un sourire qui veut dire : « Je sais que c'est toi, Clara, et il va me falloir un peu plus qu'un bobard pour me faire croire le contraire. »

Ses paupières se plissent de défi. Et alors que je porte mon nouveau verre de whisky à mes lèvres, elle saisit le visage de Walker et pose sa bouche sur la sienne.

Fuck !

J'en recrache la gorgée de whisky.

Après lui avoir roulé une pelle, Clara s'assure d'un coup d'œil discret que j'ai bien vu toute la scène.

À quoi elle joue ?

Walker prend ce baiser comme une invitation à plus, et se frotte à elle tel un chien en rut. Je sais que ces doigts de guitariste valent des millions, mais, là, j'ai une seule envie : lui briser chaque phalange et le regarder hurler à la mort.

Clara et Phoenix finissent par quitter la piste de danse pour se diriger vers l'escalier et grimper à l'étage.

J'attends quelques minutes sans savoir si je dois les suivre ou pas. J'attends qu'ils arrivent en haut. Une fois encore, le regard de Clara s'ancre dans le mien, une fraction de seconde, un rien, mais c'est suffisant. Je lis en elle comme dans un livre ouvert, ça a toujours été le cas, elle ne peut rien me cacher. Et là, ce que je lis, c'est le regret, l'hésitation. Il ne m'en faut pas plus pour les suivre. Ils disparaissent dans une des chambres du long corridor.

Fuck !

Devant la porte close, je me sens impuissant et tourne en rond comme un ours en cage. Je ne peux pas défoncer cette porte. Le service de sécurité me tomberait dessus, et puis pourquoi ? Tirer Clara, ou la nana qui prétend ne pas être Clara, des griffes d'un mec avec lequel elle a visiblement décidé de passer un bon moment ?

Imaginer ce qui se passe derrière cette porte me donne envie de tout casser. Mais j'ai beau être une tête brûlée, je ne peux pas faire ce que je rêve de faire.

Je passe une main dans mes cheveux, avec l'envie de me les arracher. Le mieux qu'il me reste à faire est de redescendre et d'attendre qu'ils aient fini leur affaire.

Ces mots ont un goût acide dans ma bouche. Mieux vaut ne plus y penser.

Après ce qui me semble une éternité, je vois Walker traverser l'immense salon, seul. L'espace d'un instant, j'ai l'impression qu'il marche dans ma direction, mais non, il retrouve le reste de son groupe, qui se trouve sur le canapé juste derrière moi. Chacun d'eux est le parfait cliché du rockeur : longs cheveux, tatouages, piercings, plus de bijoux autour du cou que la reine d'Angleterre.

Une armada de groupies les entoure, et, dès que Walker arrive, l'une d'entre elles se précipite pour se mettre sur ses genoux. Il soupire et lâche, exaspéré, une phrase qui me pousse à tendre l'oreille.

– Putain de Bambie, elle finira par me tuer !

– Pourquoi ? Tu n'as toujours pas réussi à la baiser ? Je t'ai vu monter avec elle.

– Non, j'étais pourtant pas loin, cette fois. On était en train de se chauffer quand je lui ai proposé de la *molly*. Au lieu de l'exciter comme la plupart des groupies, ça l'a complètement défoncée. Qui aurait cru que cette strip-teaseuse ne supportait pas la drogue ?

– Merde ! Pourtant, c'est une drogue inoffensive.

– Pas pour elle apparemment.

– Tu aurais quand même pu en profiter ? lui suggère l'un de ses amis. Depuis le temps que tu nous casses les couilles avec ta Bambie. Inconsciente, elle n'aurait pas vu à quel point ta réputation est surfaite.

– Ta gueule, Ian ! Je n'ai pas pour habitude de me taper des meufs qui comatent. La bite de Phoenix Walker se mérite.

Au moment où il dit ça, il jette un regard lubrique à la groupie qui s'empresse de poser une main sur sa braguette.

L'envie de lui mettre mon poing dans la gueule me

démange. Mais je ravale mon exaspération, pour me concentrer sur le plus important, Clara.

– Rassure-moi, elle va bien ? demande la fille qui est arrivée avec Clara.

– Oui, elle est juste en train de pioncer. Dans quelques heures, elle sera en forme, ça peut avoir l'effet d'un sédatif.

– Bon, arrêtons de parler de Bambie et allons plutôt dans le jacuzzi, interrompt la bimbo sur les genoux de Walker qui semble visiblement agacée de ne pas avoir l'attention exclusive de la rock star.

Dans des clameurs et gloussements, la petite bande s'éloigne et j'en profite pour me rendre à l'étage.

Je toque plusieurs fois pour la forme. Quand je pousse la porte, je vois Clara, allongée sur le ventre. Je m'approche avec précaution.

Un doigt sur son cou m'indique qu'elle respire, mais elle est complètement dans les vapes. Cet enfoiré n'a même pas eu la décence de rester à ses côtés pour s'assurer qu'elle allait bien. Je m'agenouille devant elle, son visage à quelques centimètres du mien.

– Clara !

Je répète son prénom plusieurs fois avant de voir un sourcil se soulever et de l'entendre grogner.

Elle semble lutter de toutes ses forces pour ouvrir les yeux, mais n'y parvient pas. Je tapote gentiment sur ses joues sans grand succès, et la mets en position latérale : si elle vomit, elle sera mieux. Ce qu'il lui faudrait, c'est un shot d'adrénaline. Il faut que je la sorte d'ici et que j'appelle un docteur.

Je la hisse dans mes bras ; elle se laisse totalement faire et ça me tue car, dans cet état, n'importe qui pourrait abuser d'elle. Si je n'avais pas été là, c'est ce qui aurait pu arriver.

Parce que si Walker n'est pas un violeur, son pote, lui, j'en suis pas si sûr.

Je la porte et descends les marches. Pas de traces de Walker et sa bande ; les autres invités sont tellement *stone* que personne ne nous prête attention. Un des gardes du corps me jette un regard suspicieux, mais je ne lui laisse pas le temps de conclure quoi que ce soit.

J'active le pas et, en moins de temps qu'il n'en faut pour le dire, j'arrive à ma voiture. Je dépose Clara sur le siège passager avant de lui boucler sa ceinture.

Mille questions se bousculent dans ma tête. Mille émotions également.

Je gare ma caisse et porte Clara jusqu'à ma chambre, ignorant les regards de chaque client que je croise.

Dans l'ascenseur, je me retrouve avec un couple de vieux qui me dévisagent. Ils doivent me prendre pour un malade.

Arrivé dans la chambre, je la dépose sur mon lit. Elle reste inerte et ne bouge pas d'un pouce.

Quelle dose ce connard lui a-t-il donnée ?

Le docteur de l'hôtel arrive rapidement. Et me questionne sur ce qu'elle a pris.

– Je crois que c'est de la *molly* mais je n'en suis pas sûr.

Il vérifie qu'elle respire et flashe une lumière dans ses pupilles. Elle se laisse manipuler comme une poupée de chiffon.

– Est-ce qu'elle va se réveiller ? demandé-je, inquiet.

– Oui, elle dort profondément, mais son pouls est régulier et son rythme cardiaque aussi. Elle risque d'avoir un sacré mal de crâne demain matin, mais rien de plus. Restez à ses côtés pour la surveiller et appelez-moi si vous avez besoin de quoi que ce soit.

Je place une chaise à côté de son lit et la regarde dormir, profondément.

Ma Clara ! Où étais-tu ?

Des milliers de souvenirs reviennent à la surface.

6

Alec, 16 ans

Chaleur de plomb.

Même à l'ombre des saules pleureurs, on étouffe. Je peux littéralement sentir les gouttes de sueur glisser sur mon torse. Baton Rouge est un putain de four en été.

Je soupire puis ouvre les yeux. Le ciel est d'un bleu limpide et se reflète sur notre étang. À la surface, pullulent des dizaines de libellules. Je souffle sur les cheveux qui se sont collés à mon front, j'entends le bruit des cigales et d'un moteur qui pétarade au loin. Je me place sur mes avant-bras pour voir d'où provient ce vacarme. Mais les arbres obstruent ma vue.

À mes côtés, Clara est allongée et ne semble pas du tout incommodée par la chaleur ni dérangée par le bruit. Elle a juste l'air épuisée, sûrement à cause de son nouveau job. Elle a réussi à décrocher un poste de serveuse dans un café en ville. Histoire de gagner un peu d'argent cet été.

Je suis contente de la voir, de passer du temps avec elle. Elle m'a manqué. Je viens de rentrer de mon camp de foot, où j'ai passé trois semaines à m'entraîner comme un dingue sous un soleil de plomb. C'est coach Taylor qui a suggéré ce plan. Il voit du potentiel en moi et pense que si je me muscle et structure mon jeu, j'ai un avenir prometteur dans le foot.

Papa était fier de moi, ça faisait longtemps que je ne l'avais pas vu sourire ainsi. Bien sûr, il ne pouvait ni m'y conduire ni venir me chercher, mais coach Taylor a proposé de tout prendre en charge, même le coût.

Papa va de plus en plus mal et boit de plus en plus. Son visage fond à vue d'œil, comme une de ces pâtisseries qu'on aurait laissées trop longtemps moisir sur une table. Il a des yeux bouffis, le regard vitreux. Une odeur d'alcoolo. Une loque humaine.

Certains jours, je le retrouve allongé dans la salle de bains, la cuvette encore remplie de son vomi. On peut dire beaucoup sur la condition d'un homme s'il n'arrive même plus à faire disparaître la preuve de ses excès. Il se détruit à petit feu… et j'ai peur de le découvrir mort un jour.

Voilà pourquoi je n'ai pas voulu accepter la proposition de coach Taylor au départ, mais Clara a su trouver les mots pour me convaincre.

C'était le premier jour de l'été. Nous étions tous les deux allés à la fête foraine avec des potes pour célébrer la fin de l'année scolaire. Au début, Clara avait refusé de venir, prétextant tout et n'importe quoi.

Mais je la connais : la seule raison pour laquelle elle ne venait pas, c'était parce qu'elle n'avait pas de quoi se payer les attractions. Alors je lui ai forcé la main et on s'est éclatés comme deux gosses, comme on le fait chaque fois qu'on est ensemble.

En fin de journée, nous avions décidé de faire un tour dans la grande roue, qui donne une vue imprenable sur toute la ville.

***

Clara regarde au loin, l'air un peu triste. Cet air qu'elle arbore souvent quand la nuit tombe et qu'elle sait qu'elle va bientôt rentrer chez elle.

– Un jour, je quitterai cette ville et j'accomplirai de grandes choses, dit-elle avec une telle certitude que je la crois instantanément.

– J'en suis sûr.

Elle me sourit. Légèrement. Imperceptiblement.

– Toi aussi, d'ailleurs, tu accompliras de grandes choses.

– Comment tu le sais ?

– Je le sais, c'est tout. Tu te souviens que j'ai des pouvoirs magiques.

– Ouais, le pouvoir de me casser les couilles, plaisanté-je en la poussant de mon épaule.

J'ai envie de la voir sourire. De ce sourire qui illumine tout son visage comme si on avait appuyé sur un interrupteur.

– Ça, c'est pour te faire redescendre sur terre de temps en temps, tu as besoin qu'on te rappelle que tu n'es pas le demi-dieu que tes groupies de l'équipe veulent bien te faire croire. « Oh ! Alec, tu es tellement beau ! Alec, tu joues tellement bien ! Alec, tu es tellement fort ! Alec, tu veux sortir avec moi ? Blablabla. »

Elle joue exagérément à la pouffiasse, lançant ses cheveux en arrière, ce qui m'arrache un rire.

– N'importe quoi ! Qu'est-ce que tu racontes encore ?

– Euh, Selena était sur le point de m'arracher les yeux aujourd'hui, juste parce que tu m'as offert ça.

Elle me montre l'immense peluche en forme de grenouille que j'ai gagnée pour elle aux au jeu du jet de sacs sur cibles. Une balade au parc pour un quarterback comme moi.

– Je pense qu'elle te fusillait du regard car tu as immédiatement décidé de baptiser cette peluche Selena devant elle, et ne me dis pas que tu ne l'as pas fait exprès.

– Ah, ah !

Le voilà, le sourire que je cherchais.

– Non ! Je trouve juste que ce prénom va bien à cette grenouille. Et puis, ça lui apprendra l'humilité. Sous prétexte qu'elle est jolie et riche, elle ne peut pas partager son patronyme avec une gentille petite grenouille ?

Elle agite ladite grenouille devant son visage et fait la moue.

– C'est pas très flatteur d'être comparée à une grenouille. C'est normal qu'elle se soit vexée.

– Je ne l'ai pas comparée. Juste titillée, et puis elle se croit tout permis, de toute façon.

– Je croyais que vous étiez amies.

Elle hausse les épaules.

– Avant que tu arrives, elle me faisait la misère, me traitant comme une moins-que-rien. Elle ne me parle que depuis qu'elle sait qu'on est potes et qu'elle essaie de se rapprocher de toi. Tu as bien vu qu'elle te faisait du rentre-dedans. Comme toutes les autres pintades, souffle-t-elle, clairement exaspérée. « Alec, tu veux partager cette pomme d'amour avec moi ? » Je lui en foutrais, des pommes d'amour, moi.

– Si je ne te connaissais pas, je penserais que tu es jalouse.

– Jalouse ? Moi ? Pas du tout ! Je trouve juste débile et pas du tout féministe de jouer de ses charmes pour obtenir la faveur des garçons. Deux mille ans de lutte des femmes qu'on envoie bouler dès qu'un beau quarterback débarque ? Pathétique.

– Alors tu me trouves beau ?

– Non, pas du tout… Je… Je ne parle pas de toi… Je parle en général… pas de ton cas particulier, monsieur à l'ego surdimensionné.

Elle roule des yeux. Mais je vois bien qu'elle est gênée.

– « Je parle en général. » Bien sûr, je vais te croire…

Pourquoi tu n'assumes pas tes pensées? Avoue que tu es jalouse, car tu me voudrais pour toi toute seule.

Je me marre et joue des sourcils pour l'emmerder.

– N'importe quoi! Tu vois, tu as pris la grosse tête. D'ailleurs, je suis bien contente de me débarrasser de toi pendant trois semaines, quand tu seras au camp. Ça va me faire des vacances.

– J'ai décidé de ne pas y aller, finalement, dis-je d'un ton monotone.

– Hein, pourquoi? C'est une formidable occasion! Alec, tu ne peux pas la laisser passer.

– Je sais, mais je ne peux pas laisser mon père seul, il a besoin de moi. Il ne se nourrit pas si je ne fais pas les courses. Et puis, l'autre soir, je l'ai retrouvé complètement à l'ouest. J'ai peur qu'il lui arrive un truc et que je sois loin.

Le regard de Clara s'adoucit et elle plonge ses grands yeux bleus dans les miens, comme elle fait chaque fois qu'elle essaie de me convaincre.

– Je comprends, c'est dur de voir les gens qu'on aime se détruire.

Malheureusement, elle le sait mieux que personne. Sa mère est également une addict.

– Mais ne gâche pas cette chance. C'est bien trop important. Je m'occuperai de lui. Je passerai le voir tous les jours pour m'assurer que tout va bien.

– Tu ferais ça?

– Évidemment, il n'y a rien que je ne ferais pas pour toi, Voldemort.

– Chut! Ne dis pas son nom à voix haute, susurré-je sur le ton du secret comme quand on était gosses.

Sauf qu'à l'époque on s'amusait vraiment à se faire peur et qu'on finissait complètement terrorisés.

– Voldemort, Voldemort, Voldemort, répète-t-elle trois fois, une lueur malicieuse au fond des yeux, rejouant son rôle de petite peste qui adore la contradiction à la perfection.

À peine a-t-elle fini de dire ces mots que la roue s'arrête dans un bruit soudain, et que les lumières s'éteignent.

Nos yeux écarquillés de stupeur s'accrochent. Et nous partons dans un fou rire.

***

Mon téléphone vibre dans ma poche, me sortant de mes rêveries. C'est un message de Selena, elle m'invite à une fête chez elle ce soir. Je fais semblant d'ignorer qu'elle a omis d'étendre l'invitation à Clara, alors qu'elle sait qu'on est inséparables, et m'apprête à lui proposer de m'accompagner. Je me tourne vers ma meilleure amie.

Elle est allongée à mes côtés sur l'herbe.

Les yeux fermés et le menton légèrement relevé, elle essaie de bronzer. Le soleil a habillé sa peau d'opale de quelques taches de rousseur presque imperceptibles, mais je suis si proche que je peux les voir, sur son nez et ses joues. Je m'amuse à les compter silencieusement, puis mes yeux dérivent sur ses pommettes, que caressent ses longs cils, sur ses joues rosies par la chaleur, et enfin sur sa bouche ronde et pulpeuse, surplombée d'une goutte de sueur. Que j'éprouve l'étrange envie de faire disparaître avec ma langue.

Elle humecte ses lèvres roses et charnues, et je sens que ça tire dans mon caleçon.

Putain ! Mais qu'est-ce qui me prend ?

Je n'ai jamais eu ce genre de réaction avec Clara et je me sens presque honteux, comme si je la trahissais quelque part. Mais je ne peux m'empêcher de la mater.

Depuis quand est-elle devenue aussi belle ? Et depuis quand j'ai envie de l'embrasser, de la toucher ? Est-ce parce que je ne l'ai pas vue depuis trois semaines ? Ou est-ce la chaleur qui me fait péter les plombs ?

Quoi qu'il en soit, je dois calmer mes idées de pervers et vite. Je réussis à me contenir pendant quelques minutes avant de laisser mes yeux traîner de nouveau sur elle. Je mate son cou ; son pouls bat à fréquence régulière. Sa peau est à peine nacrée alors que la mienne est déjà brunie par le soleil de cet été particulièrement chaud. J'ai une envie irrépressible d'y déposer mes lèvres, de la mordre, de l'embrasser, de la goûter. Ce désir intense et soudain me vrille l'estomac. Elle ouvre les yeux et se retourne vers moi d'un coup sec, m'arrachant à ma contemplation interdite.

– Pourquoi tu me regardes comme ça ? demande-t-elle en se frottant les yeux.

Elle a dû s'endormir.

– J'ai chaud, dis-je simplement.

Au sens propre comme au figuré.

– Moi aussi.

– Pourquoi tu n'enlèves pas ton tee-shirt ? Tu dois mourir de chaud.

Je n'ai pas réfléchi avant de parler et, après mes pensées lubriques, ma question me met un peu mal à l'aise.

– Parce que j'ai oublié mon maillot de bain.

– D'habitude, ça ne te pose aucun problème de te baigner en sous-vêtements, remarqué-je, inquiet à l'idée qu'elle ait deviné mon instant d'égarement.

– Il faut croire qu'aujourd'hui ça me gêne.

– Pourquoi ?

– Mais t'en poses, des questions, Alec. Tu ne veux pas te taire ? Tu m'empêches de me relaxer.

Elle s'énerve et je ne comprends pas trop pourquoi. J'espère que je n'ai rien fait de mal. Mais c'est vrai qu'elle est à cran aujourd'hui.

– Tout va bien, Clara ?

– Ça irait mieux si tu arrêtais de parler.

Elle se met sur le ventre et ferme les yeux de nouveau.

– OK…

Je me redresse d'un bond.

– Bon, je crois que je vais aller à la flotte. Rejoins-moi quand t'auras fini de faire la gueule.

Elle ne répond pas, alors je m'éloigne. Je plonge la tête la première dans l'étang ; le froid de l'eau m'aide à remettre mes idées et ma queue en place.

Qu'est-ce qui me prend d'avoir ce genre d'idée avec Clara ? Je deviens dingue ou quoi ?

C'est ma meilleure pote. Si je m'écoutais, je me mettrais des coups.

Je me tourne sur le dos et contemple le ciel. Je déteste quand Clara est maussade. D'habitude, elle parle tout le temps, me raconte mille et une conneries, mais aujourd'hui elle n'a pas desserré les dents. Et j'ai peur que ce ne soit lié à son connard de beau-père, que je rêve d'étrangler.

Je ne suis plus le gamin qu'il pouvait impressionner il y a encore quelques années. Je suis grand et fort pour mon âge ; le foot a clairement accéléré ma croissance. Mais Jeff n'est pas le genre de mec à qui on peut mettre une trempe et s'en sortir indemne ; c'est une fouine qui ne joue pas à la régulière.

Certaines rumeurs disent qu'il a déjà tué des gens. Je hais la savoir sous ce toit insalubre et dangereux, surtout que sa mère ne fait rien pour l'aider.

Quand je retourne auprès de Clara après avoir fait quelques allers-retours à la nage, je la retrouve dans la même position que tout à l'heure. Pour l'emmerder, je me place juste au-dessus d'elle et secoue la tête, l'éclaboussant de mes cheveux.

– Ah, mais, putain, Alec, t'es chiant !

Elle se redresse d'un coup sec et me court après. Je plonge dans l'eau tout en me marrant. Elle me rejoint sans retirer son tee-shirt et essaie de me noyer à plusieurs reprises.

Elle échoue lamentablement malgré toute sa bonne volonté. Et c'est à mon tour de lui faire boire la tasse. Elle nage le plus vite possible pour échapper à ma prise ; ses éclats de rire se mêlent au clapotis de l'eau.

J'avoue que ce n'est pas facile de la saisir, car elle est balaise pour un petit gabarit. C'est ce que j'aime chez elle, la raison pour laquelle on s'entend si bien. Elle ne fait pas de chichis, elle n'est pas délicate et précieuse comme les autres meufs que je connais ; elle court, nage et est capable de toutes les acrobaties les plus folles.

Être avec elle, c'est comme être avec mes potes. Non, c'est mieux qu'être avec mes potes. D'ailleurs, je ne la ménage pas, et l'attrape par la taille pour la projeter dans l'eau, mais elle crie et une grimace de douleur apparaît sur son visage, ce qui me bloque immédiatement.

– Qu'est-ce qu'il y a ? Je t'ai fait mal ?

Je la repose délicatement, me sentant à la fois

minable et inquiet.

– Non, c'est rien. C'est pas toi, j'ai fait un faux mouvement.

Elle est au bord des larmes, et passe sa main dans son dos au-dessus de son tee-shirt, d'où la douleur semble provenir.

Dans une tentative de vérifier que tout va bien, je soulève son tee-shirt, et ce que j'y découvre me met un coup dans le ventre.

Des bleus recouvrent son dos, et une brûlure, sûrement de cigarette, se trouve au creux de ses reins.

– Qu'est-ce que c'est que ça ? Clara ?

– Rien !

– Je me suis cognée au boulot. Tu me connais, je suis tellement maladroite.

– Je ne te crois pas. Ça, c'est des traces de coups et cette brûlure, ça a l'air d'être celle d'une cigarette. Qui t'a fait ça ? Jeff ?

N'arrivant plus à retenir suffisamment ses larmes pour me mentir, Clara rabaisse son tee-shirt d'un geste brusque et fait volte-face. Elle sort de l'étang et rassemble ses affaires. Je la suis.

– Clara, s'il te plaît, parle-moi. Tu sais que tu peux me faire confiance.

Elle continue de ranger ses affaires sans me répondre et, quand je vois une larme s'écraser sur la serviette qu'elle enroule avant de la ranger dans son panier, cela me brise le cœur.

Je m'approche et l'enlace par-derrière, ne sachant pas que faire d'autre pour la calmer, lui montrer que je suis là pour elle, que je ne la juge pas.

Clara ment sur ce qu'elle subit dans sa maison ; ça, je le sais depuis toujours. Elle cache la vérité, elle minimise les violences par pudeur ou par peur, je ne sais pas, mais j'aimerais tellement pouvoir l'aider. J'en ai souvent parlé à mon père, qui m'a sommé de m'occuper de ce qui me regardait, si je ne voulais pas avoir affaire à Jeff.

L'assistante sociale à l'école m'a dit que tant que la personne concernée ne vient pas en parler, elle-même ne peut rien faire. Tout le monde a peur de Jeff et celle qui en souffre, c'est Clara. Un jour, je la sortirai de ce merdier, je me le promets, même si je dois le tuer de mes propres mains.

Clara finit par se retourner vers moi, et s'abandonne dans mes bras. Ses grands yeux bleus sont remplis de larmes. Je lui caresse les joues pour effacer ses sanglots. Elle finit par se calmer, mais ne desserre pas les dents pour m'expliquer ce qui s'est passé.

– Il faut que tu nettoies la plaie que tu as dans le dos, sinon ça ne va pas cicatriser.

Le foot m'a appris à ne surtout pas prendre les blessures, y compris les plus petites, à la légère.

– Viens, on va à la maison, j'ai ce qu'il faut.

Dans la salle de bains, je trouve de quoi la soigner et reviens dans la chambre. Clara est assise sur mon lit, les genoux relevés. Recroquevillée contre le mur, elle a l'air plus petite et vulnérable que jamais. Je m'installe à côté d'elle.

Sans un mot, elle se retourne et soulève son tee-shirt. Je ravale la haine qui bout en moi. J'imbibe le coton d'alcool à 70 °C et essaie d'être le plus délicat possible.

– Ça risque de piquer un peu.

Elle acquiesce, et son dos fléchit légèrement lorsque je nettoie sa blessure. Ronde et rouge écarlate. J'imagine son beau-père en train de lui faire ça, alors mes envies de meurtres reprennent le dessus.

Je place un pansement lorsque la plaie est bien désinfectée et me mords les lèvres pour ne pas presser Clara de questions ou, pire, aller étrangler son connard de bourreau de mes propres mains.

– Il m'a fait ça pour me marquer à vie, pour que je ne puisse jamais oublier d'où je viens et qui je suis. Une *white trash* qui n'ira nulle part et finira sûrement comme sa mère, une toxico accrochée à son dealer de petit ami. Il m'a dit que la prochaine fois que je lui répondrais, il n'hésiterait pas à me brûler le visage. « Une marque rouge comme les Indiennes, ça t'irait bien, tu crois pas ? » Il a maintenu sa cigarette ici, (elle me montre son front), tellement proche que j'en sentais la chaleur.

Sa voix triste et désespérée m'arrache les tripes. Je l'oblige à me faire face.

– Et ta mère, elle était où ?

– Complètement défoncée, sur le canapé. C'est d'ailleurs pour ça qu'on s'est battus. Je rentrais du boulot et je l'ai surpris en train de lui planter une aiguille dans le bras. Je sais bien qu'elle consomme, mais elle m'avait promis d'arrêter et elle a réussi pendant quelques jours. Ils s'étaient disputés, elle ne voulait plus le voir. Elle disait qu'on allait partir, qu'on allait s'offrir un nouveau départ loin de cette putain de ville. Loin de lui. J'y ai cru. Alors, quand il lui a foutu cette aiguille dans le bras, j'ai vu rouge et je lui ai sauté dessus, de rage. Et voilà le résultat. Ma mère est de nouveau sous son influence et moi, je suis marquée comme du bétail.

Je reste bouche bée devant toutes les horreurs qu'elle me rapporte. C'est la première fois qu'elle me parle aussi ouvertement, qu'elle ne cache rien ou ne minimise pas.

– Il faut qu'on appelle la police, Clara. Tu ne peux pas continuer à vivre comme ça.

– Crois-moi, j'y ai pensé et je l'ai même menacé de le faire, mais il a dit qu'il nous tuerait, ma mère et moi. Et je suis sûre qu'il le fera. Non, ma seule issue, c'est de gagner suffisamment d'argent pour emmener ma mère loin de lui. Enfin, si elle accepte de me suivre.

– Viens vivre ici avec moi, alors ! Mon père sera sûrement d'accord, il est dans les vapes la plupart du temps, de toute façon.

– Et ma mère ? Je ne peux pas la laisser seule avec Jeff !

– Elle n'a qu'à venir ici également.

Elle me sourit, d'un sourire las et triste.

– Merci, Alec ! Mais tu sais bien qu'elle n'acceptera jamais et puis Jeff foutrait le feu à cette baraque. Tu te souviens de la dernière fois où tu m'as défendue ? La trempe qu'il t'a mise ? Je ne veux plus qu'il te fasse de mal.

– J'avais 13 ans. J'étais un gamin. Je sais me défendre maintenant. Crois-moi, sur le terrain, j'ai affaire à des mecs qui font deux fois sa taille.

– Tu n'as que 16 ans, Alec.

– Je suis un homme, Clara, et je veux te protéger.

Elle sourit et dépose un baiser sur mes lèvres sans trop réfléchir, avant de se rétracter immédiatement. Elle s'éclaircit la gorge et amène sa main à sa bouche, comme si elle n'en croyait pas ses yeux.

– Clara… je…

– Chut ! Ne dis rien, s'il te plaît. Je sais pas ce qu'il m'a pris. Je voulais juste te remercier.

Confuse, elle bondit du lit en rassemblant ses affaires à la hâte, ne me laissant le temps ni de comprendre ce qui se passe ni d'en placer une.

– Je dois aller travailler. Je suis déjà en retard pour mon service. On s'appelle plus tard.

Et comme ça, elle claque la porte de ma chambre, me laissant seul et confus.

7

Alec, 16 ans

Ça fait des jours que Clara m'évite. Sachant qu'on est voisins et qu'on va dans le même lycée, sa capacité d'évitement est impressionnante.

Je vais presque finir par croire toutes les conneries qu'elle me serine depuis qu'on est gosses. Elle est magicienne. Et son pouvoir magique, c'est de se rendre invisible.

Je suis dans les couloirs en route vers mon prochain cours. Selena me bourre le mou pour que je l'accompagne à la prochaine soirée, « super importante » selon ses dires, que le lycée organise à chaque rentrée. Je ne suis pas son mec, alors pourquoi elle me soûle avec ça ?

Je l'écoute à peine et me contente d'acquiescer au bon moment. Ma tête est ailleurs. Et puis, je l'aperçois. Clara. Elle est au bout du couloir, seule, comme d'habitude.

Elle n'a pas beaucoup d'amis. À cause de Jeff. Sa réputation à lui l'entache, elle. En plus d'être violent, il la prive de ce que tout adolescent mérite : une vie sociale. Je l'observe de loin. Elle range ses affaires dans le casier. La tête baissée, elle a l'air épuisée.

Elle n'a pas arrêté son travail au café. Ce qui devait être un job estival s'est peu à peu transformé en job permanent. Elle y travaille tous les soirs. Elle doit être crevée, avec les cours et tout, mais je sais qu'elle a besoin d'argent pour des choses aussi basiques que se nourrir puisque ses parents ne lui donnent rien.

Elle ne participe jamais aux sorties scolaires ni ne prend jamais une barre chocolatée ou un café lors des pauses. Enfin, sauf si je lui offre, mais, têtue comme elle est, elle refuse souvent.

La vie n'est vraiment pas clémente avec elle ; pourtant, Clara ne se plaint jamais. J'aimerais pouvoir l'aider, la protéger, mais difficile quand elle me fuit comme la peste.

Elle referme son casier en soupirant.

Il faut que je la voie ; sinon, elle me filera entre les doigts de nouveau.

– On verra ça plus tard, Selena. Maintenant, si tu veux bien m'excuser, j'ai quelqu'un à voir.

J'avale la distance qui nous sépare en quelques enjambées. Clara m'aperçoit avant que je ne puisse la rattraper, et cette tête de mule se faufile à toute vitesse entre les lycéens qui déambulent dans les couloirs. Elle tourne à droite, espérant sûrement me semer, puis prend la direction de l'escalier de secours.

– Clara, crié-je pour qu'elle cesse sa course folle.

Mais au lieu de s'arrêter, elle accélère le pas, m'obligeant à taper un sprint pour la rattraper.

– Clara ! Putain, t'es sérieuse, là ?

Je dévale l'escalier et la retourne avec force quand je la rattrape. Son dos percute le mur derrière elle. Elle lâche une grimace et je regrette immédiatement ma brutalité.

– Désolé, je ne voulais pas te faire mal.

– Tu ne m'as pas fait mal.

Ses yeux sont fixés sur ses chaussures.

– Qu'est-ce qui se passe ? Tu m'évites ou quoi ?

– Non, pas du tout. Je dois juste aller en cours.

– En passant par l'escalier de sécurité ?

– Ouais, j'ai découvert il y a peu que ça allait plus vite.

Elle parle en regardant dans toutes les directions sauf la mienne.

Je saisis son menton entre mes doigts pour qu'elle me regarde. Elle rougit instantanément puis baisse les yeux de nouveau.

– Qu'est-ce qu'il y a ? Qu'est-ce que je t'ai fait ?

– Rien, tu n'as rien fait.

– Alors pourquoi tu me regardes à peine ?

Cette fois, son regard se pose sur ma bouche ; elle déglutit avant de fermer les yeux comme le ferait une petite fille. Et je comprends ce qu'il lui prend. Pourquoi je n'ai pas fait le rapprochement ? C'est à cause du baiser.

– Tu m'évites parce que tu m'as embrassé et que tu regrettes.

Elle s'empourpre de plus belle, mais confirme d'un geste furtif de la tête.

Elle est adorable.

Elle prend une profonde inspiration et dit d'une voix quasi inaudible.

– Tu dois me détester. J'ai tellement honte de moi.

Elle place ses mains sur ses joues pour faire baisser la température.

– Je ne sais pas ce qui m'a pris.

– Je ne t'en veux pas.

– Non ?

– Non ! Pas du tout. C'est normal que tu n'aies pas pu te contenir. Tout le monde veut un bout d'Alec Graham, dis-je sur le ton de la plaisanterie.

Mais ça ne la fait pas rire du tout. Elle lève les yeux au ciel.

– T'es vraiment con ! Pourquoi tu te marres ? Je suis super embarrassée, tu ne le vois pas ?

– Il n'y a pas de quoi, Clara. C'est rien, juste un petit bisou.

Elle fronce les sourcils, clairement agacée cette fois.

– Juste un petit bisou ! C'était mon premier baiser. Toi, tu ne peux pas comprendre ça, puisque tu passes ton temps la langue dans la gorge de chaque pouffe qui passe. Mais pour moi, c'était important. Je voulais que ce moment compte. Pas me jeter dans les bras de mon meilleur ami parce qu'il est la seule personne qui me porte de l'intérêt.

– Alors c'est pour ça que tu m'as embrassé ? Pas parce que tu en avais envie ?

– Je sais pas. Sur le coup, oui, j'en avais envie. Mais on est juste amis, alors je ne sais pas ce qui m'a pris. Tu étais tellement proche et j'étais tellement triste. J'ai pas réfléchi et…

– Et si je te disais que ce moment a compté pour moi aussi ?

Elle veut émettre un son, mais il reste coincé dans sa gorge. Je m'avance, réduisant à presque rien la distance qui nous sépare. Les pointes de nos chaussures entrent en collision.

– Que j'ai déjà eu envie de t'embrasser plusieurs fois, mais que je n'ai jamais osé ?

Elle retient son souffle. Ses yeux s'écarquillent puis elle déglutit. Je me rapproche et pose délicatement une main sur sa hanche. Elle m'interroge du regard, mais ne recule pas pour autant.

– Qu'est-ce que tu fais ? souffle-t-elle, presque imperceptiblement.

Mon cœur bat tellement fort. Qu'est-ce que je fais, je n'en sais rien. Et je n'ai pas envie d'y réfléchir. Pas quand elle est si proche, que ses grands yeux hypnotiques sont troublés et que sa bouche semble me supplier de…

– Je mets les compteurs à zéro.

Je pose mes lèvres sur les siennes. Elle a un petit bruit d'étonnement, elle ne bouge pas, reste figée comme un bout de bois.

– Tu veux que j'arrête ? demandé-je en lui caressant les joues de mes pouces.

Putain, ce qu'elle est douce et précieuse.

– Non… soupire-t-elle.

Victoire.

Alors je recommence lentement, délicatement, lui donnant le temps de s'habituer.

– Respire.

Elle s'abandonne petit à petit. Sa bouche fond contre la mienne.

Elle a un goût sucré, mélange de douceur et de maladresse. Elle ne sait pas trop que faire, hésite à poser ses mains sur mes épaules, alors je le fais pour elle. Nos lèvres s'écartent. Elle a le souffle court et les yeux brillants.

– Ça va ?

Elle hoche la tête.

Je prends son visage en coupe et le fais pivoter pour un meilleur accès, elle se lèche les lèvres d'anticipation : je profite de cette occasion pour caresser sa langue de la mienne. Elle s'arrête, un peu surprise.

Je hausse les épaules, gêné par mon audace.

– Trop tôt ?

– Non…

– Je crois que je ne t'ai jamais entendue prononcer si peu de mots. Si j'avais su qu'il suffisait de t'embrasser pour que tu la boucles, je l'aurais fait bien avant.

Elle rit, et tout son visage s'illumine. Qu'est-ce que j'aime son rire et son sourire !

Ça faisait bien trop longtemps que je ne l'avais pas vue. J'ai envie de lui demander comment elle va, avec Jeff et tout ça. Ce sera la bonne chose à faire sauf qu'elle est tellement belle et douce que je n'ai plus qu'une envie, l'embrasser.

Nos lèvres se rencontrent de nouveau et il devient impossible de s'arrêter. Je la dévore, la mordille. Mes mains dans ses cheveux se font de plus en plus demandeuses. Je la colle contre le mur. Elle gémit dans ma bouche et le son fait trembler mes couilles.

Ses seins sont pressés contre mon torse. Je meurs d'envie de les toucher, mais je n'en fais rien, évidemment ; c'est Clara. Elle n'a aucune expérience et je ne veux pas la brusquer. Elle passe une main timide sous mon polo, caressant mes abdos, juste au-dessus de ma ceinture. Et le désir déferle dans mes veines sans que je puisse le contrôler, j'ai envie de la dévorer. Je presse mon bassin contre le sien. Elle sursaute quand elle sent mon érection puis me repousse violemment. Pas le temps de lui demander ce qui ne va pas qu'elle me gifle et se barre en courant.

– Clara !

8

Barbara

Aïe, mon crâne. Mes yeux sont collés. Je lutte de toutes mes forces pour les ouvrir, mais, quand j'y arrive enfin, une lumière aveuglante m'oblige à les refermer immédiatement.

Le sommeil me gagne de nouveau, l'impression d'être enfermée dans ma tête, mes rêves, mes souvenirs. Alec, le garçon que je m'efforce d'oublier depuis tant d'années, il est là, il me tend la main puis il s'éloigne, emporté par des rires, de la musique, des filles.

Je hurle son nom, mais c'est comme si j'étais sous l'eau et que personne ne pouvait m'entendre. Et puis je le vois, lui, Jeff, il m'observe, il est venu me mater au Babydoll, et alors que j'ondule autour de la barre, il m'étudie avec ses yeux noirs injectés de sang et son sourire diabolique. Il se redresse et vient vers moi ; la pièce s'est soudainement vidée, je suis seule et je ne peux pas bouger, mes plates-formes sont collées au sol.

Il s'approche ; son sourire lui déforme le visage, jusqu'à se fendre. Il tend les mains vers moi pour me saisir. Non, non, non… nooon.

Je me redresse d'un coup sec, complètement trempée de sueur.

– Tout va bien, Clara. Tout va bien, je suis là, dit une voix réconfortante à mes côtés.

Ça m'apaise.

Pas pour longtemps car lorsque je me hasarde à retrouver le sommeil, je sens une personne s'allonger à mes côtés.

– Phoenix ? Peux-tu m'apporter de l'eau, s'il te plaît ?

Je crois que c'est ce que j'ai dit car là, tout de suite, je suis tellement dans les vapes que j'ai l'impression que mes pensées et mes paroles se confondent dans un brouhaha confus.

Personne ne me répond. Des bruits de pas, une porte qui claque, quelques instants de silence pendant lesquels je lutte pour rester éveillée, puis la sensation d'une main qui passe délicatement dans mes cheveux, sur ma joue, mon cou. Je soupire, je ne me souviens pas que Phoenix est capable de tendresse.

Cette main m'aide à me redresser, place le verre d'eau au niveau de mes lèvres. Oh, mon Dieu ! Chaque gorgée m'apporte une once d'oxygène supplémentaire. Je termine le verre, lentement, difficilement ; ma gorge est nouée.

Mes yeux finissent par s'ouvrir pour tomber sur un torse musclé et tatoué, des bras puissants. Phoenix est franchement bien foutu. Je ne l'aurais pas parié, pourtant.

Est-ce qu'on a couché ensemble ?

Ce qui expliquerait sa présence, à moitié nu à côté de moi.

Putain, je fais vraiment n'importe quoi.

Mes pupilles continuent leur adaptation et leur ascension, un cou, des mâchoires angulaires, des lèvres charnues. Merde, ces yeux gris. Ce n'est pas Phoenix, c'est…

Alec.

Je recrache toute l'eau que j'ai dans la bouche avant de m'extirper du lit. Mauvaise idée car mes jambes sont en coton et je m'écroule à peine ai-je touché le sol.

– Eh, où tu vas ? Je ne crois pas que tu sois encore en état de marcher.

Sans aucun effort, il me saisit dans ses bras pour me remettre dans le lit. Le contact de ma peau sur la sienne me fait l'effet d'une délicieuse décharge électrique. Il s'allonge à mes côtés et me fixe longuement.

– Ne t'en fais pas, tu es en sécurité ici, et je ne t'ai pas touchée, si c'est ce qui te fait peur. Je m'appelle Alec. Mais quelque chose me dit que tu le sais déjà.

Je m'éclaircis la gorge. Vite, trouver un truc à dire. Il ne doit pas savoir qui je suis. Personne ne doit le savoir. Clara Kinney est morte le jour où elle a quitté Baton Rouge et rien ne viendra ébranler ce fragile secret.

– Oui, je sais qui tu es. Tu es Alec Graham !

Il acquiesce, suspicieux. Je continue.

– Tu es ce joueur de foot un peu connard qui se tape tous les mannequins ou toutes les influenceuses du moment, avec la ferme intention d'entrer dans le guide des records comme le roi des *players*. Mais, ôte-moi d'un doute, t'es payé au kilo de meufs que tu baises, ou à ta performance de quarterback ?

– Je vois que ça va beaucoup mieux. Et je te trouve bien critique pour une strip-teaseuse, Clara.

– Je t'ai déjà dit que je ne m'appelais pas Clara. Tu dois être bouché en plus d'être pervers. Je ne sais pas pourquoi tu t'obstines à m'appeler comme ça. Mon nom, c'est Barbara, ou Bambie pour les intimes.

Il sourit, cette conversation semble beaucoup l'amuser. De mon côté, je suis à la fois troublée et sur la défensive.

J'ai un mal fou à détourner le regard. Comment fait-il pour être encore plus beau qu'avant ? Une flopée d'émotions m'envahit et me noue la gorge.

Toutes ces années où j'ai vu l'ascension d'Alec, de

loin, je m'efforçais de ne plus rien ressentir pour lui. Ça a été dur de ne pas lui donner de nouvelles. Mais il y allait de notre survie.

– Où est Phoenix ? finis-je par demander pour couper court à notre échange.

– Tu veux dire le connard qui t'a drogué ? Il est resté à la soirée.

– On est plus à la soirée ? Je suis où, là ?

– Je t'ai amenée à mon hôtel.

– Quoi ? m'exclamé-je, de nouveau hors du lit. Et qu'est-ce que tu m'as fait, sale pervers ?

Cette fois, la colère me permet de rester sur mes jambes.

– Je n'ai rien fait à part veiller sur toi. Tu étais tellement dans les vapes, j'avais peur que quelque chose t'arrive, si je te laissais là-bas.

– Alors tu as décidé de me kidnapper ?

– « Kidnapper » est peut-être un grand mot.

– On verra ce qu'en pensera la police. Où est mon téléphone ? Où sont mes affaires ?

– Je ne sais pas.

Je regarde autour de moi pour la première fois. Les murs blancs, les vitres qui donnent sur la baie de Miami.

– Dans quel hôtel sommes-nous ?

– À l'hôtel Edison.

Je réfléchis à toute vitesse. On est à trente minutes de chez moi. Je n'ai ni mes clés de voiture ni mon téléphone, et cette ville n'est pas vraiment réputée pour ces transports en commun. Comment je vais rentrer chez moi ? Camilla doit être folle d'inquiétude.

Je fais les cent pas, un peu déboussolée. Il faut que je sorte d'ici.

– Je peux te ramener chez toi, si c'est ce que tu veux, Barbara.

Il prononce mon prénom comme s'il avait un goût de cyanure.

– Cela ne veut pas dire que je te serai redevable de quoi que ce soit. Et que je n'irai pas porter plainte pour kidnapping et séquestration.

– Absolument.

Il me répond comme si les menaces que je viens de proférer glissaient sur lui sans l'atteindre. Il a toujours eu ce petit côté arrogant, sûr de lui et ce, même quand il n'avait pas un rond. Comme si le monde lui appartenait.

– Mais avant, tu permets que je prenne une douche ? (Il regarde son torse.) Et que je m'habille ? Il y a du jus d'orange, du café et des croissants dans la pièce d'à côté.

Je meurs de faim, mais ne bouge pas d'un iota. Quelques minutes plus tard, il ressort de la salle de bains, les cheveux légèrement mouillés, et une odeur délicieuse embaume la pièce. Une torture. Jouer à l'indifférente devient de plus en plus difficile à chaque minute qui passe.

– Tu veux te préparer à ton tour ?

Je regarde mes vêtements froissés, qu'il ne m'a pas retirés heureusement, et passe une main dans mes cheveux. Mon mascara a certainement coulé. Je dois faire peur à voir. Mais là, tout de suite, je m'en fous. Il est vital que je quitte cet endroit.

– Non merci, je veux juste rentrer chez moi.

– Alors, après toi.

D'un geste de la main, il m'invite à me diriger vers la porte de sortie. Je ne me fais pas prier. Encore quelques minutes face à lui et mes poumons risquent de manquer d'oxygène.

Dans l'ascenseur, je me place le plus loin possible de lui, alors qu'il m'observe de son air énigmatique.

– Tu veux ma photo, peut-être ?

– Tu n'aimes pas qu'on te regarde ?

– Je suis strip-teaseuse. Je suis payée pour qu'on me regarde.

Ma remarque le fait tiquer.

– Ça fait longtemps que tu fais ce métier ?

– À peu près quatre ans.

– Tu as quel âge ?

– Vingt-deux ans.

Un mensonge de plus, mais je dois absolument brouiller les pistes.

– Et tu as toujours habité Miami ?

– C'est quoi, ça ? Le jeu des vingt questions ?

– Non ! J'essaie juste de faire la conversation. Le trajet nous paraîtra moins long si on apprend à se connaître.

– Je n'ai aucune envie de te connaître, Alec Graham.

– OK.

L'ascenseur s'ouvre sur le parking souterrain. Je le suis sans broncher. Alors qu'une voiture digne d'un *Batman* s'illumine devant nous – la porte s'ouvre vers le haut –, je ne peux m'empêcher de lever les yeux au ciel.

Les mecs et leurs joujoux.

Alec a toujours adoré les voitures et je vois que, maintenant, il assouvit enfin ses rêves d'enfant.

– Jolie voiture.

– Merci !

– Des trucs à prouver ou à compenser ?

Il hausse un sourcil et esquisse un sourire dévastateur, que je ressens jusqu'à mes orteils. Il n'a rien perdu de son charme, l'enfoiré. Il est même encore plus sexy qu'avant. Sa carrure de guerrier viking et sa barbe de trois jours lui donnent un air faussement négligé qui lui va bien. Ses yeux et son sourire sont restés intacts. Enivrants. Addictifs.

– Non ! Je n'ai rien à compenser, et quelque chose me dit que, ça aussi, tu le sais déjà.

Le rouge me monte aux joues et je camoufle mon trouble en regardant par la fenêtre. Les palmiers, l'océan Pacifique, bleu turquoise… Miami déploie sa beauté et son luxe, alors que nous la traversons à vitesse grandissante. J'aime cette ville autant que je la déteste.

Le trajet en voiture se fait dans un silence de mort.

À peine arrive-t-on devant ma résidence que j'essaie de sortir comme si j'avais la mort aux trousses. Mais bien sûr, dans ce genre de caisse, il n'y a pas de poignée et je dois attendre sagement qu'Alec daigne m'ouvrir la porte.

– Quand est-ce qu'on peut se revoir ? demande-t-il simplement.

Je me tourne vers lui d'un coup sec. Ses yeux gris remplis d'espoir me transpercent.

– Jamais.

Il encaisse sans broncher et appuie sur un bouton, qui ouvre la porte automatiquement.

Je sors le plus vite possible. Sans demander mon reste, sans me retourner. J'ai le cœur gonflé de tout un tas d'émotions contradictoires, mais je ne dois rien laisser transparaître.

Alec, c'est le passé. Et mon passé doit rester enfoui. Fin de l'histoire.

De toute façon, il est de passage ici. Je sais qu'il joue pour les Chicago Bears et qu'il finira par retourner là-bas. Je dois juste éviter de croiser son chemin pendant qu'il séjourne à Miami. Combien de temps va-t-il rester ici ? Est-il venu seul ou avec sa petite amie du moment ?

Une part de moi, la part la plus stupide, celle qui m'a souvent mise dans des situations de merde, celle que je m'efforce de ne jamais écouter, aimerait que je me jette dans ses bras. Que je lui demande des nouvelles, de lui, de son père. Que je le félicite pour sa réussite et lui dise que je suis fière de lui, que je savais qu'il réussirait, que je n'en ai jamais douté. Envie de retrouver mon meilleur ami, peut-être même mon premier amour. Mais je ne peux pas faire ça. Personne ne doit savoir, surtout pas lui.

J'arrive en haut de l'escalier qui mène à mon appartement, avec la sensation de porter le monde sur mes épaules. J'ai à peine le temps d'insérer ma clé dans la serrure que la porte s'ouvre en grand et qu'une tornade cubaine se jette dans mes bras.

– Oh, merci, mon Dieu ! Tu es vivante. Tu sais à quel point je me suis inquiétée ? J'ai appelé tout le monde. Encore quelques heures et je contactais le FBI.

Je ris de sa folie et de son sens de l'exagération.

– Qu'est-ce que tu veux qu'il m'arrive ?

– Je sais pas, j'ai cru qu'on t'avait kidnappée ! Coupée en morceaux. Enrôlée dans un réseau de prostitution. La traite des Blanches, tu connais pas ? Apparemment, les blondes aux yeux clairs comme toi, ça vaut des millions en Arabie saoudite.

– Je ne veux même pas savoir comment tu sais ça.

Camilla a toujours des théories fumeuses sur tout. Elle se pose tout un tas de questions qui ne traversent pas l'esprit du commun des mortels, comme la taille du sexe des tortues, ou la tendance au viol en réunion chez les dauphins. Son cerveau est comme sa langue, il fonctionne à mille à l'heure.

Elle prend mon visage entre ses mains et me regarde comme si je revenais d'outre-tombe.

– Oh, ma Preciosa ! Tu es là ! Tu es vraiment là. Mais où étais-tu passée ? finit-elle par me demander en me pinçant la joue cette fois.

– Aïe ! Tu m'as fait mal.

– C'est mérité. Je n'ai pas dormi de la nuit, alors ne me dis surtout pas que tu as passé la nuit avec un de tes nombreux admirateurs à t'envoyer en l'air.

Je souris et ne dis rien. Je ne sais pas franchement comment encaisser ce qui s'est passé hier soir, alors en parler, c'est au-dessus de mes forces.

– C'est bien ça, alors ? J'ai vu juste.

J'acquiesce pour qu'elle me lâche.

– T'aurais pu m'appeler, au moins.

– Je suis désolée, j'ai perdu mon téléphone.

– Et qui est ce chanceux qui a enfin réussi à séduire Bambie, la reine de glace ? Je sais que ce n'est pas Phoenix, vu la tronche qu'il tirait à la soirée.

– Personne de très important. Juste un mec. Et toi, alors, tu as conclu avec Tommy ?

– Non, j'ai passé ma soirée à te chercher. Tu as littéralement disparu de la surface terrestre et comme je n'avais aucune nouvelle, je me suis fait un sang d'encre. La dernière chose que j'avais envie de faire, c'est de m'envoyer en l'air.

– Oh ! Je suis vraiment désolée, Camilla. Mais tu vas sûrement le revoir ?

– Je ne pense pas. Il repart en tournée ce soir, alors…

Elle hausse les épaules.

– Tant pis pour moi. Je crois que je vais me contenter de Ragnar pendant un petit moment.

J'éclate de rire. Ragnar, c'est le vibromasseur de

Camilla. Elle l'a surnommé ainsi car elle est fan de la série *Vikings*. D'ailleurs, elle me dit souvent que je ressemble à Lagertha. Pour mon anniversaire, elle m'en a offert un à mon tour et m'a forcée à lui donner un nom. Machinalement j'ai répondu Alec, mais je ne lui ai jamais expliqué pourquoi.

– Toi non plus, tu n'as pas l'air d'avoir pris ton pied hier soir. Tu es pâle comme un linge. On dirait que tu as vu un fantôme.

– Disons que c'était étrange.

– Étrange, innovant ou étrange, bizarre ?

– Juste étrange.

– Bon, je sens que tu ne vas pas vouloir cracher le morceau, conclut-elle.

– Non, tu me connais.

– Oui, malheureusement. Tu n'es pas la reine de glace pour rien. Bon, en attendant, tu m'offres le petit déjeuner pour te faire pardonner ? Toute la bande est au Cubana.

– Je suis crevée et je te rappelle que c'est toi qui étais censée me faire des pancakes.

– Ça, c'était avant que tu disparaisses et me fasses perdre quelques années de vie.

Elle se regarde dans le miroir et pointe une ride inexistante sur son front.

– Ça va me coûter cher en botox, ça.

– Cette ride n'a rien à voir avec moi.

– Elle est apparue cette nuit.

– N'importe quoi.

Je ris car elle réussit à passer du coq à l'âne en moins de temps qu'il n'en faut pour le dire et n'a pas sa pareille pour me changer les idées.

– Bon, d'accord ! Allons bruncher, mais d'abord laisse-moi prendre ma douche et me préparer.

Je m'enferme dans la salle de bains en essayant de calmer mon cœur qui bat la chamade.

Alec, j'ai revu Alec.

Cette pensée vertigineuse me heurte comme une tonne de briques et fait remonter tout un tas de choses que je m'efforçais jusqu'à présent d'oublier.

9

Clara, 16 ans

– Regarde qui est là aujourd'hui.

Jeff, mon beau-père, me reluque de haut en bas avec ce regard de pervers qu'il arbore depuis quelque temps, et qui me pousse à détester mes nouvelles formes et à me cacher sous des fringues trois fois trop grandes pour moi.

Je passe devant lui tout en l'ignorant alors que ma mère est endormie sur le canapé, faisant sûrement sa dixième sieste de la journée.

Se droguer et dormir, voilà ses seules activités.

Comment foutre sa vie en l'air en deux leçons ?

Tragique.

Lui ne semble pas aussi affecté qu'elle par les merdes qu'ils s'injectent. Clope au bec et débardeur crade, il persiste à me parler.

– Tu vas où, comme ça ?

Je continue de l'ignorer et file me faire un sandwich dans la cuisine. D'habitude, je reste enfermée dans ma chambre, là où je ne risque pas de le croiser et attends qu'il parte pour en sortir. C'est la seule stratégie que j'ai trouvée pour avoir la paix, mais j'avais faim et il ne semble pas décidé à partir cette fois. J'ai attendu jusqu'à la dernière minute, mon service commence dans moins d'une demi-heure.

– Tu n'entends pas quand on te parle, Clara ?

Sa voix devient menaçante. Le son de ses pas lourds sur le sol qui se rapprochent me fait trembler. La tranche de pain de mie m'échappe et retombe sur le plan de travail. Je finis par lui répondre parce que j'ai peur qu'il ne m'en mette une. Et ça me coûte autant que si on m'arrachait une dent.

– Je vais bosser ! Tu sais bien que j'ai trouvé un boulot chez Pete's et que j'y vais tous les soirs.

Il renifle. J'ai un haut-le-cœur.

Est-ce que quelqu'un peut être plus dégoûtant que ce mec ?

Les taches de gras sur son débardeur semblent incrustées à vie. Je sens d'ici l'odeur de son tabac. Il fume des dizaines de clopes par jour et j'espère que ça finira par le tuer. Un déchet comme lui ne mérite pas de vivre.

J'ai bien souvent eu envie de verser du cyanure dans son café. J'ai même fait des recherches là-dessus à la bibliothèque de l'école car, évidemment, je n'ai ni ordinateur ni téléphone. J'ai à peine de quoi me nourrir et, si ce frigo est plein, c'est grâce à mon nouveau boulot. Je déteste que Jeff en profite également, mais, au moins, maman mange un peu plus qu'avant. Elle fait vraiment peur, ces derniers temps.

Jeff se place en face de moi pour me faire la conversation comme si de rien n'était. Comme s'il n'avait pas failli me casser le bras il y a encore quelques semaines.

– Pete te traite correctement ?

Ironique, cette question, quand on sait tout le mal que lui me fait.

J'acquiesce sans lever les yeux de mon sandwich, que j'emballe maintenant dans un papier aluminium.

– Tant mieux, sinon on peut lui rendre une petite visite, avec les gars.

– Ne fais pas ça ! dis-je sur un ton que j'espère convaincant.

– Je protège toujours ce qui m'appartient ; tu le sais bien, Clara.

J'ai envie de lui crier que je ne lui appartiens pas. Qu'il n'est rien pour moi à part ce poison qui a rendu ma mère malade !

J'ai envie de lui dire que si quelqu'un me traite comme une merde, c'est lui. Et que je voudrais qu'il dégage de notre vie, définitivement, lui, sa drogue et tous ses potes de bas étage, mais évidemment je n'en fais rien.

Je garde le silence. Ce silence qui m'étouffe de plus en plus chaque jour. Je glisse mon sandwich enfin emballé dans mon sac, et me dirige vers la porte.

– Et moi, j'ai pas droit à un sandwich ?

La main toujours sur la poignée, je soupire. Je savais qu'il trouverait le moyen de m'emmerder. Si je refuse, il va me mettre une trempe ; si j'accepte, je serai en retard et il aura gagné. Je finis par faire demi-tour et lui donne le mien, de sandwich. Il le saisit et attrape ma main dans la sienne au passage. Les yeux injectés de sang, il me sourit de toutes ses dents. Le sourire de la victoire de celui qui vient d'asseoir sa domination.

– Tu vois, c'est pas difficile de se montrer gentille. Tu sais que tu ressembles de plus en plus à ta mère, enfin quand elle était encore fraîche. Cette fraîcheur me manque.

Il laisse traîner son pouce sur mon poignet. De la bile me remonte dans la gorge alors que je retire violemment ma main, et sors de cet endroit sordide comme si le diable était à mes trousses.

Il me faut vingt-cinq minutes pour rejoindre le café à

pied. Et pendant tout le trajet, je repense à son allusion dégoûtante.

Je ne suis pas débile, je comprends ses remarques perverses. Il les fait de plus en plus souvent. Et je suis terrorisée à l'idée de me retrouver seule avec lui. Non que ma mère soit d'une quelconque aide, mais, au moins, sa présence me protège un peu.

J'ai essayé de lui en parler, elle s'est endormie au milieu de la conversation. Complètement shootée. Alors j'ai décidé de dormir avec un couteau sous mon oreiller juste au cas où.

Je pousse la porte de chez Pete's ; une bonne odeur de café et de tarte maison m'accueille. Mon havre de paix, un des seuls endroits où je me sente en sécurité. Ici et chez Alec. Mais en ce moment, je l'évite.

Pourquoi ? Parce que je ne sais plus que penser. Alec est mon meilleur ami, mais, ces derniers temps, je ressens des choses que je ne devrais pas ressentir. Et si je crois ce qu'il dit, c'est réciproque, mais pour combien de temps ?

Je vois bien comment il est avec les autres filles. Il se lasse vite. Il couche avec elles puis les laisse tomber. Et moi, je ne veux pas le perdre ou que les choses deviennent bizarres entre nous. Il est mon seul ami. Le seul qui m'aime et se préoccupe de moi.

De plus, l'idée de faire l'amour me terrifie. Et Alec n'est pas du genre à se contenter de baisers volés. Sentir son désir pour moi la dernière fois m'a complètement chamboulée et, évidemment, j'ai réagi comme une idiote. J'ai honte de moi donc, au lieu d'aller m'excuser, je me planque.

Je soupire et chasse ces idées de ma tête, puis referme soigneusement la porte derrière moi.

– Salut, Clara !

– Salut, rétorqué-je à Belinda, ma collègue et amie.

Elle est la femme de Pete et s'occupe de tout : la cuisine, l'intendance et le bar. Elle est tentaculaire et surtout adorable.

Chez Pete's est un café typique avec une clientèle composée de gens de passage ou de vieux habitués. Parfois, les jeunes du lycée viennent y faire un tour, surtout après les matchs, et c'est toujours embarrassant pour moi de servir des gens avec qui je suis en cours.

– J'arrive tout de suite. Je vais me changer.

– Bien sûr, ma chérie, prends ton temps. On ne peut pas dire que nous soyons débordés.

« Ma chérie » ! Chaque fois qu'elle me dit ces mots, quelque chose se gonfle dans ma poitrine. Ma mère m'appelait comme ça, mais aujourd'hui c'est tout juste si elle se souvient de qui je suis. Je suis sûre que, si on lui demandait de choisir entre moi et sa prochaine dose, elle choisirait la seconde option.

Je soupire et m'enferme aux toilettes pour mettre ma tenue de serveuse.

– Tu as l'air crevé, Clara, ce soir, remarque Belinda derrière son comptoir quand je m'installe en face d'elle en bâillant.

– Eh bien, bonsoir ! Moi aussi, je suis ravie de te voir.

– Fais pas la maligne, dit-elle. Tu sais que je suis toujours contente de te voir. Mais je m'inquiète pour toi. C'est plus des cernes que tu as sous les yeux, mais des valises. Tu bosses beaucoup trop, Clara. Pete m'a dit que tu lui avais demandé de faire encore plus d'heures. Et le lycée ?

– J'arrive à concilier les deux.

Et ici, au moins, je me sens en sécurité.

Mais ça, j'omets de le lui dire. J'ai pourtant eu envie

de lui parler de ma situation la dernière fois où on était lancées dans une conversation profonde.

Elle me montrait des photos de sa fille qui est à l'université, elle en était tellement fière que ça m'a émue. Sur les clichés, les deux s'enlaçaient avec amour. Une forme de normalité dont tout le monde jouit sauf moi. « Adopte-moi ! » avais-je envie de lui crier.

Mais je ne peux parler de Jeff à qui que ce soit. Je sais ce qu'il ferait, à moi et surtout à ma mère, si je lui ramenais le moindre problème ; il m'a bien trop souvent menacée pour que je l'ignore.

– C'est vide, ce soir, remarqué-je en jouant avec un dessous de verre.

– Oui… je crois qu'on va fermer plus tôt, dit-elle en découpant une part de tarte pour M. Smith, qui est assis à quelques mètres, au bar.

Mon ventre gargouille. Je suis affamée et cette meringue a l'air tellement délicieuse.

– Tu en veux, Clara ?

Je secoue la tête, un peu embarrassée. Mais Belinda ne m'écoute pas et me sert une part ainsi qu'un soda.

– Allez, installe-toi et mange.

La première bouchée me donne l'impression d'avoir mis un pied au paradis.

– Mmm, c'est vraiment bon.

– Merci ! C'est préparé avec amour. Dis-moi, tu avais faim, non ? remarque-t-elle en pointant l'assiette vide du doigt.

Deux minutes. Il ne m'a pas fallu plus de deux minutes pour tout dévorer.

– Oui… J'ai rien avalé de la journée.

Ses paupières se plissent et on dirait qu'elle fouille en moi.

– Pourquoi tu me regardes comme ça ?

– Tu n'es pas anorexique, au moins ?

J'éclate de rire.

– Non ! Qu'est-ce que tu vas t'imaginer ? Je viens littéralement de dévorer une tarte de deux mille calories en moins de temps qu'il n'en faut pour le dire. Alors anorexique ? Non !

– J'ai lu cet article sur tous ces jeunes qui se laissent mourir de faim pour ressembler à des célébrités et…

– Ne t'en fais pas ! Ce n'est pas mon cas.

– Promis ?

Elle a ce regard tendre et protecteur qui me manque cruellement chez moi.

– Oui. J'ai juste pas eu le temps de me prendre un truc avant de venir, avec le lycée, mes devoirs et tout ça.

La clochette de la porte sonne, annonçant l'arrivée de nouveaux clients. Enfin !

Qui dit client dit pourboire. Je saute de ma chaise avec enthousiasme. Mais cet enthousiasme disparaît au moment où je me retrouve face aux yeux gris d'Alec.

Il n'est pas venu seul. Pendue à son bras, cette sangsue de Selena le regarde comme s'il venait de lui décrocher la lune. Alec m'a toujours soutenu qu'ils n'étaient pas ensemble, mais ça ne crève pas les yeux quand on les voit.

Qu'est-ce qu'elle m'agace à toujours se coller à lui !

J'essaie d'ignorer leur présence alors qu'ils vont s'installer bruyamment sur une banquette près de la fenêtre, suivis de près par leur bande de copains.

Génial… L'équipe de foot et toutes ses groupies au complet.

C'est vrai qu'on est vendredi soir. Jour de match et donc jour de célébration en cas de victoire.

La dernière fois que j'ai vu Alec, je l'ai embrassé, giflé, puis je me suis enfuie. Depuis je l'évite. Autant dire que le revoir est des plus gênants, alors je n'ai qu'une envie, là, tout de suite : me planquer derrière le bar, jusqu'à ce qu'ils partent. Mais j'aurais l'air complètement ridicule et Belinda, qui ignore mon dilemme mental, me donne déjà les menus pour que je les apporte à leur table.

– Tiens, tes amis sont là. Tu t'en occupes ?

– Oui, bien sûr.

Allez, Clara ! Mets ta culotte de grande fille et va les affronter !

Je prends une profonde inspiration pour me donner du courage et avance vers eux d'un pas déterminé. Si je ne regarde pas Alec, tout se passera bien.

Je me demande s'il m'en veut ou s'il s'en fiche. Il doit sûrement s'en foutre. Il n'a pas cherché à me revoir depuis et ça fait déjà trois jours que l'incident a eu lieu. Embrasser une fille, c'est la routine pour lui. Il n'y a que moi pour en faire toute une histoire.

Oui, mais pas se faire gifler, me souffle ma conscience.

C'était juste une petite claque de rien du tout.

Je mens. Je l'ai giflé tellement fort que j'en avais mal à la main. Chaque fois que j'y pense, j'ai envie de disparaître sous terre.

Qu'est-ce qu'il m'a pris ? Pourquoi j'ai réagi comme une débile ?

Il doit sûrement me détester maintenant.

Mon unique ami. La seule personne à qui je peux parler et avec laquelle je me sens bien. Et moi qui ne voulais pas le perdre. On peut dire que c'est réussi. Je soupire. J'aurais dû m'excuser, au lieu de laisser les choses s'envenimer.

– Bienvenue chez Pete's ! dis-je d'une voix faussement enjouée en distribuant les menus. Que puis-je faire pour vous ?

J'essaie de garder un air impassible, et de ne surtout pas regarder Alec, mais je sens son regard sur moi, brûlant comme un laser.

– Hey, Clara, je savais pas que tu travaillais toujours ici ? remarque Ashton, le linebacker de l'équipe, un grand brun au regard noir et franc, avec une voix de baryton.

Tout le monde l'écoute dans l'équipe. Il force le respect à la fois par son physique imposant et sa gentillesse. Il est l'un des rares qui ne m'a jamais emmerdé, même avant l'arrivée d'Alec.

– Oui, j'ai prolongé mon contrat.

– Franchement, avec le lycée, je te trouve courageuse. Moi, je n'arrive pas à m'en sortir avec tout ce qu'on nous demande de faire.

– Elle n'a pas le choix. Tu sais très bien qu'elle est pauvre, souligne Selena.

Je sens la morsure de la honte crépiter dans ma nuque et faire rougir mes joues.

Je n'ai pas honte de ne pas avoir d'argent. Tout le monde le sait. Ça se voit dans mes vêtements usés et mes manques de possibilités. Inutile de prétendre le contraire, et puis après tout, je n'y peux rien ; mais c'est le ton méprisant qu'elle utilise qui me donne l'impression d'être une moins-que-rien.

– J'arrive à tout concilier, confirmé-je en ignorant la remarque acerbe de Selena. Et le travail, c'est la santé, non ?

– Tu as raison. Bon, s'il te reste de l'énergie après ton service, peut-être que tu peux nous retrouver chez moi ? Mes parents ne sont pas là ce soir, alors on organise une fête. Il y aura tout le lycée.

– Merci pour l'invitation, je vais y réfléchir.

L'idée d'aller à cette fête m'attire comme celle d'aller

chez le dentiste. Je ne bois jamais d'alcool, et je ne consomme pas non plus de drogues. J'ai peur de finir comme ma mère. On dit que l'addiction est héréditaire. Aucune envie de tenter le diable. De plus, après mon service, je suis en général tellement crevée que j'arrive à peine à rentrer chez moi.

– Sinon, je vous sers quoi ?

Chacun me donne sa commande à tour de rôle, que je note soigneusement, et quand vient le tour d'Alec, je m'efforce de garder un visage impassible, mais je suis vexée qu'il ne m'accorde aucun regard et qu'il passe tout son temps à flirter avec Selena, qui lui murmure des trucs à l'oreille.

Qu'est-ce qu'elle peut bien lui raconter ? Et pourquoi il m'ignore ?

Je ne me suis jamais sentie aussi petite et aussi inexistante qu'à cet instant.

J'appuie tellement fort sur mon crayon que j'en casse la mine. Le tour de table terminé, je fais volte-face et me précipite vers Belinda pour lui transférer les commandes.

– Tout va bien, Clara ? Tu es toute blanche.

– J'ai besoin de prendre l'air une seconde, si tu me le permets.

– Oui, vas-y, bien sûr.

– Merci…

Le cœur au bord des lèvres, j'emprunte la sortie de secours. Je m'assieds sur l'un des cageots laissés au sol pour servir de tabouret à Pete lorsqu'il fait ses pauses clope.

Je passe une main sur mon visage en essayant de contenir mes larmes.

Ne pleure pas, tu vas avoir l'air d'une idiote.

Mais ma lèvre inférieure tremble et des sanglots

obstruent déjà ma gorge. J'utilise mon tablier pour effacer mes larmes, tout en pestant contre ma stupidité.

Je ne sais même pas pourquoi je pleure. Au moment où j'arrive enfin à reprendre mes esprits, la porte s'ouvre derrière moi.

10

Alec, 16 ans

– Qu'est-ce que tu fais là ? Qu'est-ce que tu veux ? demande Clara en reniflant.

Son visage, son petit nez adorable, ses yeux clairs rougis de larmes. Je me déteste. J'ai envie de me mettre un coup de pied dans les couilles tellement je me déteste. Elle pleure à cause de moi et de mon petit jeu.

– Je suis venu te voir.

– Tu ne devrais pas être avec Selena ?

Son ton est glacial et si des yeux pouvaient tuer, je serais déjà mort.

Je garde le silence.

– Qu'est-ce que tu as ? Pourquoi tu ne dis rien ? C'est ta petite amie ? C'est ça ? Tu vas m'annoncer que vous sortez ensemble ? Depuis quand ? Enfin, ça ne me regarde pas.

Elle lisse son tablier et relève le menton. Jalouse. Elle crève de jalousie.

– Vous faites un super couple, en tout cas ! Vous êtes aussi débiles et superficiels l'un que l'autre.

Je relève un sourcil pendant qu'elle continue sa vindicte.

– Mais est-ce qu'elle est au courant que tu m'as embrassée ?

– Tu m'as embrassé en premier !

Elle ouvre la bouche et la referme immédiatement.

Ses yeux se plissent et je vois la colère durcir ses traits. Je la connais si bien. Je sais exactement où appuyer pour lui faire mal.

Je vais lui faire admettre ce qu'elle ressent, que je ne sois pas seul à éprouver ce que j'éprouve. Je veux qu'elle assume. Quitte à la froisser un peu au passage.

– Crois-moi, je le regrette amèrement.

– Pas autant que moi.

On dirait que ma remarque la blesse physiquement. Ses yeux se remplissent instantanément de larmes et elle fonce vers moi avec rage. Elle me pousse comme quand on était gosses, pour me déstabiliser, sauf que maintenant je fais deux têtes de plus qu'elle.

Je la vois s'écraser contre moi et ne bouge pas d'un pouce, ce qui ne fait que décupler sa colère. Elle me frappe plusieurs fois la poitrine de ses minuscules poings.

– Je te déteste, Alec ! Va-t'en ! Va la retrouver. Je n'ai pas besoin de toi.

Je garde le silence et la laisse sortir toute sa rage. Et le bouillonnement dure un long moment, mais je tiens bon. Quand je sens qu'elle fatigue, je la prends dans mes bras pour l'immobiliser, mais aussi la calmer.

Son parfum, sa chaleur, tout m'a manqué. Je réfrène mon besoin de respirer ses cheveux. Trop peur qu'elle ne me mette un coup de genou dans les couilles.

– C'est bon, tu as fini ? glissé-je à son oreille, alors qu'enfin calme, elle ravale ses derniers sanglots.

Elle se dégage de ma prise et me regarde avec tristesse.

– Pourquoi tu me fais ça, Alec ? Pourquoi elle ? Elle a déjà tout, et moi je n'ai rien. Rien, à part toi. Tu es mon seul ami... Je ne veux pas te perdre.

Sa voix se brise de nouveau.

– Tu as une drôle de façon de le montrer. Ces derniers

temps, tu me fuis comme la peste, sans parler de la gifle. Pourquoi tu m'as frappé ?

– Parce que…

Les poings serrés le long de son corps, elle ferme les yeux et lâche dans un cri de désespoir :

– Parce que j'ai peur. Voilà. J'ai peur.

– Peur de quoi ? De moi ? On se connaît depuis qu'on est gosses. Tu sais bien que je ne te ferai jamais de mal, Clara.

– Tu m'en as fait ce soir !

– Je voulais te faire réagir.

– En t'affichant avec Selena ?

– Oui. Je voulais te rendre jalouse.

– C'est réussi. Je suis jalouse. Je crève de jalousie, à tel point que je pourrais lui arracher les yeux, à cette vipère.

Elle plisse les paupières, comme si elle venait de réaliser quelque chose d'important.

– Ça veut dire que tu ne sors pas vraiment avec elle ?

– Non, je te l'ai déjà dit, on est juste potes. Elle voudrait plus, mais moi je ne suis pas intéressé.

– Non ? Elle est franchement belle, pourtant, murmure-t-elle.

– Ouais, c'est vrai qu'elle est belle.

Elle a l'air confuse. Je relève son menton pour mieux plonger mon regard dans le sien.

– Mais je suis intéressé par quelqu'un d'autre. Une fille géniale, belle, sensible et intelligente qui me fait rire et avec qui j'adore passer tout mon temps.

Ses yeux s'écarquillent à mesure qu'elle comprend que je parle d'elle.

– Une fille qui a des pouvoirs magiques, et des yeux d'une couleur unique. Une nymphe qui m'a envoûté avec ses histoires de sortilèges et de fées. Malheureusement, cette fille a décidé de me maintenir à distance et je ne sais plus comment attirer son attention.

Elle esquisse un minuscule sourire, qui déclenche directement le mien.

– Est-ce que cette fille court plus vite que toi ?

Sa remarque complètement décalée m'arrache un rire et je vois qu'elle contient le sien.

– Non ! Elle pense qu'elle court plus vite parce qu'elle est bornée et pas du tout objective. Mais je lui ai prouvé mille fois que c'était faux. Et je n'hésiterai pas à le refaire.

– Tu peux toujours essayer.

Elle tire la langue et je suis content de cette légèreté retrouvée entre nous.

– Plus sérieusement, Clara, ajouté-je alors que je prends ses mains dans les miennes et les amène à mes lèvres, lui provoquant un hoquet de surprise. J'ai envie de plus que notre amitié. J'ai envie d'être avec toi, de t'embrasser, de te toucher. D'explorer ce truc nouveau que je ressens chaque fois que tu es dans les parages. Et je crois que tu ressens la même chose que moi.

Elle fixe ma bouche, le souffle court. La distance entre nous s'est considérablement réduite. Encore quelques millimètres, et je pourrai sentir sa bouche contre la mienne. Leur douceur, leur candeur… J'en crève d'envie.

Elle humidifie ses lèvres. Une invitation silencieuse qui met le feu à tout mon corps. L'embrasser devient une urgence vitale comme celle de respirer.

À cet instant, la porte s'ouvre derrière nous, brisant ce moment magique. Clara sursaute et se retourne.

– Oh, désolée de vous déranger, les amoureux, déclare Belinda. Clara, les plats sont prêts. Tu veux bien les servir, s'il te plaît ?

– Oh, oui, bien sûr. Pardon, Belinda, je… C'est pas ce que tu crois… Nous n'étions pas…

Clara s'éclaircit la gorge, les joues en feu, tout en passant une main dans ses cheveux.

– Tu n'as aucune explication à me donner.

Elle acquiesce, complètement déboussolée, et me plante là pour rentrer dans le restaurant d'un pas pressé.

Belinda affiche un grand sourire amusé ; elle ne semble ni en colère ni offusquée. Mais au moment où je passe devant elle pour retourner à l'intérieur, elle fait barrage de son corps. Les bras croisés sur sa poitrine opulente, elle plante son regard implacable dans le mien.

– Ta petite amie t'attend à ta table, Alec.

– Selena n'est pas ma petite amie.

– Ah bon ? Et elle est au courant de ça ?

Je hoche la tête, n'ayant aucune envie de me justifier.

– J'espère que tu ne joues pas avec Clara. C'est une fille fragile, contrairement à toutes celles que j'ai vues se pendre à ton cou, alors si tes attentions ne sont pas les meilleures, je te conseille de passer ton chemin.

Je connais bien Belinda, car j'ai passé beaucoup de temps au restaurant soit avec mon équipe soit pour voir Clara. C'est une petite dame de 40 ans un peu potelée avec un putain de franc-parler. Elle a l'habitude d'être cash et c'est ce que j'aime chez elle. Ça, et le fait qu'elle considère Clara comme sa propre fille.

C'est exactement la raison pour laquelle je ne prends pas mal ce qu'elle me dit. J'ai la réputation d'être un *player*. Tout le monde le sait, mais avec Clara, c'est différent.

– Merci pour le conseil, mais je n'ai aucune envie de lui faire du mal.

– J'espère bien, sinon tu auras affaire à moi, puis à Pete et enfin à notre chien Molosse.

Je ne peux m'empêcher de rire.

– OK, madame.

– Maintenant, entre ! Ton burger va refroidir.

Elle ouvre grand la porte pour me laisser passer.

Quand je retrouve la bande, je suis bombardé de questions auxquelles je ne réponds pas.

Selena fait la moue, visiblement agacée par mon absence et mon silence. Je m'en fous un peu car je n'apprécie pas sa méchanceté gratuite envers Clara.

Tout au long du dîner, je mate Clara. Impossible de me concentrer sur autre chose que sur sa peau diaphane, la délicatesse de son cou. Son rire que j'entends d'ici.

Elle revient plusieurs fois à notre table pour demander si l'on veut commander autre chose ou pour débarrasser les assiettes. Quand nos regards se croisent, elle rougit. Je me demande si elle rougit comme ça sur l'ensemble de son corps. Sa peau parfaite a l'air tellement réactive. J'imagine d'autres situations qui la feraient rosir de plaisir.

Calme ton esprit de pervers, Alec. Clara n'est pas ce genre de fille. Tu risques de lui faire peur de nouveau.

En tout cas, elle a retrouvé son sourire éclatant et sa bonne humeur. Elle a un mot pour chaque membre de l'équipe et accepte même de partager un milk-shake avec nous en dessert.

Tout ce temps, j'essaie de contenir mon envie de la prendre dans mes bras. Si c'était une autre fille, je lui demanderais de s'asseoir sur mes genoux. J'embrasserais son cou devant tout le monde, mais c'est Clara. Elle est délicate, inexpérimentée et ne supporterait sûrement pas que je la touche en public.

De plus, elle n'a pas encore confirmé vouloir approfondir notre relation.

– Bon, il est temps d'aller faire la fête, annonce Ashton. On se retrouve tous chez moi. Clara, tu nous rejoins après ton service ?

– Je ne sais pas… Je suis un peu crevée.

– Tu as 16 ans, ne laisse pas passer ta vie devant tes yeux sans en profiter un peu, insiste Ashton.

– Merci, Monsieur Le Philosophe, mais me bourrer la gueule un vendredi soir n'est pas vraiment ma façon de profiter de la vie.

– Laisse-la, tu vois bien qu'elle ne sait pas s'amuser. Tout le monde est au courant qu'elle est frigide, se moque Selena.

– Si, par frigide, tu veux dire que je ne me jette pas sur la première queue qui se lève en ma direction, alors dans ce cas, oui, Selena, je suis frigide.

Sa remarque cinglante déclenche les rires des potes. Selena lui adresse un doigt d'honneur tandis que moi, j'ai du mal à retenir le sourire de fierté qui se dessine sur mon visage.

On se retrouve tous aux voitures, mais je n'ai aucune envie d'aller à cette fête. Je veux rester ici attendre que Clara termine son service et la raccompagner chez elle. Mais Ashton insiste. Il dit qu'il a quelque chose d'important à annoncer à l'équipe, que ma présence est non négociable, alors j'accepte en me disant que peut-être Clara nous y rejoindra.

11

Clara, 16 ans

– Vingt-cinq dollars, c'est plutôt pas mal pour une soirée qui s'annonçait des plus calmes, crié-je en direction de Belinda, qui vient juste de sortir les poubelles.

– Oui, en effet. On peut dire merci à l'équipe de foot.

Je finis de compter les pourboires de la soirée, glisse la moitié des billets dans la poche de mon tablier et laisse discrètement le reste à ma patronne. Je sais qu'elle va m'engueuler et me demander de tout prendre. Mais hors de question ! On a bossé toutes les deux, on mérite toutes les deux d'être récompensées. Même s'il est évident que j'en ai plus besoin qu'elle.

Je devrais me changer avant de rentrer, mais je suis juste exténuée. Pourtant rien, même pas la fatigue, ne réussit à effacer le sourire béat qui ne quitte plus mes lèvres depuis qu'Alec m'a fait sa jolie déclaration tout à l'heure. Bien sûr, je suis restée muette comme une carpe, mais ça se saurait si je savais réagir dans ce genre de situation.

Frigide !

Les mots qu'a prononcés Selena tout à l'heure me reviennent en tête et me font grimacer. Ce n'est pas que je suis frigide, c'est juste que je n'ai aucune expérience.

Je n'ai jamais eu de petit ami. Je me demande si je veux sauter le pas avec lui. Tout ce que je sais, c'est que je ressens un truc fort quand il est là, un truc animal, possessif et incompréhensible et que je préfère mourir que de le voir avec une autre fille que moi.

– Bon, eh bien, je pense que je vais y aller. Le restaurant est propre, la vaisselle est rangée. Tu as besoin de moi pour autre chose, Belinda ? demandé-je en défaisant ma queue-de-cheval, laissant mes cheveux cascader sur mes épaules.

– Oui, assieds-toi, j'ai quelque chose à te donner.

Elle glisse un téléphone sur le comptoir devant moi. Un iPhone, un de ceux que je vois chez tous les jeunes du lycée et que j'ai si souvent lorgnés en passant devant la boutique Apple au centre commercial. Mais ces trucs coûtent une fortune. L'équivalent d'un investissement immobilier pour moi. Comme je ne fais aucun geste pour le saisir, Belinda intervient.

– C'est un cadeau pour te remercier de ton dur labeur.

– Tu me paies déjà un salaire. C'est comme ça que tu me remercies pour mon dur labeur.

– Considère-le comme un bonus, alors. Pour être la meilleure employée que Pete's n'ait jamais eue.

– Je suis la seule employée et on ne peut pas dire que je sois l'employée de l'année. J'arrive en retard une fois sur deux, je mange toutes tes tartes et j'ai passé une partie de la soirée dehors au lieu de t'aider.

– Tu sais que tu ferais une formidable avocate contre ton cas ?

Je hausse les épaules.

– Je dis juste la vérité, c'est tout.

– Merci pour ton honnêteté. Mais en fait, le mot que tu cherches, c'est « merci ».

– Non, le mot que je cherche c'est « pourquoi ». Je ne roule pas sur l'or, mais je ne veux pas de charité.

– Clara !

Son front se plisse, Belinda semble offusquée.

– Si je te donne ce téléphone, c'est pour mon propre confort. Pour que je puisse te joindre quand il y a un changement dans le planning, au lieu que tu viennes pour rien et que tu passes deux heures à attendre avant de commencer.

– J'aime bien passer du temps ici.

– Quelque chose me dit que tu auras mieux à faire dorénavant.

Elle m'adresse son sourire plein de sous-entendus.

– Et comme ça, tu pourras lui donner ton nouveau numéro et vous pourrez sexter, comme disent les jeunes.

Là, je deviens carrément écarlate et planque mes oreilles derrière mes mains.

– Tu ne viens pas juste de dire ça ?

– Ben quoi ? N'est-ce pas comme ça que vous parlez, vous, les djeuns ?

– Rho, la gênance.

– J'ai été jeune avant toi et j'ai des enfants, je sais comment ça se passe, et je sais que si je n'étais pas arrivée tout à l'heure, toi et Loverboy, vous vous seriez embrassés.

– Pas du tout ! Et je refuse de rentrer dans cette conversation on ne peut plus embarrassante.

Elle rit.

– Bon, tu as raison, ça ne me regarde pas, mais, juste, fais attention à toi et surtout prends ce téléphone. C'est un ordre.

Je finis par céder et je la remercie chaleureusement. Elle m'explique rapidement comment l'utiliser puis je le range dans la poche de mon manteau, là où se trouve aussi un couteau.

Une fille n'est jamais trop prudente.

Je sors ensuite pour affronter la nuit. Il fait froid, alors je presse le pas, mais je n'ai aucune envie de rentrer. Même si je sais qu'à cette heure-ci, un vendredi soir, Jeff n'est sûrement pas à la maison, enfin j'espère.

Je longe la route et la forêt, avec pour seule compagnie le bruit de mes pas sur les feuilles mortes et la buée qui s'échappe de ma bouche. L'obscurité épaisse m'empêche de voir loin devant moi. Soudain, un halo de lumière m'éclaire. Un bruit de moteur de voiture s'approche. Elle ralentit derrière moi. Une sueur froide me traverse l'échine. Je fouille ma poche pour saisir le couteau et le relâche immédiatement quand j'entends mon prénom.

– Clara !

Je me retourne d'un coup sec et je vois Alec au volant d'un pick-up gris foncé, celui de son père, il me semble. Il a baissé la vitre et me sourit de toutes ses dents.

Quand est-il devenu aussi attirant ?

On dirait qu'il a grandi d'un coup. Que le garçon infernal avec qui j'adorais faire les quatre cents coups s'est soudain transformé en ce beau gosse musclé et sûr de lui. Ce sourire, ces fossettes, ces yeux gris… Il est beau à en couper le souffle. Mon Dieu, il faut que j'arrête de le mater, il va me prendre pour une idiote. Une de ces groupies écervelées qui lui courent après au lycée.

– Tu montes ? Je vais te ramener chez toi, dit-il en tapotant sur la portière.

J'acquiesce, contourne la voiture et m'installe à ses côtés. Il ne démarre pas tout de suite et me dévisage.

– Quoi ?

– Je suis content de te voir. J'avais peur de te louper.

Je lui souris également, mais je ne sais pas pourquoi je suis gênée. J'ai l'impression qu'il attend quelque chose de moi. Un baiser ? Une déclaration ?

Allez, dis quelque chose de gentil. Tu peux le faire, Clara.

Je m'éclaircis la gorge.

– Moi aussi, je suis contente de te voir.

– Oui ?

Un sourire illumine son visage parfait.

– Oui, essentiellement parce qu'il fait froid dehors et que j'avais aucune envie de faire tout ce trajet à pied.

– OK !

Je regrette aussitôt ma froideur, mais, merde, je ne sais ni que dire ni que faire.

Ressaisis-toi ! C'est juste Alec, ton ami de toujours. Agis comme tu as toujours agi avec lui.

Sauf que certaines choses ont changé et que, dans ce nouveau nous, je ne sais plus où est ma place. Je me mordille l'intérieur de la joue, un geste que je fais souvent quand je suis nerveuse.

– Alors, j'ai l'air de quoi au volant de cette caisse ? demande-t-il en posant comme un idiot, et ça a le mérite de me faire rire et de me détendre un peu.

– D'un Alec 2.0.

Il a l'air content de ma remarque.

– Maintenant que j'ai le permis, je vais pouvoir t'accompagner tous les jours. Enfin, quand l'entraînement me le permettra.

– Ton père est d'accord pour te laisser sa voiture ?

– Dans la mesure où il ne sort quasiment jamais de la maison, son pick-up est tout à moi.

– La classe ! Tu vas pouvoir impressionner toutes les filles avec ça.

Il grimace de mécontentement. Et j'ai envie de me mettre une gifle.

Pourquoi j'ai dit ça ?

– Il n'y a qu'une fille que j'ai envie d'impressionner et elle est assise là, à mes côtés. Je suis sérieux, Clara, à propos de ce que je t'ai dit tout à l'heure. Mais si tu n'es pas prête, je le comprends, j'attendrai. Je suis un mec patient. D'ici là, détends-toi. Je ne mords pas. Sauf si tu me le demandes, évidemment, dit-il en déployant sourire et fossette.

Je rougis et baisse les yeux. Je n'ai pas l'habitude qu'il joue de ses charmes avec moi. Je l'ai déjà vu faire avec d'autres, mais pas avec moi. Et ça me trouble complètement.

Heureusement, il continue la conversation, imperturbable.

– Tu veux rentrer chez toi ? Ou je peux te faire découvrir un de mes endroits préférés ?

– Tu as un endroit préféré que je ne connais pas ? Je me sens trahie, Alec Graham !

Il rit.

– Je viens de le découvrir. Et je n'attendais que ça, pouvoir t'y emmener. Mais comme tu passais ton temps à m'éviter, j'y suis allé plusieurs fois seul.

– OK, je veux bien le voir.

Il me sourit comme un gamin avant de redémarrer son pick-up.

J'essaie de ne pas contempler son profil fascinant pendant qu'il conduit. Son bras musclé sur le volant, les nombreuses veines qui s'y trouvent. Je déglutis. *C'est moi ou il fait chaud dans cette voiture ?*

– Je peux ouvrir la fenêtre ?

– Tu as chaud ?

– Oui !

– Enlève ta veste.

– Ah oui, tu as raison. Suis-je bête.

Je m'exécute et le surprends en train de m'observer à la dérobée. Quand nos regards s'accrochent, il me fait un clin d'œil, et tous mes efforts pour faire baisser la température de cette caisse sont ruinés. Pour me concentrer sur autre chose que mes hormones en ébullition, j'allume la radio. Un morceau de Lana Del Rey se joue et m'aide à me relaxer.

Nous roulons pendant quelques minutes avant de quitter la route et d'entrer sur un sentier à travers la forêt.

– Tu m'emmènes où ?

– Tu verras.

Il a un petit sourire en coin taquin, et continue de s'enfoncer plus profondément dans les bois grimpant une colline sinueuse jusqu'à arriver dans un sentier dégagé. Il se gare en marche arrière en haut de la colline.

Je regarde autour de moi. Un peu décontenancée.

– C'est ici ?

– Oui !

– Mais il n'y a rien.

– Attends de voir avant de critiquer.

Il sort de la voiture avec une lampe torche dans la main et vient m'ouvrir la porte.

Je le suis et le regarde grimper à l'arrière de son pick-up, là où sont installés plusieurs couvertures, des coussins et une glacière.

– Je n'ai pas l'intention de coucher avec toi ! lâché-je de but en blanc.

Il éclate de rire.

– Tu crois que je t'ai amenée jusqu'ici pour ça ?

– Ben, c'est quoi, cette mini chambre d'hôtel improvisée ?

– C'est pour être confortablement installés pour contempler la vue. Est-ce que tu peux te détendre un peu et juste me faire confiance ?

Il me tend la main pour que je grimpe également. Je la saisis et me hisse à mon tour. Il a l'air ravi. Alors que je regarde autour de moi, je vois au loin les lumières de la ville.

– Waouh, c'est magnifique !

– Ouais et tu n'as encore rien vu.

Je me retourne. Alec s'est allongé sur les couvertures et, le nez en l'air, il regarde les étoiles. J'imite son geste et suis subjuguée. L'obscurité ici est telle que les étoiles semblent avoir été multipliées par mille, une pluie de constellations. Je n'ai jamais vu un ciel aussi beau. Et bizarrement, ça m'émeut.

– Viens t'allonger, tu vas attraper un torticolis comme ça. Promis, je ne vais pas te sauter dessus.

Je m'exécute et m'allonge à ses côtés. Il m'enveloppe dans ses bras, son parfum envahit mes narines. Il sent divinement bon, un mélange de parfum aux épices masculines et d'Alec.

Je me détends enfin complètement, laissant sa chaleur me réconforter. Je me sens bien dans ses bras, à ma place, exactement là où je dois être.

– Qu'est-ce que tu m'as manqué ! dit-il en embrassant le sommet de mon crâne. Je déteste quand on s'engueule.

Je lève les yeux alors qu'il baisse les siens. Gris sur bleu.

– Toi aussi, tu m'as manqué.

Je pose une main délicatement sur sa joue. Nos bouches sont très proches, et inutile de préciser que je meurs d'envie de l'embrasser, mais je n'en fais rien.

Frigide !

Je détourne les yeux et me concentre sur le ciel.

– C'est bizarre de se dire que, où qu'on soit dans le monde et quelle que soit sa condition, on voit tous le même ciel. Les étoiles nous rappellent que nous sommes bien peu de chose et nos problèmes aussi. Dans deux cents ans, on aura disparu, nos petits tracas aussi, mais elles seront toujours là.

– Tu es bien philosophe, ce soir, murmure-t-il, son souffle tellement proche sur ma joue que j'en ai la chair de poule.

– Ça m'arrive parfois.

Il finit par me faire pivoter vers lui et joue avec les mèches de mes cheveux.

– Je me suis fait un sang d'encre pour toi. Tout va bien à la maison ? Avec Jeff, je veux dire.

– Oui, ça va, mens-je, essentiellement pour le protéger.

Jeff m'a plusieurs fois menacée de s'attaquer à Alec, car il n'approuve pas notre amitié. Alec est grande gueule et s'est souvent dressé contre lui. En lui avouant la vérité la dernière fois, je l'ai aussi exposé, et je me déteste pour ça. Je dois rectifier le tir.

– Vraiment ?

– Vraiment. Je pense qu'il a réalisé qu'il est allé trop loin, et maintenant il me laisse tranquille.

– Jusqu'à quand ? ajoute-t-il, l'air torturé. Je ne peux pas vivre en sachant que tu risques de te faire frapper à tout moment, Clara. Et n'essaie même pas de me dire que c'est la première fois. Je sais que tu mens. Il n'a pas le droit de te faire subir ce calvaire. Il y a des lois dans ce putain de pays. Allons voir la police ou viens vivre avec moi.

– Je t'ai déjà dit que c'est impossible. Les choses se sont arrangées, je te promets. Je vais bien et j'ai un plan ! Tu te rappelles ? En plus, avec le lycée et mon travail, je ne le croise quasiment plus. Il garde ses distances et je garde les miennes. Et puis je n'ai pas envie de parler de ça. J'ai envie de passer un bon moment ici avec toi, sous ces magnifiques étoiles.

Je force un sourire, mais lui garde son air tourmenté. Alors j'essaie de changer de sujet.

– Tu n'es pas resté longtemps à la fête d'Ashton.

– Non, j'avais envie de te voir alors je me suis barré à la première occasion.

– Tes groupies n'ont pas dû apprécier.

Il hausse les épaules.

– C'est ici que tu amènes tous tes plans cul ?

– Pas du tout ! Tu es la première personne que j'amène ici. Et pour une nana qui n'est pas intéressée par le sexe, je trouve que tu en parles beaucoup.

– Je n'ai jamais dit que je n'étais pas intéressée.

– Alors, c'est quoi, le deal ?

– Je ne veux pas coucher avec toi, c'est tout.

– Déjà, je vais rétablir une vérité que tu sembles ignorer. Je ne veux pas coucher avec toi non plus.

Vexée, je fronce les sourcils et me renfrogne.

– Pourquoi ? Je ne te plais pas ? Tu penses que je suis frigide, toi aussi, comme cette connasse de Selena ?

Il étouffe un rire.

– Tu la détestes vraiment, hein ?

– Oui, c'est une peste, et réponds à ma question, s'il te plaît.

– Je ne pense pas que tu sois frigide. Je pense juste que tu n'es pas prête. Vu la manière dont tu as réagi la dernière fois que mini Alec a osé se frotter à toi.

Il se marre alors que je retrousse mon nez de dégoût.

– Déjà, beurk ! Qui donne un nom à son sexe ? À part un gros pervers. Ensuite double beurk. Il n'y avait rien de mini dans ce que j'ai senti.

Il se marre de plus belle.

– Tu entends ça, mini Alec ? Tu as impressionné la demoiselle, dit-il, en direction de son sexe.

Et je ne sais pas si je dois rire ou être horrifiée.

– En tout cas, merci ! Tu sais comment flatter un mec.

– Je n'essaie pas de te flatter, juste de te dire que je ne veux plus jamais sentir ce truc sur moi.

– Alors on va avoir un problème parce qu'il vient de refaire son apparition.

Je baisse les yeux, choquée de voir qu'effectivement un renflement s'est formé dans son jean.

– C'est quoi, ton problème ? T'es un pervers ou quoi ?

– Non. C'est une réaction tout à fait naturelle. Et tu le saurais si tu n'étais pas une sexophobe.

– Je ne suis pas une sexophobe. J'ai juste peur. J'ai le droit, non ?

– Oui, pardon, tu as totalement le droit, répond-il, sérieusement cette fois. Mais peur de quoi ?

– D'avoir mal. De ne pas aimer ça. D'être nulle. De ne pas te satisfaire. De te perdre à cause de ça. De tomber enceinte. D'attraper des IST...

Je ferme les yeux. La liste est longue.

– On voit que tu y as beaucoup réfléchi, dit-il, amusé.

– Contrairement à tous les écervelés du lycée qui passent leur temps à jouer à Tetris avec leur corps, sans penser aux conséquences, moi, je lis des livres. Et je n'ai aucune envie de rester moisir dans cette ville parce que je me suis fait engrosser par le premier mec venu. J'ai des projets, je veux aller à l'université, m'échapper de cette vie sordide, pas regretter toute ma vie une erreur de jeunesse comme ma mère.

– Merci pour le premier venu.

– C'est pas contre toi, Alec. Tu vois ce que je veux dire. Je ne veux juste pas être une statistique de plus. Une fille comme moi, c'est pas censé réussir.

– Écoute, Clara. Je ne dis pas ça pour te convaincre : prends *vraiment* tout le temps qu'il te faut. Comme je te l'ai déjà dit, je sais être patient et si ça n'arrive jamais, tant pis. Pour le reste : tu n'es pas ta mère et tu ne le seras jamais. Tu vas avoir un brillant avenir, tu es la fille la plus intelligente que je connaisse.

– Pas difficile de faire plus intelligente que toutes tes pintades.

Il se marre.

– La jalousie est un vilain défaut.

– Je ne suis pas jalouse, juste observatrice.

– Tu crèves de jalousie, mais j'adore ton petit côté tigresse. Et sinon, plus sérieusement, j'ai entendu que ça pouvait être douloureux pour les filles la première fois, mais rien que tu ne puisses supporter. Bébé ? IST ? Il suffit de se protéger. Me satisfaire ? Moi ? Rien que de te regarder, d'être avec toi me rend heureux, alors te faire l'amour ce serait que du bonheur.

Il marque une pause, s'humidifie les lèvres, lèvres que je ne peux m'empêcher de fixer.

– Et crois-en mon expérience, tu aimeras ça.

Il me fait un clin d'œil pour conclure sa plaidoirie et je sens mon pouls battre dans tous mes endroits préférés.

– T'es vraiment bon. Un séducteur né. Je comprends l'engouement de toutes ces filles autour de toi.

Il soupire.

– Tu ne sais vraiment pas comment accepter un compliment.

Je hausse les épaules.

– J'ai pas l'habitude. Je veux dire… Jusqu'à présent, j'étais juste ton amie un peu bizarre, que les autres toléraient à peine. Et maintenant tu me dis toutes ces belles choses, et je suis censée y croire ?

– Oui. Parce que tout ce que je te dis est vrai. Je te trouve très jolie.

– Jolie ?

Je souris, encore étonnée de l'entendre me faire des compliments. Avant, je n'avais droit qu'à des blagues débiles. Je ne savais pas qu'il me trouvait jolie. Surtout avec ma maigreur et mes fringues usées tristes à pleurer. Je suis tellement différente des filles avec lesquelles il s'affiche d'habitude, toutes sûres d'elles, apprêtées et à l'aise dans leur corps de femme. Qu'est-ce qu'il peut bien me trouver ? Je suis aussi sexy qu'un chewing-gum qu'on aurait trop mâché !

– Magnifique même. Je t'ai déjà dit que ton petit nez est adorable ?

Il y dépose un baiser délicat alors qu'instinctivement je le retrousse.

– Et tes oreilles ! ajoute-t-il en tirant légèrement dessus.

– Mes oreilles ? Qu'est-ce qu'elles ont de particulier, mes oreilles ? demandé-je, à la fois amusée et curieuse de savoir.

– Elles sont légèrement pointues et te donnent un côté elfique irréel.

– N'importe quoi.

– Si, je t'assure.

– Et tes yeux ! Même la beauté de ce ciel ne peut pas rivaliser avec tes yeux.

Il caresse ma joue et me dévore de son regard gris intense. Je déglutis. Ses yeux glissent vers mes lèvres et y restent un long moment. Il y dépose son pouce, et je retiens mon souffle.

– Et ta bouche. Elle est tellement rose, douce et pleine. Un délice. Je pourrais t'embrasser toute la nuit si tu me le permettais.

Il attend mon feu vert. Il n'est plus qu'à quelques centimètres. J'entends mon cœur battre à tout rompre.

– Vas-y ! Embrasse-moi.

Sa bouche se pose sur la mienne sans hésitation et je l'accueille avec timidité d'abord, mais, très vite, je suis les mouvements de ses lèvres. Il me goûte et laisse glisser le bout de sa langue. La sensation est à la fois interdite et sensuelle. La première fois, c'était bizarre, mais là il me tarde qu'il approfondisse le baiser, alors je m'ouvre et il sourit contre mes lèvres, avant de caresser ma langue avec la sienne.

Mon Dieu ! C'est bon, doux et addictif. Des bulles d'excitation se forment dans mon ventre et tout mon être en réclame encore. Je ne réalise pas que je suis en train de tirer sur sa veste pour le rapprocher plus de moi. Je veux le sentir partout, son poids, son odeur, lui.

Il enfonce ses mains dans mes cheveux et me dévore. Mon corps tout entier se liquéfie et mes hanches partent à la rencontre de son entrejambe.

Sans y réfléchir, sans avoir peur, je me frotte contre lui dans un balancement qui me paraît tout à fait naturel et complètement dingue aussi. Je le sens dur et ferme. Et cette fois, peut-être parce que je m'y attends, ça ne me fait pas peur.

Il accompagne mon geste et émet un bruit de gorge excité avant de me faire basculer en dessous de lui. Nos lèvres se décrochent momentanément et j'en regrette immédiatement le contact.

Les yeux remplis de désir, il retire son sweater à capuche pour laisser apparaître son tee-shirt, qui met en avant ses muscles. Mes doigts me démangent, j'ai envie de caresser sa peau brûlante sous le tissu.

– Je peux t'enlever ça ? demande-t-il en tirant sur le

col de ma veste. Promis, j'irai pas plus loin. Mais je suis en train de crever de chaud et je suis sûr que c'est pareil pour toi.

J'acquiesce et il se penche pour déposer un léger baiser sur mes lèvres, puis il déboutonne ma veste, lentement.

À ce moment, un truc vibre dans ma poche. Il me faut quelques secondes pour réaliser qu'il s'agit de mon téléphone. Je le sors : c'est Belinda qui m'appelle.

– Je rêve, tu as un téléphone ?

Je lui fais signe de se taire puis me redresse pour parler.

– Belinda ?

Ma voix est encore enrouée par le désir et je me recoiffe comme si elle pouvait me voir.

– Oui, Clara ! Ça va ? Tu as l'air essoufflée.

– Non, ça va… Je suis en train de marcher, c'est pour ça.

Alec m'observe, amusé, et murmure : « Menteuse ! » Je lui fais les gros yeux.

– Tu n'es pas encore arrivée chez toi ?

– Euh oui ! J'y suis, là. Je vois ma maison.

– OK ! Bon ben, ça me rassure. Je te laisse alors. Passe une bonne nuit, ma chérie, et à demain.

– Oui, à demain.

Je raccroche et me tourne vers Alec, qui s'est assis à mes côtés. Il souffle en passant une main dans ses cheveux sombres.

– Je ne sais pas pourquoi je lui ai menti.

– Tu avais sûrement honte de lui dire que tu passes ton vendredi soir à l'arrière d'un pick-up en train de te faire peloter.

Je lui frappe l'épaule.

– Je n'allais pas me faire peloter, tu dis n'importe quoi.

– Crois-moi, encore quelques minutes à t'embrasser et tu m'aurais supplié. Je crois qu'on vient de faire une découverte ce soir : Clara, tu n'es pas frigide.

– Va te faire foutre, Alec, dis-je en le poussant gentiment car je le connais suffisamment pour savoir qu'il plaisante.

Il saisit ma main et la porte à ses lèvres.

– En tout cas, elle a le chic pour tomber au bon moment chaque fois, ta patronne. Et tu m'avais caché que tu avais un nouveau téléphone. Un iPhone en plus, la classe !

– Oui. Elle me l'a offert aujourd'hui. Pour me remercier de mon travail.

– C'est cool ! Tiens, file-le-moi, je vais y entrer mon numéro.

Il m'installe quelques applications que tout le monde a au lycée, et m'en explique le mode d'emploi.

– Viens, on va faire notre premier selfie.

Il tend le bras et nous sourions tous les deux à l'objectif. Puis il m'invite à faire une grimace, ce qui me fait marrer. Il a l'air tellement débile sur le cliché. Il fait ensuite pivoter mon visage vers le sien et m'embrasse avant de prendre encore une photo.

C'est ridicule, mais ça me donne l'impression d'être enfin une adolescente comme les autres, et cette légèreté que je m'accorde très rarement est salutaire.

Nous passons le reste de la soirée à discuter, à rire et surtout à nous embrasser.

Mes lèvres et mon corps sont en feu quand il me dépose chez moi, mais j'ai les yeux remplis d'étoiles et le cœur plein d'espoir.

12

Alec

Il me faut une bonne demi-heure pour reprendre mes esprits. Quitter ce parking. La quitter, elle. Clara. Ou Barbara. Pourquoi ment-elle sur son identité ?

Mon téléphone vibre dans la voiture, chassant mes pensées.

[Qu'est-ce que tu fous, Alec ?
On t'attend dans le lobby de l'hôtel.
Le chauffeur va bientôt arriver.]

De retour à l'Edison, je retrouve mes potes, entourés de leurs bagages, prêts à rentrer à Chicago. Nous avons un match de charité à disputer dans quelques jours, c'est le genre d'événement qu'on ne peut pas louper pour tout un tas de raisons. Mais je n'ai pas l'intention de quitter Miami, pas avant d'avoir élucidé le mystère Clara/Barbara.

– Eh, regardez qui est là ! dit Zack dès qu'il m'aperçoit.

– La soirée a dû être bonne si tu rentres à peine, siffle Matt.

– On peut dire ça.

Je m'installe à côté de Jude, qui est en train de répondre à un message de sa femme.

– Comment va Rocky ?

– Bien. Les jumeaux lui donnent du fil à retordre, elle a hâte d'accoucher. Vous vous rendez compte, les mecs ? Je vais bientôt être papa !

Je lui tape amicalement sur l'épaule. Il me sourit, un peu ému. Rocky et Jude, personne n'aurait pu parier sur leur couple. À la fac, elle faisait tout ce qu'elle pouvait pour l'éviter. Il a vraiment ramé pour la conquérir et, aujourd'hui, il est l'homme le plus heureux que je connaisse, en passe de devenir père.

– Ouais, prépare-toi à changer des couches de merde, dix fois par jour, mec, se moque Matt.

– Même pas peur. J'ai hâte au contraire. Hâte de la retrouver, de caresser son ventre rond. J'aime passer du temps avec vous, les mecs, mais ma petite femme me manque.

– Comme je te comprends ! répond Zack, qui est également fou amoureux de sa fiancée Ella.

Matt, célibataire endurci comme moi, secoue la tête, atterré.

– Regardez-moi cette bande de losers.

– Ne sois pas jaloux, *Chris' ass*. Un jour, ça t'arrivera aussi, se moque Zack.

Il reçoit un doigt d'honneur en retour.

Zack n'a pas arrêté de se foutre de sa gueule de tout le week-end, car on aurait proposé récemment à Matt de doubler les fesses de Chris Hemsworth dans un film. Les deux, qui se connaissent depuis le lycée, adorent se chambrer, et nous ont bien fait marrer tout au long du séjour.

– Que Dieu m'en préserve, répond aussitôt Matt. Bon, heureusement qu'Alec est là pour remonter le niveau. T'as fait quoi, hier ? T'as réussi à avoir une danse privée de Bambie ?

Je n'ai pas le temps de répondre que le chauffeur qui

doit nous amener à l'aéroport se poste devant nous.

– Messieurs, la voiture est là. Veuillez me suivre, s'il vous plaît.

Tout le monde s'exécute sauf moi. Jude finit par remarquer que je ne bouge pas d'un pouce, et me questionne du regard.

– Tu ne viens pas ?

– Non, je vais rester quelques jours de plus. J'ai des affaires à régler.

– Et le match de charité ?

– Je me ferai excuser. Je sais que le coach ne va pas apprécier, mais, comme je t'ai dit, j'ai quelques urgences à régler.

– Est-ce que cette urgence a un rapport avec une déesse blonde aux yeux clairs qui danse comme le diable ? demande Matt.

J'ignore sa remarque, car je suis sur le point de lui casser les dents. Je ne supporte pas la façon qu'il a de parler et de fantasmer sur Clara depuis hier. Il a beau être un mec sympa et le meilleur pote de Zack, je deviens irrationnel quand il s'agit de Clara.

Jude plisse les yeux comme il fait toujours. D'un seul regard, il arrive à sonder les âmes et les consciences. Il se doute que je cache quelque chose, mais il n'insiste pas. Ce n'est pas son genre.

– Tu veux qu'on reste avec toi ? demande Zack, sans trop de conviction.

Il est comme Jude, il a hâte de retrouver sa fiancée.

– Je veux pas siffler la fin de la récréation, les mecs, mais si on loupe tous le match, le coach va nous pendre par les couilles. Je ne sais même pas comment tu vas réussir à te sortir de cette embrouille-là, Alec, intervient immédiatement Jude.

– C'est Jude qui a raison. Vous devez rentrer. Retrouver vos meufs et faire honneur à notre équipe. Pour le coach, je me débrouillerai. Tant que je rentre en forme pour le début de la saison, il m'en voudra pas trop.

– OK ! Bon, c'est toi qui vois. Mais essaie de ne pas te foutre dans des emmerdes. La dernière chose dont tu as besoin, c'est d'alimenter toutes les fausses rumeurs sur ton compte avec encore plus de conneries, conclut Zack.

– Je vais essayer, dis-je en souriant. Mais je ne promets rien.

On se fait une gentille accolade et les trois suivent le chauffeur jusqu'au Range Rover noir aux vitres teintées qui les attend devant l'hôtel.

Une fois seul, je commande un café et décide d'appeler Buddy, mon agent.

– J'ai besoin d'un service, Bud.

Il soupire.

– Me dis pas que t'es encore en garde à vue.

J'étouffe un rire.

– Pourquoi tu t'imagines toujours le pire ? Ça en devient vexant, à la fin.

– Parce que je te connais. Si tu ne défraies pas la chronique, tu te sens mal.

– Je te trouve dur. Je me suis calmé, ces derniers temps.

– OK, dis-moi ce qui se passe.

– J'ai besoin que tu enquêtes sur une fille. Elle est strip-teaseuse dans un établissement de Miami, le Babydoll.

– Pourquoi ? Qui est cette fille ?

– C'est une amie d'enfance que j'ai perdue de vue.

– Oh ! C'est elle, n'est-ce pas ?

– Qui ?

– La fille dont tu parles toujours quand tu es bourré. Claire ou un truc comme ça.

– Clara, oui ! Je réalisais pas que je faisais ça.

– Tu l'as évoquée lors de tes moments les moins glorieux.

– Ah ouais ?

– Ouais, à plusieurs reprises. Bon, qu'est-ce que tu veux que je fasse au juste ?

– Je veux tout savoir. D'où elle vient ? Depuis quand vit-elle à Miami ? Qui elle fréquente ? Tout ce que tu trouves peut être utile, en fait.

– Comment elle s'appelle ?

– Barbara ou Bambie, c'est son pseudo de danseuse.

– OK, je vais voir ce que je peux faire.

– Merci, je t'en dois une bonne.

Au moment où je raccroche, je reçois un autre appel. Numéro inconnu. J'hésite à répondre, mais je finis par le faire.

– Monsieur Graham, c'est le Babydoll, nous avons une ouverture dans le planning de Bambie, si vous êtes toujours intéressé.

13

Clara

Je suis épuisée. Ça fait des jours que je n'arrive plus à dormir, que je pense à lui. Alec. Heureusement, il n'est pas revenu au Babydoll et n'a pas non plus cherché à me contacter. J'en suis à la fois soulagée et déçue.

– Clara, ton régulier de vingt-deux heures est là, m'annonce Mama.

Je passe ma tenue sexy blanche, mes plates-formes et ma perruque rose de Lolita avant de me diriger vers la pièce privée où m'attend M. Bloom, un de mes plus fidèles clients. C'est un gentleman inoffensif qui n'a pas du tout les mains baladeuses, contrairement à d'autres.

Ce que je déteste le plus, c'est quand j'ai affaire à de nouveaux clients. Des gosses de riches qui enterrent leur vie de garçon ou des *golden boys* en voyage d'affaires, des mecs qui pensent que le monde leur appartient, y compris la strip-teaseuse. Plus ils sont jeunes, beaux et riches, moins ils savent se tenir.

Heureusement, je me défends et l'établissement a une politique de tolérance zéro : un geste déplacé, et c'est la porte.

C'est la raison pour laquelle j'ai réussi à faire ce job si longtemps. Ça, et ma dette abyssale. Je referme derrière moi, et avance en faisant chalouper mes hanches.

– Vous avez demandé une danse de Bambie, dis-je d'une voix que j'espère sensuelle malgré la fatigue.

Mais le reste de mon entrée en matière reste coincé au fond de ma gorge, et mes jambes se figent. Tétanisée, je suis tétanisée.

Des yeux gris ? Des cheveux noirs ? Ce regard qui me déstabilise et me fait vaciller du haut de mes plates-formes ?

Ce n'est pas M. Bloom. C'est Alec.

Qu'est-ce qu'il fout là ? Et où est M. Bloom ? Pourquoi personne ne m'a prévenue qu'il y avait un changement de client ?

L'oxygène semble tout à coup avoir été aspiré hors de la pièce. Une vague de honte m'envahit, j'aimerais pouvoir me couvrir. Mon corset ne m'a jamais paru aussi vulgaire qu'à cet instant. Il me faut tout le courage du monde pour ne pas m'enfuir en courant.

Pourquoi est-il ici ?

Je croyais avoir été claire. J'ai envie de le frapper. De lui crier dessus. Mais je dois garder mon calme, ne pas montrer encore une fois que sa présence me trouble. S'il continue de penser que je suis Clara, il ne me lâchera pas de sitôt.

J'avale le nœud qui s'est formé dans ma gorge et reprends mon air impassible, hautain et séducteur.

Un masque qui me permet d'oublier mon environnement. Je suis une strip-teaseuse, là pour retirer mes fringues, divertir et exciter. Ici, je ne suis pas Clara ni Barbara. Ici, je suis Bambie. Alors j'entre dans mon rôle. Peu importe qui est en face. Alec est venu voir un spectacle de danse érotique. Il va être servi.

Plus je serai séductrice, plus il sera convaincu que je ne suis pas Clara. Clara était gauche. Clara était pudique, Clara était timide. Clara est morte.

« Buttons », des Pussycat Dolls, résonne dans les enceintes. Je prends mon courage à deux mains et m'approche de lui, en faisant exagérément claquer mes plates-formes au sol. Il ne bouge pas d'un pouce et m'observe, les sourcils froncés.

– Comment allez-vous, monsieur Graham ? demandé-je.

Ses paupières se plissent et il me regarde de haut en bas, comme s'il essayait de déceler le vrai du faux.

– Tu peux m'appeler Alec.

– Comme vous le souhaitez, monsieur Graham. Maintenant, asseyez-vous confortablement et profitez du show.

Un sourire séducteur au coin des lèvres, je le pousse par les épaules pour qu'il se cale bien contre la banquette. Mauvaise idée car la sensation de ses muscles fermes sous mes mains m'envoie une onde électrique dans la colonne vertébrale.

Il me regarde intensément alors que je m'éclaircis la gorge, en mettant une distance vitale entre nous. Ne surtout pas le toucher.

Je saisis la barre de pole dance pour faire des tours dessus. Ma jambe d'appui tremble et je manque de m'étaler ; heureusement, je me rattrape et réussis à compenser par une cabriole qui semble faire partie de la routine.

Il me regarde avec une lueur imperceptible dans le regard. Je ne sais pas s'il est excité ou intrigué.

Ses mâchoires serrées ne laissent rien transparaître. Il fut un temps où je pouvais lire en lui comme dans un livre ouvert, mais dix ans nous ont séparés. Aujourd'hui, il est devenu un étranger pour moi.

Je m'efforce de ne pas trop y penser, de bloquer tous

les souvenirs que j'ai de lui dans un coin sombre de ma tête, un coin auquel je ne veux plus avoir accès. Il fait partie de ce passé trouble que j'ai mis des années à évacuer. Ce n'est pas pour le réactiver maintenant.

– Barbara.

Il se lève cette fois.

– Je ne veux pas que tu danses pour moi, je veux te parler.

J'étouffe un rire moqueur.

– Parler ? Pff ! Personne ne vient au Babydoll pour parler.

Il s'approche de moi, m'obligeant à arrêter ma danse.

– Alors je serai ravi de t'emmener dîner quelque part, loin d'ici, histoire d'apprendre à se connaître. Ton endroit sera le mien.

– Comme je vous l'ai dit, je n'ai aucune envie de vous connaître, monsieur Graham. Et je vous conseille de vous rasseoir tout de suite si vous ne voulez pas que le mec de la sécurité entre dans la pièce et vous jette dehors, dis-je tout en reprenant la chorégraphie sensuelle mille fois répétée.

– S'il te plaît, arrête de me vouvoyer.

J'acquiesce de la tête.

Il soupire et se rassied. Je continue d'onduler contre cette barre, le cœur battant.

J'essaie de ne pas le regarder. De ne pas remarquer à quel point il est beau. Ses épaules sont plus larges maintenant, et son corps encore plus musclé, défini par le foot.

– Viens par ici, je veux te voir de près, dit-il, me sortant de mes pensées.

Cette voix. L'impact qu'elle a sur mon épiderme. Des années ont passé, mais apparemment mon cœur lui est resté fidèle. Traître de cœur.

J'hésite à lui obéir.

Prétendre ne pas savoir qui il est à distance, c'est une chose, mais de près je ne suis plus sûre de rien. Il connaît mon corps. Il en connaît les grains de beauté, les cicatrices, les brûlures. Il les a mille fois embrassés, caressés, soignés.

En même temps, si je refuse, il pensera que j'ai quelque chose à cacher, et je dois le convaincre une fois pour toutes que je ne suis pas Clara. Qui sait combien de temps je vais pouvoir tenir à lui mentir, ainsi ? Je n'ai jamais été douée pour le mensonge, et mentir à Alec me demande un effort surhumain.

– Vous. Enfin, je veux dire, tu n'as pas le droit de me toucher, répété-je.

– Compris.

Alec lève les mains en l'air dramatiquement avant de les mettre dans ses poches avec l'air de défi qu'il arborait quand il était gamin. Je résiste à l'urgence de lever les yeux au ciel.

– Je veux juste admirer ta beauté, Barbara, sentir le parfum de ta peau. C'est pas interdit, ça, si ?

– Non, c'est pas interdit, mais, je te préviens, il y a des caméras ici et là, dis-je en pointant les deux coins de la pièce. Le moindre faux pas et tu seras expulsé.

– Message reçu.

Il sourit. De ce sourire charmeur et maîtrisé. Des milliers de papillons assaillent mon ventre.

– La façon dont tu me mets en garde me rappelle vraiment mon amie Clara. Je te l'ai déjà dit, mais vous vous ressemblez comme deux gouttes d'eau. Comme toi, elle avait de minuscules oreilles pointues et adorables qui lui donnaient un petit côté elfique.

Je remets ma perruque en place pour les camoufler.

– Je ressemble à beaucoup de filles. Blonde aux yeux bleus, rien d'exceptionnel.

– Non ! Des yeux aussi bleus et aussi profonds, qui ont l'air irréels, magiques, c'est rare. J'ai passé des années à essayer d'en effacer la couleur de ma mémoire. Impossible. Comme il m'est impossible d'oublier sa beauté, sa voix, sa douceur, et tout l'amour que j'avais pour elle. Je l'ai perdue de vue il y a quelques années et j'ai un mal fou à passer à autre chose.

Il me fixe longuement alors que je reste interdite, le cœur battant tellement fort que je le sens dans mes tempes. Ce moment semble durer un peu trop longtemps.

Ressaisis-toi, Clara.

Je m'éclaircis la gorge, relève le menton, me redresse immédiatement et continue d'exécuter mes mouvements méticuleusement, comme si de rien n'était.

– Tu n'es pas venu jusqu'ici pour admirer mes yeux, n'est-ce pas ?

Je lui tourne le dos et me penche en avant pour qu'il ait une vue spectaculaire de mon cul. Grâce à l'éclairage, il ne voit pas les détails, puis je me redresse et pose une jambe sur son épaule. Son regard se plonge dans le mien une seconde, avant que je ne détourne les yeux. Je m'assieds ensuite sur lui, et frôle son corps du mien ; il déglutit et se lèche les lèvres.

– Clara, je sais que c'est toi.

Il a soupiré cette fois dans mon oreille, en posant ses mains dans le creux de mes reins et j'en ressens les vibrations jusque dans mon ventre. Mon corps se met à trembler de manière incontrôlée.

– Pour la dixième fois, je ne suis pas Clara ! m'énervé-je pour cacher mon trouble. Et vous n'avez pas le droit de me toucher.

Je retire brusquement ses mains.

– Pardon ! J'ai cru… Non, rien… Je suis désolé. Je ne

le referai plus, dit-il en me dévorant du regard.

Ses lèvres, son parfum. Mon corps se couvre de chair de poule. De l'oxygène, il me faut de l'oxygène.

Je décide d'écourter la séance. Je dois sortir d'ici et vite, je ne peux plus respirer.

– Voilà ; c'est terminé, j'espère que ça vous a plu ! Revenez nous voir.

– Attends !

Mais je ne lui laisse pas le temps de finir et détale dans les couloirs, ignorant les cris d'Edgar, le garde du corps, qui me demande si tout va bien.

Je fonce directement dans le bureau du big boss, et ouvre la porte dans un grand fracas. Il se retourne vers moi, alors qu'il était en train de consulter le planning.

– Bambie ! Qu'est-ce que tu fais là ? Tu as déjà fini ta danse ?

Je me rue sur lui et lui enfonce mon index dans le torse. Il est immense et, malgré mes plates-formes, je lui arrive à peine au menton. Pourtant, je suis loin d'être petite, avec mon mètre soixante-dix, mais ce mec est un ancien joueur de MMA. Une baraque comme on n'en voit plus.

– Pourquoi tu m'as changé mon régulier de vingt-deux heures sans me consulter ?

– Depuis quand j'ai besoin de te consulter ?

– Je ne compte pas mes heures, accepte de faire des heures sup, consens même à aller dans tes soirées de merde à ton bras pour faire baver tes partenaires, tout ça pour rembourser ma dette, mais je n'accepte pas que tu me manques de respect au point de ne pas me prévenir d'un changement de client. Je ne suis pas un chien, Boris.

Il me regarde, les yeux ronds, comme si j'avais perdu

la raison, puis appuie sur mes épaules pour m'obliger à m'asseoir.

– Calme-toi, Bambie. Je ne pensais pas que tu le prendrais mal. D'habitude, tu t'en fous de qui tu as devant toi. Tu fais ton show et tu te barres.

Il marque un point, là.

– Cette fois, c'est différent.

– Pourquoi c'est différent ?

– Parce que… Parce que c'est différent.

Super argument, Clara.

– Et puis, où est passé M. Bloom ?

– Il a eu quelques problèmes avec sa femme, il ne viendra plus pendant un moment. Je n'ai pas eu le temps de te prévenir. Je pensais bien faire en le remplaçant au pied levé. Pour que tu puisses rembourser ta dette au plus vite. Je pensais que ça te ferait plaisir. Tu me répètes à longueur de journée que tu veux quitter le Babydoll, reprendre tes études. Ce footeux, Alec Graham, a proposé de payer le triple, alors j'y ai vu une aubaine pour toi. Il a déjà réservé les prochains créneaux habituellement consacrés à M. Bloom. Maintenant, si tu refuses de danser devant lui, tu n'as qu'un mot à dire et je le filerai à une autre.

– Non. Je… Trois fois le prix ?

Je déglutis et fais un calcul rapide de tête. Si j'arrive à le convaincre de venir un soir ou deux de plus que M. Bloom, je pourrai être libre de toutes dettes dans trois mois. Mais comment pourrai-je danser devant lui tous les soirs et continuer à prétendre être une autre ?

Il sait déjà qui tu es, Clara, me souffle ma voix intérieure. *Alors autant gagner ta liberté.*

Si je gagne ma liberté, je pourrai quitter Miami. Et même s'il me reconnaissait formellement, il me suffirait de disparaître de nouveau.

– Non, c'est bon, je vais le faire.

– Voilà qui est raisonnable, Bambie. *Business first.* Ne laisse jamais tes émotions se mettre sur la route de ta réussite.

Il pose une main affectueuse sur ma joue.

– Tu as beaucoup de talent et, si tu le voulais vraiment, tu pourrais te faire beaucoup d'argent. Tu as conscience du nombre de clients qui me proposent des sommes astronomiques pour t'avoir pour une nuit ?

Je retire sa main de mon visage.

– Je suis pas à vendre, Boris !

– Qui a parlé de te vendre ? Moi, je te parle d'un boulot d'escort.

– C'est pareil. Utiliser un mot plus glamour ne change rien à la réalité. C'est coucher pour de l'argent et j'en suis incapable, ça me dégoûte, et tu le sais.

Il lève les yeux au ciel.

– Tu en as pas marre d'être aussi prude ? La nature t'a dotée d'une beauté sans pareille, et toi, tu gâches ton potentiel à cause de tes principes d'un autre temps. Bon, de toute façon, c'est toi qui vois, mais, si tu changes d'avis, tu sais où me trouver.

Je me redresse sans plus de cérémonie et quitte les lieux. Edgar, le garde du corps, m'emboîte le pas dans le couloir, que je traverse comme une furie, encore perturbée par l'intrusion d'Alec dans mon monde.

– Eh, eh !

Il me saisit par le bras pour m'arrêter dans ma cavalcade.

Je me retourne vers lui, l'air renfrogné.

– Qu'est-ce qu'il t'a fait, le footballeur ? Tu veux que je lui botte le cul ?

Sa réaction m'arrache un sourire. J'aime Edgar car il

est toujours là pour moi, pour me défendre. Il est doux et gentil sous son apparence à faire peur.

– Non, ce ne sera pas nécessaire. Où est-il, d'ailleurs ? demandé-je en constatant qu'il n'est plus là. Je voudrais m'excuser d'être partie si rapidement.

– Je lui ai demandé de s'en aller. Je pensais qu'il n'avait pas été correct avec toi.

– Il n'a rien fait de mal, mais je te remercie de te préoccuper de moi.

– Toujours, ma Bambie. Tu sais que tu es ma préférée ici.

– Ah oui ? Tu es sûre que ce n'est pas Camilla ?

Il a un sourire gêné, et je crois même percevoir un peu de rouge sur ses joues. Je n'insiste pas car je ne veux pas l'embarrasser davantage, mais je sais qu'il en pince pour elle. Il n'y a qu'à voir comment il la regarde et cette manie qu'il a toujours de nous raccompagner à notre voiture. Et ce soir ne déroge pas à la règle. Il nous accompagne une fois encore.

– C'était qui, le beau gosse qui est sorti de ta cabine tout à l'heure, Barbara ? me demande Camilla.

– Qui ?

– Le grand brun au corps de rêve. Une chose est sûre, ce n'était pas M. Bloom.

– Je ne sais pas, un client, je n'ai pas demandé son nom.

– Il me fait penser à quelqu'un. Je suis sûre que je l'ai déjà vu quelque part. Sa gueule d'amour m'est familière. Il est célibataire ?

– Aucune idée.

– Tu crois qu'il va revenir ?

Je hausse les épaules.

– Pourquoi tu ne dis rien ? Tu as bien vu qu'il était canon.

– Pas spécialement. C'est pas trop mon genre.

– Tu rigoles, c'est exactement ton genre. D'ailleurs,

c'est sûrement le genre de toutes celles qui portent un double chromosome X et qui kiffent le chromosome Y.

– Si on aime les tricheurs, coureurs de jupons et menteurs.

– Tu le connais, alors ?

– Non, bon, arrêtons de parler du boulot. J'ai besoin d'un break, là.

– OK. Alors tu veux qu'on sorte ce soir ?

– Non, j'ai une seule envie, c'est d'aller me coucher et de retrouver…

– Alec !

– Quoi ?

– Alec. Ton vibro.

– Ah oui. Non, même pas la force, tu vois.

– Moi, j'ai toujours la force pour un orgasme et, ce soir, je vais penser à ton client en utilisant Ragnar, s'amuse Camilla, ignorant complètement ce que sa remarque provoque en moi.

Putain d'Alec ! Pourquoi est-il revenu ?

14

Alec, 17 ans

J'ai passé l'année de mes 17 ans avec une gaule d'enfer.

Clara s'est si souvent frottée à moi que j'ai vécu avec une érection permanente. Et j'ai beau essayer de penser à autre chose, je n'y arrive pas. Je pense Clara, je rêve Clara, je bande Clara. Impossible de me concentrer sur quoi que ce soit d'autre que l'envie de la toucher, de l'embrasser et de lui faire l'amour. Et dans ce marasme hormonal, je suis censé apprendre des choses, obtenir un diplôme. La société est ainsi mal foutue qu'au moment où tu ne penses qu'avec ta bite, on te demande de choisir ton avenir.

Le seul avantage à ce trop-plein de testostérone, c'est qu'au foot, je suis devenu invincible. Tellement agressif que nous enchaînons les victoires. Nous nous sommes qualifiés pour le championnat d'État. Une première pour mon lycée. Nous étions les princes de la ville, nous voici devenus des rois.

Je ne compte plus le nombre de personnes que je croise dans la rue qui me félicitent, les restaus où je peux dîner gratuitement, les places de ciné qu'on m'offre parfois. On me fait même signer des autographes. Et je profite de chacun de ces privilèges à fond.

Comme dans toutes les villes du Sud, ici le foot est une religion. Les vendredis soir passés au stade pour supporter son équipe, une obligation.

En tout cas, cette sélection est une aubaine pour moi, car je peux enfin me faire remarquer par les recruteurs. Mon père n'ayant pas les moyens de me payer l'université et mes notes n'étant pas assez bonnes, je ne peux prétendre à autre chose qu'une bourse sportive.

Je ne souhaite pas passer pro, je ne pense pas en avoir le talent, même si devenir millionnaire serait le pied. Il me faut rester pragmatique, rares sont les élus de la NFL. Je joue suffisamment bien pour bénéficier d'une bonne éducation gratuite. C'est déjà ça !

Clara, de son côté, peut espérer mieux. Elle est tellement intelligente qu'elle n'a que des A+ et excelle dans toutes les matières. Comment elle se débrouille ? Je ne sais pas. Elle a moins de temps que les autres pour étudier car elle donne des cours particuliers au noir après l'école en plus de son boulot au café. Pourtant, elle est au top de sa classe.

Elle se sent investie d'une mission. Quitter le bourbier qu'est Baton Rouge. Se barrer loin de Jeff et de la misère qu'est sa vie.

Selon ses propres dires, tout s'est arrangé, Jeff ne la calcule plus, ne lève plus la main sur elle, mais je n'en suis pas sûr. Pourquoi ce déchet humain aurait-il soudainement développé une conscience ?

Chaque fois que je parle de sa situation familiale, Clara s'énerve et se referme comme une huître. Du coup, j'insiste pas. Mais je garde un œil sur elle. S'il la touchait encore une fois, je n'hésiterais pas à lui casser les dents.

On raconte plein de trucs sur lui, qu'il a une arme, qu'il est dangereux, mais, pour moi, c'est juste un putain de junkie, dealer et grande gueule. Il ne me fait pas peur.

Alors j'ai changé de stratégie. Je ne pose plus de questions embarrassantes à Clara. J'attends qu'elle m'en parle toute seule, mais je la garde près de moi le plus souvent possible pour la protéger et la maintenir éloignée de lui. Le bon côté d'avoir des parents camés et dealer de drogue, c'est qu'ils se fichent complètement de ce que fait leur progéniture.

Clara jouit donc d'une liberté incroyable pour une fille de 17 ans. Personne ne se pose de questions quand elle découche ou ne rentre pas pendant plusieurs jours, mais personne ne se demande non plus si elle mange à sa faim ou a de quoi se couvrir l'hiver.

Elle a rougi quand Belinda, sa patronne, lui a offert l'un des manteaux de sa fille. J'étais au café ce jour-là, à attendre qu'elle finisse son service pour l'amener au cinéma. Il faisait extrêmement froid et Clara s'était emmitouflée dans un bonnet, une écharpe et son éternelle petite veste vert pomme qu'elle a portée tout l'automne.

– Tu vas attraper la mort avec ce petit morceau de tissu !

– Non… ça va, il ne fait pas si froid.

– Les températures sont bien descendues cette nuit. Attends une seconde.

Clara et moi avons regardé Belinda disparaître derrière une porte et revenir avec un gros manteau noir à capuche.

– Tiens ! Il appartient à ma fille, mais vu qu'elle est à la fac en Floride, elle n'en aura plus besoin.

– Non… Belinda, je te promets que ça va et puis j'adore ma petite veste.

– Tu vas attraper une pneumonie, je te dis. Essaie-le au moins pour voir s'il te va.

Belinda étant extrêmement têtue, elle n'a eu que faire des arguments de Clara et a insisté jusqu'à ce qu'elle cède. Et celle-ci a fini par accepter ce cadeau. Elle ne l'a plus quitté de tout l'hiver et je me suis détesté de ne pas avoir pensé à lui en offrir un moi-même.

La vérité, c'est que je ne roule pas sur l'or non plus. Tout ce que j'ai me vient soit de mon père soit du foot et des privilèges que ça confère. Mais je fais au mieux pour améliorer son quotidien.

Je l'invite souvent à dîner, pour être sûr qu'elle mange à sa faim, viens la récupérer après son service tous les jours ; elle dort chez moi chaque fois que l'occasion se présente. Et l'occasion se présente souvent.

Problème ! Plus je passe de temps avec elle à l'horizontale, plus c'est difficile de maintenir ma libido en laisse. Tellement que, parfois, je préfère dormir par terre pour ne pas être tenté.

À ce stade, ma queue a développé un programme personnel indépendamment de ma volonté. Sa mission, explorer l'intérieur de Clara. Parfois je me réveille en pleine nuit, la queue douloureuse collée contre son cul. Et je dois aller me soulager sous la douche.

L'impression que ma bite est devenue une bombe à retardement prête à exploser à tout moment.

Comment un membre aussi insignifiant peut-il prendre autant de place dans ma tête ? Si j'adore tenir Clara dans mes bras, respirer ses cheveux et l'embrasser, j'ai envie de plus.

Je déteste penser à cela tout le temps quand il est plus qu'évident qu'elle a d'autres chats à fouetter.

– Tu crois que Shakespeare était un psychopathe ? demande Clara, me sortant de mes pensées.

– Quoi ? Pourquoi ?

– Parce qu'il a trucidé tous ses personnages et surtout ceux qui ont le malheur de tomber amoureux, dit-elle, un crayon dans la bouche et les yeux parcourant plusieurs ouvrages éparpillés sur la table.

Nous sommes à la bibliothèque du lycée, pour faire nos devoirs, mais j'ai un mal fou à me concentrer sur autre chose que ses lèvres roses et charnues enroulées autour de ce putain de crayon.

J'attrape la main de Clara et la porte à mes lèvres pour avoir un contact. Elle m'adresse un sourire tendre avant de regarder autour d'elle, un peu gênée.

– Cet exposé va me rendre folle. Et toi, ça avance ?

– Pas vraiment…

– Tu veux de l'aide avec ton devoir ?

– Je veux de l'aide, mais pas avec mon devoir, dis-je en lui adressant un clin d'œil équivoque et pas du tout lourd.

Elle replace une mèche de ses cheveux et s'approche de mon oreille.

– Tout à l'heure, Alec. Pour l'instant, il faut qu'on se concentre.

Sa bouche, son souffle, les vibrations de sa voix, tout m'excite, mais c'est elle qui a raison, je dois me calmer.

– Tu as raison.

On retourne chacun à nos devoirs. Moi des statistiques, elle un exposé sur Shakespeare. Miraculeusement, j'arrive à me concentrer un peu.

– Ah ! Je viens d'avoir une révélation ! *Le Roi lion*, de Disney, s'est totalement inspiré de Hamlet.

– Quoi ?

– Oui, l'oncle qui tue le père et chasse le prince héritier. C'est Hamlet.

Je pouffe car elle raconte n'importe quoi.

– Dans ce cas-là, qui joue les rôles de Timon et Pumbaa ?

– Mmm, je vais trouver. Tu te rappelles comment on

rejouait les scènes, quand on était petits ?

Si je m'en souviens ! On regardait le dessin animé en boucle et puis on chantait à gorge déployée. Mon père en avait marre de nous entendre. Le film était un peu vieux, c'est vrai, mais tellement addictif.

– « *J'étais jeune et phacochère !* » chanté-je en reprenant la réplique de Pumbaa.

Ce qui arrache un rire à Clara. Un de ses petits rires incontrôlés qui rappellent la petite fille qu'elle n'est plus du tout.

– Chuuuut ! nous intime Mme Berkovitz, la documentaliste, derrière son chignon et ses lunettes sévères.

– Pardon, répond Clara en essayant de contenir ses rires.

Je lâche encore deux ou trois blagues car j'adore la voir comme ça, heureuse, détendue et enjouée. Ma Clara, quoi.

– Arrête, Alec, on va se faire jeter.

– Tant mieux, comme ça, on pourra aller à l'arrière de mon pick-up finir ce qu'on a commencé hier.

Elle rougit de nouveau. Elle sait exactement à quoi je fais référence. Hier pour la première fois elle m'a laissé la caresser, vraiment, sans la barrière de nos vêtements. Nos baisers sont de plus en plus chauds et dérapent de plus en plus. Je la revois, haletante, la bouche entrouverte à savourer le va-et-vient de mes doigts en elle. Sa jupe relevée. Elle était trempée et tellement étroite que j'ai cru perdre la tête. Mon Dieu, ce que j'aimerais lui faire l'amour.

– Bon, il faut que je finisse avant qu'Ashton arrive.

– Tu as raison. Concentrons-nous.

Elle replonge le nez dans son exposé, surlignant des passages de ces notes, posant des Post-it dans les livres.

Pendant tout ce temps, mon regard sonde sa peau et je respire son odeur.

Elle sort un baume à lèvres, qu'elle passe sur sa bouche rose et pulpeuse de manière frénétique. Un tic nerveux qui me rend complètement dingue. Merde ! Je l'attrape par le col et l'attire à moi d'un geste soudain et dévore sa bouche, qui a un goût de cerise.

Ma langue s'enroule autour de la sienne dans une danse langoureuse complètement inappropriée à la bibliothèque, mais allez dire ça à quelqu'un qui en a quelque chose à foutre. C'est-à-dire pas moi.

– Je vois que ça étudie dur !

La voix d'Ashton nous interpelle. Je lui fais un doigt d'honneur sans lâcher Clara pour autant.

Il claque son sac à dos sur la table et sort son ordinateur portable.

– Tu as l'intention de lui avaler la bouche, Alec ? Non parce que je crois qu'elle va en avoir besoin pour m'aider sur mon devoir d'histoire.

Dans un effort surhumain, je finis par me décoller de Clara et me retourne vers mon pote qui, les bras croisés sur la poitrine, arbore son sourire habituel.

– Vous avez pensé à prendre une chambre pour évacuer tout ça ? Il y a tellement de tension sexuelle entre vous que cette vieille fille de Mme Berkovitz pourrait tomber enceinte rien qu'en vous regardant.

– La ferme, Ashton ! m'exclamé-je alors que Clara s'éclaircit la gorge puis jette un œil sur son portable.

– Dix-sept heures trente tapantes. Pour une fois, tu es à l'heure ! C'est assez rare pour être souligné, remarque-t-elle.

– Oui, et j'ai ton argent aussi.

Il sort des billets de son portefeuille et je vois les yeux

de ma petite amie s'écarquiller.

– Non, pas ici. Tu es dingue ou quoi ? Il y a des gens.

Techniquement, Clara n'est pas censée se faire rémunérer pour son cours particulier. Il y a un programme au lycée qui permet aux élèves les plus doués d'aider leurs camarades gratuitement pour gagner quelques crédits de plus pour les universités.

Clara fait concurrence à ce programme, en facturant son aide. Elle risque de se faire virer si ça se sait, mais, dans la mesure où tous ses clients sont mes coéquipiers et que je leur ai fait promettre de ne rien dire, elle est safe.

D'une voix de conspiratrice, elle ajoute :

– Tu n'auras qu'à les filer tout à l'heure à Alec à l'entraînement et il me les donnera ensuite.

Ashton acquiesce d'un geste de la tête.

– Bon, on s'y met ! Ce devoir ne va pas s'écrire tout seul. Tu en es où dans le chapitre sur la guerre de Sécession ? lui demande Clara.

– Nulle part.

– Quoi ! Je t'avais dit de le lire avant de venir.

– J'ai essayé, mais…

– Mais quoi ?

– C'est super ennuyeux et puis j'ai croisé les sœurs Hamilton. Une chose en entraînant une autre, me voilà complètement détendu, mais pas du tout préparé.

Clara fronce les sourcils et passe un savon à Ashton, qui n'en mène pas large. C'est marrant de voir à quel point elle a de la poigne même face au capitaine de l'équipe des Ravens, qui fait au moins trois têtes de plus qu'elle.

– Bon, moi, je vais vous laisser étudier, dis-je en remballant mes affaires. Je passe te chercher après ton service ce soir.

Je penche mon visage vers celui de Clara, puis dépose un baiser sur ses lèvres.

– Et moi ? J'ai pas droit à un bisou, Graham ? se moque mon coéquipier.

Je lui fais un doigt d'honneur avant de m'éloigner.

Dans les couloirs, des posters qui rappellent que le bal d'hiver est imminent sont placardés sur tous les murs. Je me demande si Clara voudrait y aller avec moi. Je me penche sur la fontaine à eau quand une voix m'interpelle.

– Alors la rumeur est vraie !

– Salut, Selena, rétorqué-je en me nettoyant la bouche du revers de la manche.

– Ce n'est pas la peine de le nier. Tout le monde en parle, et d'ailleurs, personne ne comprend.

Je fronce les sourcils et croise les bras sur ma poitrine.

– De quoi tu parles ?

– De Clara. Et de toi. Tu sors avec elle, n'est-ce pas ? Je pensais que vous étiez juste potes.

Je plisse les paupières, ne comprenant pas d'où vient cette question. Ça fait plus d'un an que ça a commencé et je ne suis pas vraiment discret. Je l'embrasse dès que l'occasion se présente, lui porte ses livres, et l'accompagne à ses cours, donc le fait que Selena a l'air de découvrir la situation m'étonne un peu.

– Oui, mais en quoi ça te regarde ?

– Ça ne me regarde pas, sauf que je dois te mettre en garde. Clara n'est pas celle que tu imagines, je la connais depuis la maternelle et, crois-moi, c'est une sacrée vipère. Tu sais que son père est un dangereux dealer de drogue et on dit qu'il a tué des gens.

– Ce n'est pas son père. Et mêle-toi de ton cul.

– Je suis ton amie, alors je m'inquiète pour toi. Je ne

voudrais pas qu'il t'arrive un truc sordide parce que tu traînes avec des gens peu fréquentables.

L'impression d'entendre ma mère…

– Clara et moi, nous sommes amis depuis toujours, tu le sais bien, donc si quelqu'un la connaît bien ici c'est moi et je te trouve injuste de la juger pour quelque chose que son enfoiré de beau-père fait. Tu t'es déjà demandé si elle n'en était pas la première victime, si elle n'avait pas besoin d'amis plutôt que de gens qui médisent constamment d'elle ?

– Amie avec cette *white trash* ? Plutôt crever. Comme dirait ma grand-mère : si tu traînes avec des chiens, ne t'étonne pas d'attraper des puces.

Sa remarque me fait l'effet d'un coup de poing dans le ventre. Pour qui se prend-elle ? Et comment ai-je pu être ami avec cette conne ?

– Je vais faire comme si tu ne venais pas d'insulter ma petite amie et mettre ça sur le compte de la jalousie, mais ne t'avise plus de parler d'elle comme ça. Maintenant, écarte-toi de mon chemin, j'ai des trucs à faire.

Selena reste quand même plantée devant moi, les bras croisés. Je suis à deux doigts de la pousser. Je n'aimais déjà pas la façon qu'elle avait de rabaisser Clara à toute occasion, mais, là, elle dépasse carrément les bornes.

– Mais enfin, ouvre les yeux, bon sang, Alec ! Tout le monde sait qu'elle consomme de l'héroïne et qu'elle vend de la drogue aussi. Il faut croire que la pomme ne tombe jamais loin de la cime de l'arbre. La dernière fois, j'ai vu un membre de l'équipe de foot lui filer un billet et la rumeur dit que…

– Ferme-la, Selena. Tu ne sais pas de quoi tu parles. Et ne t'avise pas de lancer des rumeurs sur elle si tu ne veux pas avoir affaire à moi.

– C'est une menace ?

– Non, une promesse.

Je traverse le couloir en trombe avec l'envie d'éclater toutes les tronches que je croise. Je déteste que les connards de ce lycée jugent Clara sans la connaître et lui prêtent les pires intentions car elle est la belle-fille de Jeff. Elle n'avait aucun ami avant que je ne débarque dans cette ville, et aujourd'hui, à part mes potes, peu de gens lui adressent la parole. Mais Clara ne s'en plaint jamais, elle accepte son sort comme si c'était normal, et ça me donne envie de tout casser.

15

Clara, 17 ans

J'espionne l'arrivée du facteur par la fenêtre, et sors précipitamment de ma chambre dès que j'aperçois la camionnette blanche.

Le froid me mord la peau, mais je n'y prête pas attention. L'espoir de recevoir une bonne nouvelle est plus important que la chair de poule qui recouvre mon épiderme, mon pyjama en pilou ou mes cheveux en bataille.

Sautillant d'un pied sur l'autre, je presse le facteur de questions.

– Alors ? Alors ? Alors ?

Ce dernier me tend le courrier d'un air désolé, en secouant la tête.

– Toujours rien, ma petite Clara.

Mon visage se décompose immédiatement.

– Mais ne perds pas espoir, je suis sûr que ça viendra.

– Ouais… merci.

Ça fait des jours qu'elle aurait dû arriver.

Je saisis le paquet qu'il me tend, essentiellement composé de publicités et de prospectus, et soupire de désespoir. La buée qui s'échappe de ma bouche me rappelle que je dois rentrer me mettre à l'abri au plus vite, si je ne veux pas attraper une pneumonie.

Tous les matins, je me réveille avec l'espoir de recevoir

la sacro-sainte lettre d'acceptation à l'université Brown.

J'ai travaillé dur pour faire partie des meilleurs élèves du lycée. Ma déception est à la hauteur des efforts fournis.

Mme Smith, la conseillère d'orientation en était persuadée : avec un dossier comme le mien, j'étais sûre d'obtenir une bourse. Problème ! J'attends encore. « Tu es dans les dix pour cent des élèves les plus doués de ta classe d'âge, il n'y a pas moyen qu'ils ne te prennent pas. Ils vont sûrement t'offrir une bourse complète, crois-en mon expérience. »

Et c'est comme ça que j'ai commencé à rêver. D'une bourse. Une bourse qui couvrirait tous mes frais de scolarité. Une bourse qui me permettrait de partir d'ici et de m'assurer un avenir glorieux loin de Baton Rouge et de Jeff.

Bien sûr, cela voudrait dire m'éloigner de maman. Mais ce serait juste l'affaire de quatre ans. Je compte bien réussir, et revenir la chercher en espérant que, d'ici là, elle ne se sera pas tuée avec la dose d'héroïne de trop. Ses veines sont tellement gonflées qu'elle s'est mise à se piquer entre les orteils. Pathétique. Elle est devenue un zombie. Une ombre qui ne sort plus que la nuit pour s'approvisionner en poison.

La voir se détruire à petit feu me brise le cœur. Mais je vis mieux la situation depuis que j'ai un plan. *Un putain de bon plan.* Éviter de croiser Jeff et ses yeux pervers jusqu'à mon départ. Tout déchirer à la fac, revenir ensuite chercher maman.

Mais là, j'ai besoin d'un petit coup de pouce du destin. Il faut que je sois acceptée. Me voilà de nouveau en train de faire mes incantations magiques, que j'élaborais petite dans l'espoir de conjurer le sort ou de faire apparaître un chien ou un cadeau pour mon anniversaire.

Spoiler : ça n'a jamais marché sauf peut-être pour Alec.

J'ai l'impression d'avoir 10 ans et d'attendre ma lettre de Poudlard.

Est-ce que j'ai fait preuve de la même naïveté en m'inscrivant dans l'une des universités les plus prestigieuses des États-Unis ?

Je commence à regretter mon choix. N'importe quelle université aurait pu faire l'affaire. Quand on est dans la merde comme moi, on ne peut pas être trop exigeant. J'ai péché par excès de confiance et me voilà servie.

Pourquoi j'ai écouté Mme Smith et pourquoi j'ai écouté Alec ?

Leur enthousiasme a eu raison de mes doutes. Le pire, c'est qu'Alec, lui, a obtenu sa place. À Brown, je veux dire. Il va jouer comme quarterback dans l'équipe de foot. Normal, depuis qu'ils ont gagné le championnat d'État, il a toutes les universités à ses pieds. Il n'avait plus qu'à choisir. Ironie du sort, il a postulé à Brown pour être avec moi ; il risque d'y aller, et pas moi. Je suis contente pour lui. Mais j'aimerais que, pour une fois, la chance me sourie également.

Le moral dans les chaussettes, je retourne dans le mobile home qui me sert de maison. Nous sommes samedi matin et l'endroit est sens dessus dessous. Des carcasses de bières, des cendriers remplis de clopes. Des odeurs insupportables qui me prennent à la gorge. Vestiges de la soirée des losers qui s'y est déroulée pendant que j'étais enfermée dans ma chambre.

Je passe la plupart des nuits chez Alec, mais hier soir, il avait un match à La Nouvelle-Orléans. Il m'a pourtant dit que je pouvais venir quand il n'est pas là ; mais j'essaie de lui faire croire que tout va bien, or fuir mon chez-moi, même en son absence, prouverait exactement le contraire.

Pourquoi je continue à mentir ? Pour le protéger. Pour éviter qu'il ne fasse une chose stupide et ne compromette son avenir.

Je referme la porte derrière moi. Maman dort dans sa chambre tandis que Jeff est allongé sur le canapé à ronfler comme un tracteur. La vue de cet enfoiré me déprime encore plus.

Je décide de me rendre utile et de nettoyer un peu. Ça va m'aider à oublier ma déception. Avoir un intérieur propre et organisé me donne l'impression d'être normale. C'est pour ça que je prends soin de ma chambre et du peu d'affaires que je possède. La propreté est la seule dignité qui me reste.

Je commence par faire la vaisselle, puis je débarrasse la table. Je ramasse les cartons de pizza et les bières qui jonchent le sol avant de les jeter à la poubelle. Quand je soulève le couvercle, mon cœur loupe un battement. Ma lettre. Elle est là. Couverte de sauce ranch, mais là quand même. J'essaie de contenir la rage qui monte en moi.

Lequel des deux l'a mise à la poubelle ? Maman par négligence ou Jeff par malveillance ?

Et pourquoi Douglas, le facteur, ne m'a rien dit ? Ai-je vraiment envie de savoir ?

Tout ce qui m'importe, c'est que ma lettre est là.

J'ai soudain du mal à respirer et mon cœur se met à battre à mille à l'heure. Je la prends dans les mains avant de courir chez Alec.

Je tambourine comme une folle sur la porte. Cette dernière s'ouvre après ce qu'il me semble une éternité et mon meilleur ami/petit ami se trouve derrière. On dirait que je viens de le réveiller. Il ne porte qu'un bas de jogging, m'offrant le spectacle envoûtant de son torse musclé. Les cheveux en bataille, il se frotte le visage, un sourire paresseux aux lèvres.

– Clara ? Tout va bien ?

– Ouiii et noooon. Je peux entrer ? On peut aller dans ta chambre ? Je me les gèle, là. Bonjour, monsieur Graham.

Le père d'Alec est en train de boire son café dans le salon tout en feuilletant un journal.

Sans attendre de réponse ni de l'un ni de l'autre, je saisis Alec par la main et l'entraîne vers sa chambre.

Je pose la lettre sur le lit et attends la réaction de mon petit ami, qui ne se fait pas attendre.

– Tu as reçu la réponse ?

Je hoche la tête.

– Et ?

– Et je ne sais pas, je n'ose pas l'ouvrir.

– Tu veux que je le fasse pour toi ?

J'acquiesce en me mordant les lèvres.

Il saisit la lettre d'un geste rapide.

– Prête ?

– Oui ?

– C'est normal qu'elle empeste la sauce ranch ? demande-t-il, une grimace déformant son joli visage.

Je lève les yeux au ciel.

– Je t'expliquerai plus tard.

Je commence à faire les cent pas à mesure qu'il lit les premiers mots. Les secondes semblent devenir des heures.

– *« Chère Clara Kinney, nous avions bien reçu votre candidature et pris connaissance de votre profil, qui a impressionné les membres du comité. »*

Je m'arrête net devant le grand sourire d'Alec. Mon cœur bat à tout rompre.

– « *Et c'est avec un grand plaisir que nous vous proposons une place dans notre université ainsi qu'une bourse complète de quatre ans.* »

– Aaaaah !

Je crie et lui saute dans les bras, il me réceptionne tel un champion et me fait tourner.

Je ris, je pleure et lui embrasse le visage tandis qu'il me dévore des yeux, fier. Son sourire est presque aussi grand que le mien.

– J'ai été prise. Mon Dieu, j'ai été prise, Alec.

– Oui ! Félicitations, ma Clara ! Tu le mérites tellement.

Dans ses yeux gris, je peux voir à quel point il est heureux pour moi.

Il me pose sur son bureau et s'installe entre mes jambes.

– Tu sais quoi, Clara ? J'en ai jamais douté. S'il y a une personne qui mérite sa place à Brown, c'est toi.

Il dépose un baiser sur mon nez avant de me serrer dans ses bras. Je me remplis de son odeur, de sa douceur, de cet amour qu'il est le seul à me donner.

Hier, j'ai passé ma soirée enfermée dans ma chambre avec la peur au ventre qu'un des potes de Jeff ne confonde les chiottes et ma chambre, ou n'essaie de se glisser dans mon lit. Le moindre bruit me faisait sursauter. J'ai fait installer une double serrure, quand Jeff a commencé à me faire des allusions perverses ; je ne me sens pas du tout à l'aise dans cette foutue baraque. Mais tout ceci est bientôt derrière moi.

Et aujourd'hui, j'ai envie de me concentrer sur le positif, à savoir mon petit ami qui, le visage enfoui dans mon cou, me félicite tout en embrassant chaque parcelle de ma peau. Sa voix sexy et son souffle chaud me font ressentir des choses dingues chaque fois. Des choses dans mon ventre. Des papillons, un feu ardent, je ne sais pas vraiment comment décrire ce que je ressens, mais le désir d'être aimée et possédée par lui est de plus en plus fort. L'envie qu'il me fasse du bien et du mal en même temps. De fusionner, de m'incruster dans sa peau et de ne plus jamais le quitter. C'est étrange, parfois je suis dans ses bras et j'ai tellement envie de lui que je pourrais le mordre.

– Il faut qu'on fête ça, Clara !

– Oui… Je bosse dans deux heures, mais pourquoi pas ce soir ?

– OK, je vais appeler les potes.

– Je pensais plutôt à un truc tous les deux.

– Bonne idée, on va se faire un bon restau. Pourquoi pas le *steak house* à l'entrée de la ville ?

– Hollister ?

– Oui !

– Tu es dingue ! Ça coûte une fortune là-bas.

– J'ai quelques économies. Et puis j'ai envie de te faire plaisir. C'est pas rien, ce que tu as réussi à accomplir.

– Cet argent, tu l'as gagné pour réparer ton pick-up, je ne veux pas que tu le dépenses pour moi, et puis je pensais à quelque chose de plus…

Je baisse les yeux, m'éclaircis la gorge et sens mes joues me brûler. *Intime.*

– Intime ?

Il soulève un sourcil intrigué.

– Oui, je ne veux pas aller au restau. Je veux…

– Tu veux ?

Il s'arrête de parler et m'observe étrangement. Il va m'obliger à lui faire un dessin. J'approche mes lèvres de son oreille et susurre sur le ton du secret :

– Je veux que tu me fasses l'amour, Alec.

Mon cœur bat tellement fort en prononçant ces mots que je suis sûre qu'il peut l'entendre. Il se décale pour me faire face et j'ajoute maladroitement :

– Je pense que ce serait dommage que j'aille à l'université avec ma virginité, pas toi ?

Il garde le silence et je me sens soudainement stupide. Ce n'est pas exactement la réaction que j'attendais. Depuis le temps qu'il patiente, je pensais qu'il serait plus… Je ne sais pas, moi… Enthousiaste… Éloquent.

– Et puis, tu en as envie toi aussi, non ?

– J'en crève d'envie, oui. Mais je veux être sûr que tu es prête, que tu ne vas pas le regretter. Que tu ne laisses pas l'euphorie du moment influencer ta décision.

Il caresse ma joue et sonde mon regard. Ses yeux gris sont d'une beauté renversante. Et quand il est sérieux comme ça, il me fait encore plus craquer. Car je sais qu'il tient à moi et qu'il ne me ferait jamais de mal.

On fricote depuis plus d'un an déjà et il ne m'a jamais brusquée, poussée ou mis la pression ; pourtant, je sais que je ne le satisfais pas entièrement, pas comme d'autres ont pu le faire avant moi en tout cas.

– Si j'avais voulu succomber à l'euphorie du moment, je l'aurais fait toutes les fois où tu m'as fait perdre la tête, Alec Graham. Je suis prête. J'ai bientôt 18 ans. Je t'aime et j'ai envie que tu sois mon premier.

Il sourit tendrement, approche ses lèvres des miennes puis murmure :

– Et ton dernier.

Je lève un sourcil amusé.

– Tu comptes me tuer après ça ?

– Non… mais je compte bien t'épouser.

– Quoi ?

– Pas maintenant, mais dès qu'on aura fini nos études.

– Ne fais pas de promesses que tu ne pourras pas tenir, Alec.

– J'ai bien l'intention de la tenir, celle-là, marmonne-t-il pour lui-même avant de m'embrasser passionnément.

16

Clara, 17 ans

C'est la fin de mon service. Je suis assise au bar, Belinda est derrière son comptoir, et je ne cesse de penser à Alec, à son arrivée imminente, à ce qu'on va faire.

Est-ce que je suis prête ou me suis-je encore emballée ?

– On peut savoir où est ta tête, Clara, aujourd'hui ?

– Quoi ?

– À quoi tu penses ? Tu as passé la journée dans les nuages. Tu t'es trompée trois fois de commande et voilà que tu remplis la salière avec du sucre.

Elle me prend ladite salière des mains pour m'arrêter dans ma tâche fastidieuse.

– Mince, dis-je en me mordant les lèvres. Désolée, Belinda. Je suis un peu perturbée.

– Ça, j'avais compris, mais la question c'est pourquoi ? Quelque chose te préoccupe ? Tu sais que tu peux tout me dire, ma chérie.

Je m'éclaircis la gorge et rougis jusqu'aux oreilles.

– C'est rien… Non, non, tout va bien… Juste que… Alec va bientôt venir me chercher et… je… nous… avons décidé de… de… Enfin, tu vois.

Je fais un geste approximatif en direction de mon sexe pour l'aider à comprendre, mais elle fronce les sourcils, intriguée.

Je soupire. Un peu embarrassée.

– Rien ! Oublie ça.

– Mais non ! Dis-moi ! Je peux peut-être t'aider.

– On a décidé de passer à la vitesse supérieure, avoué-je rapidement avant de me cacher le visage derrière mes mains.

Je ne sais pas pourquoi je lui raconte ça. Mais j'ai les nerfs à vif depuis ce matin et j'ai besoin d'en parler à quelqu'un.

Belinda est ce qui se rapproche le plus d'une amie, voire d'une mère, pour moi. Ma propre mère ne m'est évidemment d'aucune aide, dans ce domaine comme dans d'autres.

Je dois tout affronter seule, même les trucs les plus basiques. La première fois que j'ai eu mes règles, j'étais tellement terrorisée que je suis restée enfermée aux toilettes avec la certitude que j'allais mourir. J'ai dû aller sur Internet, via l'ordinateur de la bibliothèque, pour découvrir les différentes options qui existaient pour les jeunes filles. Donc aujourd'hui, j'ai besoin de parler à quelqu'un d'autre que Google.

– Oh… dit-elle simplement. Je pensais que c'était déjà fait. Vu la manière dont vous vous bécotez chaque fois que Loverboy vient ici.

– Non… Ça fait longtemps que j'en ai envie, mais quelque chose me freinait. Et là, je ne sais pas, l'acceptation à Brown, mes 18 ans qui approchent, je me sens prête. Enfin, je crois. Comment en être sûre ?

– Tu dois écouter ton cœur, voilà tout. Tu l'aimes ?

– Oui

– Et lui aussi ?

Je confirme d'un geste de la tête.

– Je pense que oui.

– Tu lui fais confiance ?

– Je lui confierais ma vie.

– Alors, tu as ta réponse. Et puis si tu changes d'avis, tu lui fais savoir. Rien ne t'oblige à quoi que ce soit, jamais. Tu as le droit d'avoir des doutes et de revenir sur ta décision. C'est une étape importante dans la vie d'une jeune femme, et je suis heureuse de voir que tu ne la prends pas à la légère et as choisi de le faire avec un garçon qui décrocherait la lune pour toi si tu le lui demandais.

– Tu crois vraiment ?

– Si je crois ? (Elle secoue la tête amusée.) J'en suis sûre. Il te regarde comme si tu étais la septième merveille du monde. J'ai rarement vu autant d'amour dans les yeux d'un homme. Même pas dans ceux de mon bon vieux Pete et ça fait vingt ans qu'on est ensemble. Mais parlons de l'aspect pratique. Tu as des préservatifs ? continue-t-elle. Tu sais qu'il est important de se protéger ?

J'acquiesce en me mordillant les lèvres. L'excitation et l'appréhension me vrillent l'estomac.

– J'en ai acheté tout à l'heure.

Grand moment de solitude. Je me suis baladée dans le drugstore à la recherche de capotes, embarrassée au possible, feignant de chercher un rouge à lèvres. J'étais persuadée que tout le monde était au courant, qu'on m'observait, alors qu'objectivement personne ne prêtait attention à moi.

Une fois dans le bon rayon, et après avoir perdu trente centilitres de sueur, comment choisir ? Il y a différentes tailles et différents goûts.

Oui, différents goûts ! Comme s'il s'agissait de yaourt.

Fraise, banane, chocolat, framboise.

Pourquoi des capotes ont-elles un goût ? Aucune idée.

Le fait que je me pose la question prouve à quel point je n'y connais rien.

– Tu as l'air perdue. Dis-moi si tu as des questions… Je me ferai un plaisir de t'expliquer, ma chérie, même si, tu verras, il n'y a rien de plus simple et naturel que de faire l'amour.

Je soupire et passe mes cheveux derrière mes oreilles, dont je sens les pointes chauffer.

– Ça va ! Je crois avoir compris le mode d'emploi.

Un bruit de cloche nous interpelle toutes les deux et met fin à notre conversation.

– Quand on parle du loup…

Je me retourne et suis directement aspirée par Alec et ce truc électrique qu'il dégage chaque fois qu'il entre dans une pièce. Je ne sais pas si c'est sa taille, ses larges épaules, sa gueule d'ange ou ses yeux bleu gris, qui de loin paraissent presque noirs. On en découvre la couleur unique qu'une fois proche, comme un secret qu'il garde jalousement. Mon cœur s'emballe et tout à l'intérieur de moi se met à battre, à cogner, fort.

Calme-toi, petit cœur.

Alec avance vers moi. Il a fait un effort vestimentaire. Il a troqué son sweat-shirt à capuche et son look décontracté pour une chemise blanche parfaitement repassée. Et est-ce du gel dans ses cheveux ? Je le regarde de haut en bas, jean brut, chaussures cirées. On croirait qu'il va à un mariage. Il avale la distance qui nous sépare et m'embrasse maladroitement sur la joue. Je crois que je ne suis pas la seule à être nerveuse.

– Waouh, Loverboy, je ne t'ai jamais vu aussi apprêté, remarque Belinda pour le taquiner. Quelle est l'occasion ?

– Merci… aucune occasion particulière, juste le plaisir de voir ma petite amie.

Il lui adresse un sourire gêné, avant de se caresser la nuque. Ses yeux appellent les miens à la rescousse. Je crois ne l'avoir jamais vu aussi coincé, lui qui est l'assurance personnifiée. Je me moque constamment de son côté crâneur, mais là il est tout penaud. Ça en est presque touchant.

– C'est pour moi, ces fleurs ? Il ne fallait pas, insiste Belinda, qui fait ce qu'elle préfère au monde : emmerder Alec.

Les deux sont devenus proches au fil des mois et il est parfois arrivé qu'Alec donne un coup de main quand on était vraiment débordés.

– Euh, non, pour Clara, précise-t-il l'évidence. Mais, tenez.

Il retire une rose et lui offre, avant de me tendre le bouquet.

– J'espère que tu aimes les roses, glisse-t-il à mon oreille.

– Euh oui… merci.

Je saisis les fleurs et y plonge mon nez pour en respirer l'odeur. C'est la première fois qu'il m'en offre. Et, je ne sais pas, ça m'émeut. Peut-être car ça marque une étape de notre relation vers quelque chose de plus… adulte. Ou peut-être parce que, avant lui, personne ne m'avait jamais offert de fleurs. Peut-être que c'est ça, ma nouvelle vie, de belles choses, de bonnes nouvelles. Depuis ce matin, depuis que j'ai reçu ma lettre, je baigne dans cette euphorie.

– Merci ! Clara a de la chance. Il y a longtemps que Pete ne m'offre plus rien du tout, ajoute Belinda, me sortant de mes pensées.

– C'est moi qui ai de la chance, dit Alec en me dévorant des yeux.

Ce gris. Cette intensité. Mes yeux s'abreuvent de sa beauté brute et charismatique. Unique. Je n'arrive pas à détourner mon regard. L'impression qu'une bulle de chaleur explose dans mon bas-ventre et me donne envie de…

– Bon ben, je crois qu'il est temps pour vous d'y aller, hein. Allez, bonne soirée, les jeunes. Et ne faites pas de bêtises. Enfin si, faites plein de bêtises.

Je lui fais les gros yeux pour qu'elle se taise.

– Mais surtout, sortez couverts, continue-t-elle malgré tout.

Je suis absolument mortifiée. Heureusement, Alec n'y prête pas plus attention que ça. Nous marchons jusqu'à son pick-up. Un peu gênés l'un et l'autre. Ce qui est complètement nouveau pour nous. J'espère qu'on va réussir à se détendre. Sinon, cette première fois risque d'être bizarre.

– Après toi, ma Clara, dit-il en ouvrant la portière pour moi.

– La chemise, les fleurs et maintenant tu m'ouvres la porte ? Tu crois pas que tu en fais trop, Alec ? Tu vas finir par me faire flipper.

Il ignore ma petite remarque alors que je m'installe sur le siège passager, contourne son pick-up en quelques enjambées et me rejoint à l'intérieur.

– Bon alors, tu m'emmènes où ? demandé-je en allumant le chauffage, et en me frottant les mains. Chez toi ?

– Non ! J'ai trouvé un endroit spécial pour l'occasion. Enfin, si tu es toujours d'accord pour…

Il se penche vers moi, me caresse la joue. Ses phalanges balaient délicatement ma peau, réveillant toutes mes terminaisons nerveuses.

– Je le suis.

– OK.

Sa deuxième paume vient encercler mon visage, puis il ancre son regard dans le mien. Bleu intense. Je ne respire plus. Ce mec est un voleur d'oxygène.

– Si tu ne veux plus, n'hésite pas à me le dire.

– Je le veux toujours.

– Bien.

Son sourire à fossette unique fait son apparition.

Il m'embrasse lentement, tendrement, avec suffisamment de passion pour me faire tourner la tête et me conforter dans l'idée que je prends la bonne décision.

– Tu m'as manqué.

– Toi aussi. Prête ? fait-il avant de démarrer.

– Plus que jamais.

Il fait une marche arrière maîtrisée, avant de se lancer sur la route.

– Alors, cet endroit ? Tu peux m'en dire plus ?

– J'ai demandé à Ashton de me prêter les clés de sa maison au bord du lac.

– Tu lui as dit pourquoi ?

Il secoue la tête.

– Non, mais je pense qu'il a compris, car il n'a pas arrêté de me charrier tout l'après-midi.

– Cet abruti.

– Ne t'en fais pas. Je le connais, il ne caftera pas. Mais je me suis dit que ce serait peut-être plus sympa que de prendre une chambre d'hôtel ou de le faire chez moi. Avec mon père à côté et tout. Je pensais que tu aurais besoin qu'on soit complètement seuls pour te détendre.

J'acquiesce et déglutis. Réalisant de plus en plus ce qui va se passer. Ce soir. Mes mains deviennent moites, je les essuie sur mon jean. Mon vieux jean troué et délavé. Je n'en possède que trois paires, avec lesquelles j'alterne depuis des années. Mes fringues, je les lave à la laverie en ville une fois par semaine, depuis que notre machine à laver a lâché et que ni Jeff ni ma mère ne semblent s'en soucier.

J'essaie de ne pas m'y faire remarquer, car rien ne crie plus pauvreté et désespoir que cet endroit. La capuche de mon sweat-shirt noir sur la tête, j'attends que mon linge soit propre tout en faisant mes devoirs. Aucune envie d'attirer plus de moqueries de mes camarades du lycée.

Depuis que je sors avec Alec, personne ne se moque plus de moi ouvertement, mais les piques et les mesquineries continuent en douce.

J'ai autant de faux amis que d'ennemis, et je ne suis pas à l'abri que l'un d'eux ne me prenne en photo avec mon pauvre baluchon et ne le poste sur Instagram, pour m'humilier.

Comme si tout le monde n'était pas déjà au courant que j'avais une vie de merde.

Depuis que j'ai un téléphone, j'ai eu le loisir de découvrir que les réseaux sociaux donnaient un moyen d'expression supplémentaire à la méchanceté. Un compte Instagram, « Les Ravens High School Rejects », a été spécialement créé pour se moquer de mes fringues, ou d'autres filles du lycée qui ne répondent pas aux critères du moment. Trop grosse, trop grande. Pas assez bien. Pas assez dans la norme. Personne ne sait qui est derrière ce site, mais j'ai ma petite idée.

J'abaisse le miroir. Ma peau blafarde. Mes yeux trop grands, mes cheveux blonds en désordre. Je me recoiffe avec les mains puis me pince les joues pour me donner une teinte rosie. Toutes mes insécurités me sautent au visage. Je ne suis pas assez bien. Je me demande sérieusement ce qu'il me trouve.

– Si j'avais su que tu allais te mettre sur ton trente-et-un, je me serais changée aussi, dis-je d'une voix éteinte.

Alec saisit ma main, que je tapote nerveusement contre ma jambe, et la porte à ses lèvres.

– Tu es parfaite, Clara. Et je sais que tu es inexpérimentée, mais le sexe ne nécessite pas de fringues, souligne-t-il, comme une évidence, d'un ton légèrement moqueur.

– Ah oui ? Je pensais que j'allais devoir me glisser tout habillée sous un drap avec un trou aux endroits stratégiques comme au Moyen Âge.

Il se retourne vers moi. M'adresse son regard interrogateur. Celui qui arque ses sourcils de manière particulièrement sexy.

– Ils faisaient vraiment ça, au Moyen Âge ?

– Yep ! Certaines femmes de seigneurs portaient même un verrou autour de leur taille, la fameuse ceinture de chasteté.

– Noooon !

– Et si. Ces sales sexistes voulaient s'assurer de leur fidélité. Partir longtemps au combat, ça les rendait paranos. Enfin, rien n'est sûr, car plusieurs historiens doutent de l'existence réelle de cette ceinture.

Putain, qu'est-ce que je raconte ? Tant que j'y suis, je peux lui parler de la reproduction du tatou !

Parfait moyen de flirter avec mon petit ami, juste avant de faire l'amour, lui parler d'histoire médiévale.

Je suis nulle en séduction. Une véritable calamité. Mais c'est pire quand je suis nerveuse.

– Il n'y a que toi pour connaître ce genre de choses.

– C'est vrai !

Allez, tais-toi, Clara, parle de trucs à la mode comme

Insta ou pousse tes lèvres en avant comme le font les influenceuses pour avoir l'air sexy.

J'essaie un truc approximatif. Ridicule, je dois avoir l'air ridicule.

– Tout va bien, Clara ?

Je remballe aussitôt ma bouche en cul-de-poule, et risque un coup d'œil à ma droite. Alec m'observe attentivement.

– Tu sais que tu es spéciale comme fille ? continue-t-il avant même que je ne puisse répondre.

– Par spéciale, tu veux dire bizarre ? demandé-je en triturant un fil invisible de mon jean.

– Non, par spéciale, je veux dire belle, drôle et avec ton propre univers un peu intello sur les bords, mais j'adore ça. J'apprends toujours des trucs avec toi. Et une chose est sûre, je ne m'ennuie jamais.

Je redresse mon visage d'un coup sec. Nos yeux s'accrochent. Il me fixe longuement, un sourire au coin des lèvres.

– Regarde la route si tu ne veux pas rentrer dans le décor.

– Arrête d'être aussi canon et je me concentrerai sur la route.

Je souris. Il est bon. Il est vraiment bon. Il a fait disparaître toutes mes insécurités en quelques mots.

Alec saisit ma main et la porte à ses lèvres, puis la garde dans la sienne le reste du trajet.

Nous roulons pendant plus d'une demi-heure en dehors de la ville, puis arrivons devant une grande maison en bois, entourée d'arbres, qui donne sur un lac. Il y a un grand ponton auquel des barques sont attachées. Ça ressemble un peu à notre étang, mais en plus grand.

– Bienvenue à Cabin Hill.

– La maison a un nom ? m'étonné-je.

– Ça doit être un truc de riches, répond-il.

– C'est joli, en tout cas !

– Attends, tu n'as pas vu l'intérieur.

– C'est pas la première fois que tu viens ici ?

Combien de filles y a-t-il amenées ?

Je ne peux empêcher mon esprit jaloux de se faire des films. Des films glauques et vulgaires avec grosse poitrine, scène graphique et gloussements de dinde. Mon imagination débordante est mon pire ennemi dans ce genre de situation. Je sais que je suis ridicule. Alec a eu des filles avant moi. Des tonnes de filles. En tant que meilleure amie, j'ai souvent été le témoin malgré moi de ces escapades. J'aimerais pouvoir effacer de ma mémoire toutes les fois où je l'ai vu avec sa langue dans la bouche d'une fille, ou pire encore. Je sais qu'il a perdu sa virginité à 14 ans avec Jessica Bawl, qui en avait 17. Je le sais parce qu'il me l'a raconté. J'étais jalouse comme un pou, je crois que j'avais déjà des sentiments pour lui à l'époque. J'ai même écrit une incantation pour qu'elle perde ses cheveux. C'était ridicule quand on y pense.

– Non, finit-il par me répondre. On y vient parfois avec l'équipe pour faire des week-ends bateau ou pêche, et consolider les liens du groupe.

Sa réponse me rassure. Ce n'est donc pas une garçonnière.

Alec attrape ma main et m'entraîne vers la jolie maison. Nous entrons, mes yeux balaient le décor tout en bois sobre, mais cosy. Il y a une immense cheminée et un canapé. Un escalier qui mène à l'étage. Et je vois qu'il a disposé des pétales de rose sur le sol et des bougies partout, éteintes évidemment.

– C'est toi qui as fait ça ?

Il se caresse l'arrière de la nuque et confirme d'un geste du menton.

– J'ai passé la journée à nettoyer, il y avait énormément de poussière. Je voulais que ce soit le plus joli pour…

Ma bouche atterrit sur la sienne avant même qu'il n'ait fini sa phrase. Je l'embrasse pour lui prouver toute ma gratitude et faire ce que j'ai envie de faire depuis qu'il est entré chez Pete.

Je gémis lorsqu'il presse son bassin contre le mien. Il passe ses mains sur mes fesses, et je ressens cette envie, ce besoin fou qu'il m'arrache mes vêtements. Notre étreinte devient vite fiévreuse.

Si j'avais un doute sur mes envies, il vient de s'envoler à son contact. Je suis prête, je veux qu'il me fasse l'amour et, vu la manière qu'il a de me serrer et de m'embrasser, nous sommes sur la même longueur d'onde.

– Attends, attends, dit-il entre deux baisers essoufflés. On va faire les choses bien.

– Oui, je l'espère… soupiré-je, poursuivant sa bouche fiévreuse.

Mais il me retient à bout de bras avec une expression tourmentée.

– Clara, je crève d'envie de te faire l'amour, là, tout de suite, mais je pense qu'il faut qu'on mange d'abord.

Mon estomac, qui n'a pas été nourri depuis ce matin, gargouille son approbation.

– Oui, c'est vrai que je suis affamée, confirmé-je, en n'arrêtant pas de me frotter à lui comme une chatte en chaleur.

– Mais garde cette énergie brûlante, on en aura besoin tout à l'heure. En attendant, place au dîner.

Alec me fait pivoter vers la table dressée derrière nous. Nappe blanche, pétales de roses, chandelles.

– Si nous ne pouvons pas aller chez Hollister, alors Hollister va venir à nous.

– Quoi ? Tu n'as pas fait ça. Ce restau est hors de prix et…

– Rien n'est trop beau pour ma Clara, susurre-t-il à mon oreille. Maintenant installe-toi. Je m'occupe de tout.

Je regarde Alec disparaître à l'extérieur et revenir avec des sachets pleins de délicieuse nourriture, qu'il dispose sur la table. Steak, purée de patate douce et légumes verts croquants.

Il m'embrasse puis s'installe en face de moi. Je ne perds pas une seconde avant d'attaquer mon énorme steak, qui fait la taille de mon visage, et dégouline de sauce et de beurre. J'ai rarement eu l'occasion d'en manger, surtout de cette qualité. Alors je ne peux pas attendre une minute de plus.

Mon ventre gronde avant même que la fourchette n'atteigne ma bouche, et là je meurs. Explosion de saveurs sur mon palais. Un délice. Mon avis vaut ce qu'il vaut – je ne suis pas habituée à de la grande gastronomie, plutôt au sachet de nouilles déshydratées – mais je comprends l'euphorie que suscite ce restau.

Je fais de mon mieux pour manger lentement et faire durer le plaisir, mais je suis affamée. La nourriture a toujours été un sujet d'obsession pour moi. Conséquence de ne jamais savoir si je mangerai à ma faim ou pas. Alors chaque occasion de remplir mon ventre se vit comme une célébration.

Nous nous concentrons sur nos plats, que nous dégustons tout en bavardant de tout et de rien. Et la conversation est comme elle l'est toujours. Simple et fluide.

Il me parle de son match de la veille, des dernières frasques d'Ashton racontées aux vestiaires, ce qui me fait rire. Son meilleur ami n'a pas son pareil pour se retrouver dans les pires situations avec les filles.

– Le père de Victoria a sorti la carabine et ce con d'Ashton s'est jeté par la fenêtre et a détalé à poil, en pleine rue, m'explique Alec, hilare.

– Je crois qu'il devrait arrêter avec les filles ! Ça ne lui réussit pas du tout.

– Autant demander à un chien de ne pas remuer la queue. Les deux sont impossibles.

– C'est vrai.

– Et toi ? Ta journée ?

Je hausse les épaules.

– La routine.

La seule réponse bateau que j'ai trouvée pour éviter de lui raconter l'avalanche d'angoisse qui a pris d'assaut mon cerveau tout l'après-midi.

– Y avait du monde au café ?

– Pas trop, non… Ça craint pour mes pourboires. Mais c'est aussi cool, car Belinda me permet de m'avancer dans mes devoirs quand on n'est pas trop occupées et puis j'adore pouvoir discuter avec elle. Elle va beaucoup me manquer.

Sûrement la seule personne à Baton Rouge qui me manquera. Ça en dit long sur ma vie sociale.

– C'est chiant pour les pourboires. Mais tu en auras moins besoin maintenant que tu as obtenu une bourse complète de quatre ans. Franchement, les mecs étaient impressionnés quand je leur ai annoncé la nouvelle à l'entraînement. Tu sais qu'aucun élève de Ravens High School avant toi n'a réalisé cette prouesse. Tu es un génie, ma Clara, en plus d'être la fille la plus jolie que je connaisse.

– Merci et merci. J'avoue que je suis moi-même étonnée.

– Tu as travaillé dur. Tu le mérites.

– Plus que quelques mois et on sera ensemble à Providence.

Le dire à voix haute me paraît irréel. Un rêve inespéré qui se réalise enfin.

– Ouais. J'ai un peu regardé les appartements sur le campus cet après-midi. Ils ont l'air top. Tu veux voir ?

– Carrément, oui !

Alec sort son téléphone et fait défiler les photos. Il parle de notre avenir avec enthousiasme. Et mon cœur se gonfle de bonheur en imaginant notre cohabitation.

Avec nos deux bourses, on peut envisager quelque chose de convenable. On sera ensemble tous les jours. Tout le temps. Plus de drogue, de violence, et pour moi, plus de peur ou de pleurs étouffés dans mon coussin. Un cocon, un havre de paix sans cris, sans larmes. C'est tout ce dont j'ai toujours rêvé. Une vie normale. Juste normale.

– J'ai tellement hâte d'y être, avoué-je.

Il se tourne vers moi et replace une de mes mèches derrière mon oreille.

– Moi aussi.

On se regarde longuement, les yeux pleins d'espoir. L'ambiance encore une fois devient électrique entre nous, un fil invisible m'attire à lui. Et sans m'en rendre compte, mes lèvres se retrouvent sur les siennes.

– Fraise ou chocolat ? demande-t-il soudainement entre deux baisers, sa voix encore plus grave et sexy que d'habitude.

– J'ai pris banane.

Il s'arrête net de m'embrasser. Ses sourcils se froncent.

– Je ne connaissais pas tes goûts, alors j'ai pris banane, expliqué-je.

– De quoi tu parles ?

– Des capotes !

Ses yeux s'arrondissent.

– Tu aurais préféré que je prenne fraise ou chocolat ? Mais tu peux m'expliquer pourquoi des capotes ont un goût ?

Il éclate de rire et secoue la tête.

– C'est au cas où tu voudrais mettre ma… Euh, tu vois, la mettre dans ta bouche.

– Oh…

Je sens mes joues chauffer.

– C'est ce que tu voudrais que je fasse ?

– Non… Enfin, oui, mais pas tout de suite et pas si tu n'en as pas envie.

Je hausse les épaules.

– Je n'y avais jamais vraiment réfléchi avant.

– Même pas quand on se chauffait ?

– Non…

Il semble déçu.

– Mais je suis pas contre l'idée, dis-je pour me rattraper.

Son regard se pose sur mes lèvres. Il inspire entre ses dents serrées, et ses mâchoires se contractent. Ses yeux se plissent et s'obscurcissent. Il dépose son pouce sur ma lèvre.

– Tu m'expliques pourquoi on parle de fellation, là ? Et comment tu fais pour m'exciter sans même essayer, Clara ?

– Je ne sais pas…

Il place un bref baiser appuyé sur mes lèvres, s'éclaircit la gorge, se lève et me laisse totalement sur ma faim.

– Maintenant, place au dessert, dit-il sur un ton on ne peut plus sexy.

Je lève un sourcil intrigué.

– C'est un peu ringard d'appeler ça comme ça, non ?

– Je parle de glace, espèce de perverse. Ne t'en fais

pas, tu vas finir par te taper Alec Graham. Mais sois patiente, plaisante-t-il.

Je lève les yeux au ciel, et me fous de la gueule de son ego surdimensionné, avant de le rejoindre dans la cuisine.

– Alors ? Fraise ou chocolat ? demande-t-il en sortant deux gros pots de glace du congélateur.

– Mmm, les deux.

– J'aime que tu sois aussi gourmande.

Son regard brûlant m'indique qu'il ne parle pas que de mon attrait pour les desserts.

Les pots en main, nous allons nous installer sur le canapé. Alec allume un feu dans la cheminée ainsi que toutes les bougies qu'il a disposées partout, puis éteint la lumière. Je ne peux m'empêcher de rire nerveusement.

– Ambiance tamisée…

– C'est pour éviter que tu prennes peur quand je sortirai mon énorme queue.

J'éclate de rire car je ne m'attendais pas du tout à ça, et il fait de même.

– Cuillère ? suggère-t-il sans transition.

– Yep !

Il me la tend et, au lieu de la plonger dans mon pot de glace, je lui tapote le nez avec.

– Arrête ça !

Je n'en fais rien. Je continue de l'emmerder comme quand on était gosses. Il sourit, mi-amusé mi-agacé. Ce qui me fait sourire à mon tour. Car une adorable fossette se creuse sur sa joue.

– Clara !

– Alec !

Avant que je ne comprenne ce qu'il m'arrive, il saisit mon poignet et se retrouve sur moi. Les pots de glace roulent au sol. Avec son genou, il écarte mes jambes et fait peser son bassin contre le mien. Mon Dieu ! Le poids de son corps dur et ferme et le désir que je lis dans ses yeux me donnent des frissons.

– Tu es une petite peste, tu le sais, ça ? murmure-t-il d'une voix chaude à quelques centimètres de ma bouche.

– Ouais, et toi un mauvais perdant.

– C'est vrai ! Mais là, je n'ai pas l'intention de perdre.

Alec baisse son beau visage et m'embrasse. Sa langue brûlante me pénètre et me déguste. J'aime tellement sa façon de m'embrasser, avec force, passion et conviction, sans s'excuser. Il prend possession de ma bouche comme si je lui devais quelque chose et qu'il réclamait son dû.

Il me boit, s'abreuve de moi et je fais de même. Ses doigts dans mes cheveux qu'ils maltraitent. Son souffle contre mon oreille qu'il mordille, ses mots, à la fois tendres et crus. Mon pull se retrouve au sol en moins de temps qu'il n'en faut pour le dire.

Puis ses lèvres sont de nouveau sur moi partout, demandeuses, exigeantes, faisant monter la température de mon corps.

Son sexe brûlant pulse contre le mien. J'agite mes hanches sous la pression, il grogne et fait descendre les bretelles de mon soutien-gorge. Je me redresse et le dégrafe, alors qu'il continue à m'embrasser, puis je déboutonne sa chemise ; il m'aide et la retire d'un geste pressé.

On s'arrête une seconde, le souffle court, pour s'observer. Pour reprendre nos esprits. Son regard gris parcourt ma peau blanche.

– Clara ! Tu es tellement belle.

C'est pas la première fois qu'il me le dit et, chaque fois, je le crois un peu plus. Il efface par ses simples mots toutes mes peurs, mes humiliations et mon sentiment de ne pas être assez bien. Dans ses yeux, je suis belle, je suis bien, je suis assez. Je ne suis plus la pauvre fille dont on se moque sur Ravens High School Rejects.

Mes yeux se perdent sur son torse, le galbe de ses épaules musclées, les veines sur ses avant-bras, ses abdominaux et cette ligne en V qui descend vers son sexe.

Il a le corps d'un homme, à force de s'entraîner. Ça devrait me faire peur, mais ça n'est pas le cas. C'est Alec. Et je sais qu'il ne me ferait jamais de mal.

J'avance la main maladroitement pour le caresser au-dessus de son jean, il ferme les yeux et je vois ses mâchoires se contracter.

– Déshabille-toi, susurré-je lentement, je veux te voir.

Je suis surprise par ma propre audace.

Il lève un sourcil puis se redresse et se débarrasse de ses pompes, de son pantalon, puis de son caleçon.

Je déglutis à la vue de son sexe en érection. Il est grand et large. Une veine le traverse. Je le trouve fascinant, beau et attirant. Je crois que je pourrais le mettre dans ma bouche. Maintenant.

Mes pensées me surprennent et font pulser mon sexe encore plus. Je déglutis et le fixe un peu trop longtemps.

– J'ai envie de te dire de me regarder dans les yeux, mais tu es tellement sexy quand tu me mates comme ça.

Le sourire aux lèvres, les yeux voilés de désir et son sexe en main, qu'il caresse comme si c'était la chose la plus normale au monde, il est beau à en couper le souffle.

Je sens le feu déferler dans mes veines et faire rougir mes joues.

– Maintenant à ton tour ! Je veux te voir aussi.

– OK…

Sous son regard troublé par le désir, j'enlève maladroitement mon jean et ma culotte. Elle n'est pas en soie et n'a pas de broderie, mais c'est l'une des plus jolies que je possède. Alec ne semble pas se préoccuper de la qualité de mes sous-vêtements. Non, ses yeux sont fixés sur autre chose. Mon sexe. Mon ventre, mes seins. Il me scanne, me boit, ne laissant aucun centimètre de ma peau inexploré. Son regard brûlant et exigeant me rend un peu nerveuse.

L'excitation, l'appréhension tout se mélange. Il faut qu'il fasse quelque chose avant que je n'explose. Comme il ne bouge pas et se contente de me mater, la respiration lourde, je prends les choses en main.

– Viens ! lui soufflé-je.

Il s'avance vers moi, et nos lèvres entrent en collision, avant que son corps nu ne se presse contre le mien. Le contact de sa peau brûlante partout sur moi me fait gémir.

Ses mains tiennent fermement ma tête alors que je m'affaisse sur le canapé. Il se retrouve naturellement au-dessus de moi, sans jamais cesser de m'embrasser. Le désir gonfle dans mon ventre, dans mes seins, dans mon sexe, partout. Je le regarde embrasser ma poitrine.

Mes seins disparaissent presque dans sa bouche, et la sensation est tellement euphorisante que je ne veux pas qu'il s'arrête. Jamais.

Je bouge en dessous de lui, réclamant je ne sais quoi, sa bouche, son sexe. Lui. Ses doigts trouvent mon entrée et me caressent. Je peux entendre à quel point je suis trempée. Je gémis et bouge contre sa paume. Il remonte sa bouche de nouveau sur la mienne, puis susurre entre deux baisers enfiévrés :

– Clara, je veux t'embrasser là.

J'acquiesce frénétiquement. Nous n'avons jamais dépassé cette barrière lors de nos flirts poussés, il m'a déjà caressée, mais c'est le plus loin qu'on ait été. Alors là, j'ai l'impression de franchir une nouvelle étape. Mais je suis tellement excitée que je n'hésite pas une seconde. Je veux tout découvrir avec lui.

Je le regarde descendre, embrassant ma peau, allumant le feu à chaque passage de sa langue, de ses lèvres, jusqu'à ce qu'il arrive en mon centre.

Il soulève mes jambes et embrasse l'intérieur de mes cuisses puis souffle sur mes chairs. Je bouge dans tous les sens. Et quand il dépose sa bouche sur mon point le plus sensible, j'oublie de respirer.

– Mon Dieu.

Je tire sur ses cheveux, noirs.

Je ferme les yeux et me cambre pour intensifier le contact.

Il rit.

– Je vois que tu aimes ça.

Je ne réponds pas, je n'ai plus de voix. Je n'ai plus de souffle. Je vibre de plaisir.

Il empoigne mes cuisses et écarte mes jambes davantage, puis il me déguste. Il n'y a pas d'autres mots pour décrire ce qu'il fait.

Sa langue, sa bouche, ses dents, tout y passe. Il me dévore comme si j'étais son fruit préféré et qu'il n'avait pas peur d'en mettre partout.

Je gémis encore et encore. Je ventile et halète son nom. Le bruit de succion qui me parvient à travers mes gémissements et ses doigts qu'il fait aller et venir en moi me mettent à l'agonie.

Je vais mourir de plaisir.

Je me tortille, soulève mon bassin et le supplie de ne pas arrêter, de continuer, d'aller plus vite, plus fort. Rien de ce que je raconte n'est cohérent, mais je m'en fiche, j'ai l'impression de perdre la tête. Le désir et l'excitation montent jusqu'au point de non-retour.

– Oh, Alec ! Je crois que je vais…

J'ouvre les yeux, cambre mon sexe davantage contre sa langue.

Il grogne d'excitation en faisant vibrer mes synapses. C'en est trop et j'explose en quelques secondes. L'orgasme déferlant dans mes veines a une intensité telle que je me redresse d'un coup pour ensuite retomber sur le dos et flotter dans une douce félicité.

– Je ne savais pas que tu étais bruyante, dit-il, le sourire luisant aux lèvres avant de se nettoyer sur mes cuisses. Heureusement qu'on ne l'a pas fait chez moi.

Je reste immobile, la sueur perlant sur mon front et flottant dans une autre réalité, savourant l'après de mon orgasme, quand j'entends le bruit d'un emballage qu'on déchire. Mes yeux dardent à droite et je vois Alec se couvrir le sexe d'un préservatif.

– J'espère que tu ne seras pas déçue, il n'a pas de goût, celui-là.

Je ris à sa remarque puis déglutis lorsqu'il revient s'allonger au-dessus de moi.

– Prête ?

– Oui.

Il m'embrasse. Il a mon goût sur les lèvres et je trouve ça à la fois troublant et excitant. Le baiser s'intensifie rapidement.

Mes hanches ondulent contre lui, nos sexes se frottent comme nous savons si bien le faire lors de nos moments intimes, mais cette fois, c'est différent, il n'y a pas la barrière de nos vêtements.

– Fais-moi l'amour, glissé-je entre deux baisers fiévreux.

– J'en ai bien l'intention.

Il écarte mes jambes, soulève mon bassin, et se place de manière à pouvoir entrer en moi. La première poussée m'arrache une grimace, qu'il efface à coups de baisers.

– Je vais aller le plus lentement possible, OK ?

J'acquiesce en m'accrochant à ses avant-bras. Il continue de pousser, écartelant mon sexe, qui émet une certaine résistance.

Il se retire presque entièrement puis repart à l'assaut. Une part de moi cède, je le sens. C'est douloureux, mais pas autant que ce que j'imaginais. Plutôt comme un pincement. Alec prend tout son temps et avance lentement. Il ferme les yeux un instant. Les sourcils froncés. On dirait qu'il a mal, lui aussi.

– Tout va bien ? demandé-je.

– Oui.

Sa voix est un peu étranglée.

Nos yeux s'accrochent. Il a l'air concentré et troublé.

– Plus que bien. Je ne m'attendais pas à ce que tu sois aussi parfaite. À ce que ce soit aussi bon. Je ne suis pas sûr de durer très longtemps.

Je souris malgré la douleur. Il baisse son doux visage pour m'embrasser. Puis il bouge à l'intérieur de moi. Lentement, tendrement, en avant, en arrière. Ses va-et-vient sont tempérés, et m'écartèlent chaque fois un peu plus. Le plaisir, la douleur, nos souffles et battements de cœur s'entremêlent dans une intense symphonie, qui nous laisse tous deux pantelants.

Nous sommes tellement proches à cet instant que j'en ai les larmes aux yeux. Je ne veux pas qu'il s'arrête. Je veux sentir son empreinte à l'intérieur de moi. Je gémis et l'embrasse, puis bouge les hanches pour l'aider, dans ses va-et-vient. Nos corps se percutent. Nos âmes se percutent. Et une douce chaleur s'empare de tous mes membres.

– Alec…

– Clara…

Il ne finit pas sa phrase et m'embrasse à m'en couper le souffle, à étouffer mes gémissements. Son front contre le mien, il me regarde me consumer.

Plus ça va et plus la douleur disparaît, laissant place à un plaisir intense qui irradie jusque dans mon ventre. C'est bon. Et ça sonne juste. Lui, moi, ici, à faire l'amour. Je crois que je ne veux plus qu'il me quitte, je m'accroche à ses avant-bras alors qu'il bouge en moi. J'observe son beau visage, ses mâchoires serrées et ses cheveux qui retombent sur son front. Mon Alec. Je l'aime à en crever. Il soulève une de mes jambes, ce qui m'arrache un petit cri. Il se fige immédiatement.

– Désolé, je pensais que tu prenais ton pied.

– C'est le cas. Continue, ne t'arrête pas.

Il fait ce que je lui demande. Sa bouche dans mon cou, mes seins qu'il déguste et caresse. Je sens qu'il se retient pour ne pas aller trop vite ni trop fort. Pourtant je veux qu'il se lâche. La douleur, je peux l'encaisser.

Je passe mes jambes au-dessus de sa taille. Il grogne, pose une main sous mes fesses et l'autre dans mes cheveux. Il me pénètre plus profondément, encore et encore, son bassin frottant contre mon clitoris, et j'explose. Littéralement. J'ai l'impression de me désintégrer, de quitter la réalité quelques secondes. Mes jambes se crispent autour de lui et mes doigts s'enfoncent dans son dos. Je crois que je l'ai griffé ou peut-être mordu, avant de décoller, de tout lâcher.

Et quand je redescends de mon petit nuage, il est là au-dessus de moi à me regarder avec amour. Il dégage une mèche de mes cheveux et m'embrasse avant de susurrer :

– Putain, je t'aime.

– Je t'aime aussi.

– Je vais finir par croire que c'est vrai, à propos de tes pouvoirs magiques. Parce que ça, là, c'était magique. Tu m'as jeté un sort, Clara. Un putain de sort délicieux.

Je souris, incapable de répondre quoi que ce soit ; mon cerveau s'est fait la malle quelque part entre mon premier et mon deuxième orgasme.

Il dépose un baiser sur mon nez puis me serre fort contre lui, j'entends son cœur battre à mille à l'heure contre le mien. Boum, boum, boum. J'ai l'impression qu'il me parle, qu'il me dit toutes les choses que je rêve d'entendre. Qu'Alec et moi, c'est pour la vie, que rien ne nous séparera jamais. On est des âmes sœurs, et c'est sur cette belle pensée que je m'endors, accrochée à lui comme à une bouée de sauvetage.

17

Clara, 17 ans
Deux jours plus tard

– J'espère qu'on pourra revenir ici un jour, dis-je en regardant le lac scintiller à travers la vitre.

On n'est pas encore partis que je regrette déjà cet endroit.

À la base, nous n'étions censés passer qu'une soirée ici, mais c'était trop difficile de se quitter au petit matin, alors on a décidé de rester plus longtemps. Personne ne va s'inquiéter pour nous, de toute façon.

On était seuls au monde, loin de tout. Le bonheur.

Pour une fois, je me suis autorisée à laisser mes problèmes et mes angoisses à Baton Rouge, et me suis offert quelques jours d'insouciance. Ça m'a fait un bien fou et m'a donné un aperçu de ce que la vie pourrait être.

Après avoir fait l'amour, nous avons passé la journée suivante à faire du bateau, une balade en forêt, et un feu de camp. On a découvert du matériel de pêche dans la cave en explorant la maison et on a pêché tous les deux comme au bon vieux temps. On s'est bien marrés en se lançant des défis débiles. Nous avons aussi parlé de notre avenir pendant des heures, nous imaginant à la fac tous les deux.

Je ne me suis jamais sentie aussi proche d'Alec que ce week-end.

Ceux qui disent que le sexe ne change rien se trompent. Le sexe change tout. Aujourd'hui plus que jamais, je ne pourrais plus me passer de lui. Aujourd'hui plus que jamais, je sais que je suis prête à crever pour lui. L'impression de le connaître mieux que personne. Car, après l'amour, il a ce regard vulnérable, de petits gestes tendres.

Alec boucle sa ceinture de sécurité. Le regard dans le rétroviseur, je contemple Cabin Hill s'éloigner en me disant qu'en y arrivant j'étais encore vierge. Mes yeux dévient sur mon reflet.

Est-ce que ça se voit sur mon visage ? Est-ce qu'on peut voir que j'ai fait l'amour ?

Je secoue la tête, et ris de mes propres pensées.

– Quoi ? Qu'est-ce qui te fait marrer ? demande-t-il.

– Tu trouves que j'ai changé ?

– Depuis qu'on a baisé ?

Je hoche la tête. Il m'observe ; un léger sourire se dessine sur ses lèvres pleines.

– Tu as un suçon.

– Non, tu déconnes !

Paniquée, je me regarde de nouveau dans le miroir et j'aperçois une ombre bleue, violette au milieu du cou ; je remonte mon col pour la camoufler. Je ne veux surtout pas que Jeff le voie. Qui sait ce qu'il serait capable de me faire ? Il trouve toujours le moyen de m'humilier ou de faire en sorte que je me sente sale.

– Eh, c'est rien… Ne t'en fais pas, ça se voit à peine.

Le trajet passe beaucoup trop vite à mon goût et nous nous garons déjà à quelques mètres de nos mobile homes.

– Tu viens dormir chez moi ce soir ? demande Alec.

– Non, je crois qu'il va falloir que je fasse un peu acte de présence, après ce week-end.

Même si fondamentalement je sais que mes parents se fichent de ce que je fais.

L'été de mes 12 ans, j'ai fugué pendant trois jours, j'ai dormi dans ma cabane près de l'étang, et personne n'est venu me chercher.

Alec était en vacances chez sa mère, à ce moment-là. Maman et Jeff n'ont même pas remarqué mon absence. Ou s'ils l'ont remarquée, ils n'en avaient absolument rien à faire. Je suis rentrée affamée et déshydratée, dans l'indifférence.

« Tu peux faire la vaisselle, Clara ? » est la seule chose que m'a dite ma mère en me croisant dans la cuisine.

Je chasse ces souvenirs déprimants et me concentre sur mon bel Alec, qui continue d'insister pour que je dorme chez lui.

– Alec, j'ai des devoirs à finir.

– Tu peux les finir chez moi.

– Pas sûr que j'arrive à me concentrer avec toi dans les parages.

Il sourit et me saisit par le col de mon manteau pour m'amener au plus près de ses lèvres douces et charnues.

– Ah oui, et pourquoi ça ?

Son haleine mentholée cogne contre ma bouche et me donne envie de le dévorer.

– Tu sais exactement pourquoi.

Il lève les mains en signe d'innocence.

– Je te promets d'être sage.

– Non, Alec ! C'est tentant, mais pas ce soir.

– Comme tu voudras, mais sache que si tu changes d'avis, j'habite juste en face.

– Merci pour l'info, dis-je en humidifiant mes lèvres.

Il pose sa bouche sur la mienne, m'embrassant intensément pour me dire au revoir. Je sors de la voiture avec l'impression bizarre de quitter une partie de moi-même. Je lui fais un signe de la main, avant de sortir mes clés et de déverrouiller la porte.

La boule au ventre, je tends l'oreille à l'affût de la moindre présence, du moindre éclat de voix. De la moindre baffe que je pourrais recevoir, juste parce que je suis là au mauvais moment.

La première fois que Jeff m'a dit que j'avais une tête à claques, j'ai éclaté de rire. Je trouvais ça drôle et ne comprenais pas vraiment ce que cela voulait dire. Je n'avais que 5 ans et il venait d'entrer dans notre vie.

Lorsque la porte s'ouvre, je suis heureuse de voir qu'il n'y a personne. J'en profite pour prendre une douche. Je ne m'y risque jamais quand Jeff est dans les parages. Je me dépêche de me savonner en versant encore un peu plus de gel douche bon marché dans le creux de ma main. La bouteille immense est presque vide, mais je la secoue pour en faire sortir les dernières gouttes.

Je ne suis pas particulièrement fan de son parfum à la vanille, qui sent tout sauf la vanille. Et j'ai souvent eu envie de prendre les bouteilles plus jolies, celles qui bénéficient d'une pub à la télé, celles qui prétendent qu'en quelques douches on se sent revigoré, celles qui sont bio, sans paraben et sans sulfate. Celles que je ne peux pas m'offrir.

– C'est la dernière fois que tu me fous la honte comme ça, Jolene.

Merde, c'est la voix de Jeff et il a l'air en colère.

Immédiatement, je m'en veux d'être dans cette position, d'avoir perdu mon temps à rêvasser sur de stupides marques de shampoing.

En moins de temps qu'il n'en faut pour le dire, je me rince et saute hors de la douche. Je me sèche à la vitesse de la lumière et j'ai à peine le temps d'enfiler mon jean qu'un énorme fracas me fait sursauter.

– Arrête, Jeff !

Un autre truc explose par terre. Je vais dans ma chambre pour laisser la tempête passer. Leurs bagarres quotidiennes ne sont plus mon problème.

Un énième coup, un cri étranglé. Je m'assieds sur mon lit, mets mes écouteurs, et lance la playlist de rock indie que m'a conseillée Alec. Les murs tremblent. Le chaos est en train de s'abattre, mais je ne bouge pas. L'indifférence comme moyen de survie.

Les minutes passent. Ma mère hurle à la mort. J'augmente le volume de ma musique et ferme les yeux.

Des larmes coulent sur mes joues et je ne fais rien pour les arrêter. Je reste là, stoïque, immobile, comme si tout ceci arrivait à quelqu'un d'autre que moi, à quelqu'un d'autre que ma mère.

La culpabilité me ronge, mais je ne m'interpose plus depuis le jour où Jeff a failli me casser le bras, et que maman n'a rien trouvé de mieux que de m'accuser d'envenimer les choses. De le mettre encore plus en colère avec mon regard de pouffe arrogante.

« Mêle-toi de tes affaires, Clara », l'entends-je encore hurler dans mes oreilles, de sa voix rauque et usée par la nicotine.

La douleur lancinante de mon bras n'était rien à côté de ses mots, de son venin, de la haine que j'ai lue dans ses yeux. Et c'est à ce moment-là que j'ai compris. Je ne pouvais rien faire pour elle. Elle avait choisi son enfer et elle allait brûler dedans.

Au bout d'une demi-heure, je baisse le volume de ma musique, avec la sensation d'avoir perdu une partie de mon audition. Plus aucun bruit ne parvient jusqu'à moi.

Jeff a dû partir, je me risque à sortir de ma chambre.

– Maman ?

J'entends des bruits étranglés dans les toilettes, pousse la porte et vois ma mère agenouillée devant la cuvette en train de vomir.

Ce n'est pas inhabituel, qu'elle soit dans cette posture, vu toutes les drogues qu'elle ingurgite, mais cette fois elle semble vomir du sang et je ne suis pas docteur, mais ça me paraît suffisamment grave pour m'alarmer.

Je m'agenouille à ses côtés et relève ses cheveux. Elle a le visage bleui. Ma main survole son dos. Je voudrais pouvoir la réconforter en la caressant, mais avoir le moindre geste affectueux envers elle m'est impossible. Je la hais autant que je l'aime.

– Maman, depuis quand tu vomis du sang ?

Elle s'adosse au mur en face de moi. Elle a l'air à peine vivante.

Je me mords les lèvres.

– Pourquoi tu chiales, Clara ?

– Parce que j'ai peur pour toi. Il faut aller à l'hôpital, maman. C'est pas normal de vomir du sang.

– L'hôpital ?

Elle a un rire étranglé. Cynique. Dénué d'humanité.

– Tu dramatises toujours tout. N'en fais pas toute une histoire, je vais bien.

– Ouais, tu as l'air.

– Je saigne parce que ce connard de Jeff m'a frappée tellement fort qu'il a dû me péter une dent.

Elle tâte ses dents pour vérifier qu'elles sont toujours là. Elle a la bouche gonflée et ensanglantée. Elle fait peur à voir.

– Pourquoi tu le laisses te traiter comme ça ?

– Je l'aime ! Tu ne peux pas comprendre ! Tu es trop jeune.

– Maman ! Il te bat. Il te traite comme de la merde. Combien de temps ça va durer ?

– Mêle-toi de tes affaires, Clara. J'en ai marre que tu me juges, que tu me regardes avec ton air supérieur. Tu ne vaux pas mieux que moi. Tu le sais, ça ? demande-t-elle, le sourire torve.

– J'ai été acceptée à l'université, maman, lâché-je comme si je voulais lui prouver qu'au contraire je vaux bien mieux qu'elle. À la fin de l'année scolaire, je partirai.

Elle se nettoie la bouche du revers de la main.

– T'as réussi à y entrer, hein ?

Je hoche la tête.

– Tant mieux pour toi, dit-elle, le regard dans le vague. Va vivre ta vie, Clara. À ton âge, j'étais déjà indépendante.

– À mon âge, tu étais déjà maman.

– Ouais… Qui sait ? Les choses auraient peut-être été différentes si je ne t'avais pas gardée.

J'encaisse le coup sans sourciller. Je devrais me sentir offensée d'entendre ses mots. Mais ce n'est pas la première fois qu'elle les prononce. Ma mère adore m'accuser d'être à l'origine de tous ses problèmes. Comme si j'étais responsable de ses addictions ou de la violence de son petit ami. Comme si elle était la seule victime.

Elle se redresse en me lançant un dernier regard, plein de dédain. Pas de félicitations. Pas de « bravo, ma chérie ». Rien. Le silence. Le mépris. L'indifférence.

Je reste sonnée quelques minutes puis me lève à mon tour, avec l'intention de m'enfermer dans ma chambre, mais j'ai à peine le temps d'atteindre le couloir qu'une main me saisit par le bras et me fait pivoter sur moi-même. Mon dos percute le mur.

– Ah ! Elle est rentrée, la Clara ! Tu nous as manqué. Tu étais où, tout le week-end ?

Jeff me toise de son regard pervers. Celui qui me donne l'impression d'être sale.

– Chez une copine.

– Une copine ? Je pensais que personne à part le loser qui vit en face ne pouvait te supporter. Toi et ton caractère de merde.

Je ne réponds pas et essaie de le contourner. Mauvaise idée car il me plaque contre le mur et retrousse les lèvres comme un animal sauvage. Un prédateur qui n'attend plus que d'attaquer sa proie. Défoncer la gueule de sa petite amie n'a pas suffi à éponger sa haine.

Je sens l'alcool dans son haleine et je vois la fureur dans ses yeux. Mon corps tout entier se met en alerte.

– C'est quoi, ça ? Il tire sur mon col pour exposer mon cou. Un suçon ?

Ses yeux de fouine se plissent.

– Ne me touche pas, hurlé-je en frappant ses mains.

J'espère attirer l'attention de ma mère. J'espère que, pour une fois, elle viendra me défendre. Lui dire de me laisser tranquille, de garder ses putains de mains baladeuses pour lui.

Jeff tire sur mes cheveux, m'obligeant à tendre le cou, et m'arrachant un cri de douleur.

– Mais oui, c'est bien un suçon. C'est que c'est une salope comme sa mère. Ça y est ! Tu lui as donné ton cul ? T'as pas perdu de temps. C'est un petit chanceux, ce branleur.

Je ferme les yeux pour échapper à ses mots dégoûtants.

– Lâche-moi ! Je t'en supplie.

Il n'en fait rien, évidemment. Il aime trop me voir souffrir, jubile de me voir en position de faiblesse.

Jeff approche son visage de mon oreille et susurre d'une voix perverse :

– Et moi ? Quand est-ce que tu me donneras mon tour ?

Une envie de vomir me vrille l'estomac. Je reste sans voix, complètement tétanisée.

– Jeff ! Qu'est-ce que tu fous ?

Ma mère se tient sur le pas de la porte de sa chambre et nous regarde tous les deux.

Jeff s'écarte de moi et je détale dans ma chambre comme si j'avais la mort aux trousses.

J'entends leurs éclats de voix reprendre, pendant que, les mains tremblantes, je rassemble toutes mes affaires. Je ne peux pas rester une seconde de plus dans cette baraque. Pas après ce qu'il vient de se passer.

Cette fois, c'en est trop. Je me barre.

Je jette mon sac par la fenêtre puis me hisse, atterris sur mes pieds et frappe à la porte d'Alec tout en jetant des coups d'œil derrière moi.

– Je te manque déjà ? demande Alec, un grand sourire aux lèvres lorsqu'il m'ouvre.

Son sourire disparaît quand il lit la terreur sur mon visage.

– Qu'est-ce qui se passe ?

Je me jette dans ses bras, et pleure toutes les larmes de mon corps.

– Eh ! Eh, Clara ? Qu'est-ce qui se passe ? Tu me fais peur.

Il prend mon visage en coupe. Quand j'arrive enfin à me calmer, j'efface mes sanglots.

– Est-ce que je peux rester chez toi quelque temps ?

– Oui, bien sûr.

Cette nuit-là, blottie dans ses bras, je lui ai tout raconté. Nous avons pleuré tous les deux. Après quelques minutes de silence, Alec a murmuré :

– Un jour, je le tuerai.

Je n'ai rien répondu. Épuisée physiquement et mentalement, je me suis encore plus blottie contre lui. Je n'ai pas essayé de l'en dissuader. Je n'en avais plus la force.

– Tu ne peux plus retourner là-bas, ajoute-t-il en déposant un doux baiser sur le sommet de mon crâne.

– Et ton père ?

– J'en fais mon affaire. Ne t'en soucie pas. Allez, maintenant, il faut dormir.

18

Alec, 18 ans

Ça fait deux mois que Clara vit chez moi. Si mon père a eu du mal à accepter sa présence au début, essentiellement par peur de représailles, il a fini par céder.

Jeff et Jolene n'ont pas cherché à récupérer Clara, de toute façon. Je me suis assuré qu'ils gardent leurs distances.

J'ai suivi Jeff lors d'une de ses beuveries dans un bar. Il draguait pathétiquement la serveuse et se mettait une mine phénoménale.

Les poings sur le comptoir, il m'a fallu toute la volonté du monde pour ne pas exploser son crâne de piaf sur le bois massif du zinc. Quand il est arrivé à son troisième shot, il a fini par détecter ma présence à ses côtés. Le sourire mauvais, il a craché :

– Qu'est-ce que tu veux, petit branleur ? Que je te foute une nouvelle raclée ?

Il faisait référence à la fois où je l'avais défié quand j'avais 13 ans, et qu'il m'avait mis la branlée de ma vie.

– Je veux que tu laisses Clara tranquille.

– Ah ! Regardez-moi ce petit morveux. La merde au cul et il ose proférer des menaces. Si j'avais pas envie de te péter la gueule, je crois que je te féliciterais pour ton courage.

Il s'est redressé et a tapoté sur mon épaule, d'un air

condescendant. J'ai fait un mouvement pour dégager sa putain de main, que je rêvais de broyer.

– Je suis sérieux, Jeff ! Laisse-la tranquille.

Je me suis relevé et l'ai surplombé de mon mètre quatre-vingt-cinq.

– Et si je refuse ?

– Tu auras affaire à moi. Je ne suis plus le gamin que tu impressionnais. Crois-moi.

Il a un rire de hyène sadique et pathétique en même temps.

– Le fait que tu soulèves de la fonte tous les jours ne fait pas de toi un homme. Pour cela, il faudrait que tu te fasses greffer une bonne paire de couilles.

– Je ne le répéterai pas. Laisse Clara tranquille. Elle ne veut plus vivre avec vous. Elle va rester chez moi maintenant et, si tu interfères, j'irai voir les flics pour leur parler de ton petit trafic de merde.

– C'est une menace ?

– Non, une promesse.

– Tu sais qui je suis ? Tu sais que certaines personnes ont fini avec une balle dans la tête pour moins que ça ?

Il a bombé le torse et a essayé de m'intimider en collant son visage au plus près du mien. Il empestait l'alcool et tenait à peine sur ses jambes. Pauvre tache. Il pensait m'impressionner, il se trompait.

J'étais prêt à tout pour protéger Clara. J'ai imaginé Jeff en train de la toucher et mon envie de le défoncer a déferlé dans mes veines avec une intensité qui m'a surpris.

J'ai serré les poings, et expiré par le nez pour me calmer.

– Pas de bagarre chez nous ou j'appelle les flics, a crié la barmaid en notre direction.

Elle a sorti une batte de base-ball ; tous les habitués de ce trou à rats avaient les yeux rivés sur nous.

– Laisse-la tranquille et tout ira bien.

Je l'ai poussé par les épaules et il a valsé en arrière, beaucoup trop facilement. Piqué dans son ego, il a essayé de se relever, mais l'excès d'alcool est l'ennemi de la gravité. *Putain de déchet humain.*

J'ai claqué des billets sur le comptoir puis me suis éloigné lentement vers la porte, sous les injures de Jeff. Le majeur levé en l'air, je lui ai montré à quel point ses menaces me faisaient peur.

S'il ne tenait qu'à moi, je débarrasserais définitivement Baton Rouge de ce fils de pute. Il ne manquerait à personne.

En rentrant, j'ai trouvé Clara, allongée dans mon lit, profondément endormie, ses cheveux blonds dépassant du duvet.

Elle a toujours fait ça, enfouir son visage d'ange sous les couvertures, comme pour trouver une protection supplémentaire contre ce monde qui ne lui fait que des crasses.

Je me suis allongé à ses côtés, elle s'est instinctivement retournée pour se blottir contre moi, sans ouvrir les yeux. Son corps est chaud et doux, et s'imbrique parfaitement dans le mien.

Ma petite fée. J'ai dégagé son visage de la couette et l'ai observée longuement en rejouant la scène de ce soir. Des ombres de regrets et de meurtre ont dansé dans ma tête.

Je n'arrive pas à croire qu'elle soit restée sous ce toit maudit aussi longtemps. Je m'en veux de n'avoir rien vu, ou pas assez, de ne pas être intervenu plus tôt et je me fais la promesse solennelle de la protéger. Toujours.

19

Clara, 18 ans
Plusieurs semaines plus tard

Assise devant le bureau du proviseur, je me fais un sang d'encre.

Mon angoisse a commencé au moment où son assistante s'est pointée au milieu du cours de chimie, a chuchoté quelque chose à l'oreille du professeur, qui a ensuite prononcé mon nom.

J'étais en plein mélange de liquide, avec ma blouse et ma paire de lunettes protectrices. Ma partenaire, Lydia, prenait des notes. Nous étions sur le point de prouver notre troisième hypothèse, quand Mme Fergusson m'a intimé de prendre toutes mes affaires et de la suivre.

– Pourquoi ? ai-je demandé, un peu abasourdie.

De toute ma scolarité, je n'ai jamais été convoquée, et n'ai jamais eu de problèmes de discipline. Enfin, sauf en primaire quand je volais les goûters de mes camarades.

– Je ne peux pas vous en dire plus, mais le proviseur souhaiterait vous voir immédiatement.

Il ne m'en a pas fallu plus pour savoir que quelque chose de grave était arrivé. Et j'espérais qu'il ne s'agissait pas de ma mère.

Ces derniers temps, je n'étais pas passée la voir, lasse de son indifférence ou de ses remarques méchantes. Je voulais me concentrer sur moi et sur le tournant positif que ma vie était en train de prendre, mais je crois que l'univers a décidé de m'envoyer un putain de retour de karma dans la gueule.

Je me suis donc redressée sur mon siège avec précaution sous les regards et les chuchotements de mes camarades. Tout le monde sait bien que lorsque Mme Fergusson, l'assistante du proviseur, se déplace en personne, rien ne peut en sortir de bon.

Voilà pourquoi je suis terrorisée à me bouffer les peaux mortes que j'ai autour des ongles. En priant tous les dieux pour que ce ne soit pas ce que je pense, que ce ne soit pas maman, qu'elle aille bien. Je suis tellement désespérée que j'envoie un texto à Jeff. Ce dernier reste sans réponse, évidemment, ainsi que tous ceux que j'envoie à ma mère.

– Mademoiselle Kinney ?

Je bondis de ma chaise comme si elle était en feu, avec la certitude que le pire est arrivé.

Mes yeux se relèvent et croisent le regard noir du proviseur. Il m'invite à le suivre dans son bureau. Son air contrarié m'interpelle. Je ne lis aucune compassion sur son visage.

Il n'a jamais pu me blairer, m'associant lui aussi à la réputation de Jeff. Lorsque je lui ai signalé le compte Instagram dont j'étais victime, il n'a pas levé le petit doigt pour trouver qui était derrière les nombreuses photos et posts moqueurs.

– S'il vous plaît, dites-moi que ma mère va bien, l'imploré-je avant même qu'il n'ouvre la bouche, ne supportant plus l'attente insoutenable qu'il me fait subir.

Il me dévisage avec ses yeux ronds, dépourvus d'intelligence.

– Pourquoi vous me parlez de votre mère ?

Son air confus m'indique que je fais fausse route. Je respire enfin, mais le soulagement n'est que de courte durée.

– Je pensais que… (Je m'éclaircis la gorge.) Alors pourquoi vous m'avez convoquée ?

– J'ai eu vent d'information concernant vos activités « extrascolaires ».

– Mes activités ?

Je frotte mes mains devenues moites sur mon jean.

– Il semblerait que vous vous adonnez à un petit trafic au sein de l'établissement.

– Quoi ? Mais non, ce n'est pas vrai !

L'incrédulité et la colère montent immédiatement en moi. On m'a souvent accusée des pires trucs : par exemple, dès qu'un téléphone disparaissait, tous les soupçons se tournaient vers moi. La belle-fille de Jeff. La délinquante. Comme si le crime était héréditaire.

– Inutile de nier. J'ai des preuves matérielles. À la suite de la dénonciation d'un de vos camarades, nous avons enquêté sur vous et avons découvert que vous donniez des cours particuliers au noir aux membres de l'équipe de foot.

Oh. Ça.

J'avale difficilement ma salive, en l'écoutant dérouler l'ensemble de mes méfaits avec sa voix de baryton, ses sourcils fournis ponctuant son mécontentement.

À l'entendre, j'ai brisé toutes les règles fondamentales du lycée. Alors que je n'ai rien fait de mal à part permettre à quelques athlètes de réussir leurs examens. Pourtant, il semblerait que ce soit grave. Très grave, même.

Je ne peux m'empêcher de remarquer son rictus satisfait. Il a l'air content, fier de lui. Il a élucidé une enquête, mis au jour un crime, montré à tous que je suis la digne héritière de mon beau-père.

Jamais il ne s'est dit que je donnais ces cours privés pour subvenir à mes besoins, pour manger autre chose que le déjeuner offert par l'école aux gosses pauvres comme moi. Jamais il ne s'est demandé pourquoi je ne participais pas aux sorties scolaires payantes ou arrivais tôt le matin pour bénéficier du petit déjeuner gratuit.

Aucune de ces choses ne lui a paru scandaleuse. Il fait partie de ces nombreux adultes que j'ai croisés dans ma vie et qui font semblant de ne rien voir, rien remarquer. Qui dorment bien la nuit alors qu'au fond, ils savent. Ils posent suffisamment de questions pour comprendre, mais pas assez pour me sortir de là.

– Plusieurs des membres de l'équipe sont passés aux aveux, continue-t-il, imperturbable. Ils disent vous payer une cinquantaine de dollars de l'heure. Vous savez que ceci est contraire à notre règlement, que vous avez allègrement enfreint.

– Je… Je…

Je ne suis absolument pas désolée, ai-je envie de lui dire, mais je garde les lèvres scellées. Au lieu d'aggraver mon cas en lui dévoilant le fond de ma pensée, je réfléchis à toute vitesse.

Qui a pu me dénoncer ? Et comment me sortir de ce merdier ?

Dire toute la vérité signe mon arrêt de mort, mais nier ne risque pas de me sauver la mise non plus. Visiblement, crâne de pioche a des preuves matérielles. Je décide donc de faire ce qui me paraît le plus juste : expliquer mes raisons.

– Passez aux aveux, mademoiselle Kinney ! N'aggravez pas votre cas avec le mensonge.

Il pose les coudes sur son bureau en bois et me toise, les sourcils relevés.

– Je ne savais pas que c'était contraire au règlement,

tenté-je avec aplomb. Je faisais cela pour gagner de l'argent. Vous n'êtes pas sans savoir que j'ai quelques difficultés à la maison, et ces cours particuliers me permettaient de maintenir la tête hors de l'eau. Je ne pensais enfreindre aucune règle, juste exercer le droit de gagner ma vie comme tout bon Américain qui se respecte. Vous n'oseriez pas remettre en question notre sacro-sainte constitution, monsieur McAllister ?

Il reste bouche bée l'espace d'un instant. Je crois qu'il ne s'attendait pas à ce que je lui renvoie le capitalisme et la devise de l'oncle Sam dans la gueule.

– Quelles que soient les raisons qui vous ont poussée à enfreindre notre règlement, ce n'est pas une excuse. Personne n'est au-dessus des lois, vous m'entendez ! Personne. Même pas vous et votre famille. Peut-être que la police ne fait rien pour arrêter votre beau-père, mais, dans mon établissement, je n'accepterai pas qu'on s'adonne impunément à des trafics. Il y va de l'équilibre de notre société.

OK, il est là pour régler ses comptes.

– Je ne me sens pas au-dessus des lois. Je comprends que j'ai fauté et j'en suis désolée. Mettez-moi toutes les heures de colle qui vous semblent justes, je les ferai sans rechigner.

– Heure de colle ? Mademoiselle Kinney, je crois que vous ne comprenez pas la gravité de la situation. La sentence pour ce genre d'impair est beaucoup plus importante que de simples heures de retenue.

Je déglutis.

Le verdict tombe, me coupant littéralement le souffle et tuant tous mes espoirs d'aller à Brown.

– Le comité de discipline s'est réuni et a décidé de vous exclure.

Je deviens livide. Ma bouche s'assèche immédiatement, m'empêchant de prononcer le moindre mot. Puis je reprends mes esprits. Je ne peux pas le laisser faire, je ne peux pas le laisser m'enlever ce que j'ai de plus précieux. Ce pour quoi je me bats depuis tant d'années.

– Mais je dois recevoir mon diplôme dans trois semaines.

– Vous le recevrez car nous ne pouvons pas vous retirer vos notes. Mais nous sommes dans l'obligation de signaler votre comportement à l'université Brown ; il y va de notre crédibilité en tant qu'établissement. Vous n'êtes pas sans savoir que cela compromet votre bourse ainsi que votre admission.

– Non ! Ne faites pas ça, je vous en supplie. Je ferai ce que vous voulez, mais vous ne pouvez pas me retirer la chance d'aller à Brown, s'il vous plaît, monsieur McAllister. Vous devez comprendre que c'est ma seule possibilité de sortir d'ici, de quitter Baton Rouge. Ne faites pas ça, je vous en supplie.

Je ne sais pas quand ni comment, mais, dans un élan de désespoir, j'ai attrapé ses bras et je suis en train de tirer sur les pans de sa chemise. Il me regarde, horrifié, alors qu'un torrent de larmes est en train d'envahir mes joues.

– Voyons, mademoiselle, ressaisissez-vous !

Il arrache ses bras de mes mains et remet sa cravate en place. J'ai envie de l'étrangler avec sa putain de cravate. Cette espèce de monstre égoïste qui ne réalise pas qu'il vient de mettre un coup d'arrêt à tous mes espoirs. Ce pour quoi je me bats depuis toujours. J'ai du mal à respirer.

– Je suis désolé, mais notre décision est sans appel. Soyez heureuse de ne pas perdre votre diplôme. Vous êtes adulte maintenant et, dans le monde des adultes, tout acte a une conséquence.

Ça, je ne le sais que trop bien et je l'ai toujours su.

– Maintenant, je vous prie de prendre le reste de vos affaires dans votre casier et de quitter l'établissement.

Je sors de son bureau après avoir effacé mes larmes, et marche tel un automate jusqu'à mon casier. Je ne réalise pas ce qui m'arrive. Axel, le gardien, a été sommé de m'accompagner, au cas où je péterais un câble et buterais l'ensemble de mes camarades. On ne sait jamais, après tout, je suis la belle-fille de Jeff.

Là, tout de suite, ce n'est pas l'envie qui m'en manque.

La sonnerie qui annonce la fin de la deuxième période déverse un flot de lycéens dans les couloirs. Le bruit des pas, des rires insouciants et des casiers qui claquent couvre le bourdonnement sourd qui gronde à l'intérieur de moi.

Je récupère mes livres pour les mettre dans mon sac à dos, arrache les photos d'Alec et de moi, à différents âges, avant de refermer définitivement la porte de mon casier.

Quand je me retourne, il est là. Alec. Il a l'air essoufflé. Ses yeux inquiets fouillent les miens avant même qu'il n'ouvre la bouche.

– Clara, qu'est-ce que tu fais ? Pourquoi tu vides ton casier ?

– Parce que j'ai été exclue.

– Quoi ? Mais pourquoi ?

Je lui explique la convocation du proviseur, la lettre anonyme et la décision du conseil de discipline. Je ne veux pas l'alarmer, alors je ne lui parle pas de ce que cela implique pour Brown.

– Non, mais ils ne peuvent pas faire ça. Et ton diplôme ?

– Je vais quand même l'obtenir.

Il a l'air soulagé.

– Donc tu iras à Brown.

Je secoue la tête pour dire non, un sanglot s'échappe de ma gorge. Il me prend immédiatement dans ses bras.

Je pleure longuement en l'écoutant me dire que ça ne va pas se passer comme ça. Qu'il va arranger les choses ! Que le coach va intervenir, que s'il ne fait rien pour m'aider, Alec refusera de jouer un seul match de foot.

Mais il a eu beau protester, jouer toutes les cartes qu'il avait en main, pousser l'équipe à entrer en protestation, refuser de jouer les derniers matchs de la saison, et se brouiller avec la moitié de ses coéquipiers, ceux qui étaient passés aux aveux, rien n'a arrêté la vindicte du proviseur qui était déterminé à ce que justice soit faite. Et apparemment, la justice passait par le fait que je ne puisse pas accéder à l'éducation que je méritais. Éducation pour laquelle je me suis battue bec et ongles. À force de persévérance, Alec a fini par découvrir qui était derrière cette machination. Selena s'est excusée, elle ne pensait pas que l'histoire irait si loin. Sous la menace de mon petit ami, elle a demandé à son shérif de père d'intervenir auprès du proviseur, mais c'était trop tard.

Ce jour-là, j'ai perdu foi en l'humanité et en mes chances de sortir un jour du merdier dans lequel j'étais née. Il y a des gens qui ont tout, qui sont nés au bon endroit, dans la bonne famille, et la vie ne leur fait que des cadeaux. Et il y a des gens comme moi, nés pour souffrir, pour échouer ou pour avoir mal.

C'est ainsi que j'ai regardé mes camarades se réjouir le jour de la remise des diplômes puis je les ai regardés partir, les uns après les autres vers leur avenir.

Le plus difficile a été évidemment de voir partir Alec.

J'étais heureuse pour lui car, après que Brown m'a retiré ma bourse, Alec a failli renoncer à la sienne.

– Rien à foutre de cette université de merde. Je veux rester avec toi. On en trouvera une autre qui nous acceptera tous les deux.

C'était flatteur, mais complètement débile comme plan, et quand je lui ai démontré à quel point il était bête de passer à côté d'une si belle occasion, il a fini par le comprendre.

Et nous voilà donc ici sur le parvis de l'aéroport à essayer de nous dire au revoir sans pleurer.

Spoiler: on n'y arrive pas du tout.

Dire au revoir à Alec me paraît insurmontable, comme si on allait m'arracher le cœur en me demandant de continuer à vivre et à fonctionner.

– Tu vas me manquer, Clara. Mais je reviendrai te voir à Thanksgiving.

J'essaie de sourire et d'acquiescer en même temps, mais tout ce que j'arrive à faire, c'est pleurer.

Il serre les dents, mais ses yeux sont remplis de larmes également. Sa bouche trouve la mienne encore et toujours, et nous fusionnons dans un baiser qui a le goût des regrets et du désespoir.

– Allez, Alec. Tu dois y aller sinon tu vas louper ton avion.

J'efface mes larmes, et m'éclaircis la gorge.

– Je ne veux pas y aller sans toi.

– Tu vas y aller et tu vas réussir pour nous deux. Tu me le promets. Tu vas être le meilleur dans ton équipe de foot et tu vas réaliser ton rêve de devenir pro. Moi, je vais rester ici. Je vais aller à l'université locale et quand on aura tous les deux fini nos études, on se retrouvera. Tout ça est juste un contretemps, un petit obstacle de rien du tout.

Je m'efforce de sourire, d'avoir l'air forte, mais dès qu'il me lâche, mes jambes flageolent.

Un dernier regard, un dernier sourire, un dernier battement de cœur, puis plus rien.

20

Alec

Je suis venu au Babydoll tous les soirs de la semaine. Assis sur le canapé violet, les yeux rivés sur une déesse qui s'adonne à des danses plus captivantes les unes que les autres. Clara 2.0 a un charisme incroyable, un corps digne d'une nymphe et un visage angélique.

Plus les jours passent et plus le doute s'installe. Elle maîtrise beaucoup trop l'art de la séduction pour que ce soit Clara, mon ex-petite amie réservée, timide, et ce malgré la ressemblance frappante. Et puis si c'était elle, pourquoi me le cacherait-elle ?

De plus, Bud, après enquête, m'a confirmé qu'elle s'appelle bien Barbara Maddoff. D'origine russe, elle est arrivée aux États-Unis avec sa famille à l'âge de 18 ans.

Je suis resté à Miami pour retrouver Clara, mais aujourd'hui je ne rêve que d'une chose : conquérir Barbara.

Je veux apprendre à la connaître, je veux lui faire l'amour. Je la veux. C'est complètement malsain de vouloir se taper le sosie de son ex, disparue, une espèce de madeleine de Proust morbide et perverse. Mais je ne réfléchis plus avec ma tête quand elle se déhanche devant moi. L'odeur de son parfum, les courbes délicieuses de son corps, elle réussit la prouesse d'être fine et voluptueuse à la fois.

Je ne pensais pourtant plus pouvoir remettre les pieds

ici. Bambie ne semblait pas me vouloir comme client, vu la façon dont elle s'était enfuie la première fois, et j'avais bien l'intention de respecter sa volonté. Alors grande fut ma surprise lorsque le Babydoll m'a rappelé et confirmé que j'étais attendu tous les soirs de la semaine pour une danse privée comme initialement prévu. Même si le cerbère devant la porte ne s'est pas gêné pour me mettre en garde, lors de ma deuxième visite.

– Je sais pas ce que tu as fait à Bambie hier, mais je t'ai à l'œil, le footballeur. Un geste déplacé et tu ne pourras plus jamais jouer au foot.

J'ai souri, car j'apprécie qu'il la protège autant.

– Ne t'en fais pas, gros bras, je n'ai pas pour habitude de toucher une fille qui ne le souhaite pas.

Il s'est contenté de me faire un mouvement de menton. Je suppose qu'en langue de cerbère, cela veut dire qu'il apprécie ma réponse.

Chaque soir, elle danse, ne se déshabille pas complètement, mais laisse voir une partie de son corps sous un éclairage tamisé. C'est une illusion, une suggestion. Mais ça m'excite au point que j'ai l'impression d'avoir 16 ans de nouveau.

Un regard appuyé, un frôlement et tout mon sang migre vers le sud. Je meurs d'envie d'elle, et j'ai un mal fou à le cacher.

Elle, elle reste de marbre, elle danse jusqu'à ce que ma queue soit au bord de l'ébullition, puis elle disparaît, aussi vite qu'elle est apparue. Ses prestations sont parfois longues, parfois courtes ; je sais rarement sur quel pied danser. Jamais elle ne me dit un mot ou ne répond à mes questions.

– Qu'est-ce qu'un mec comme moi doit faire pour

avoir la chance de parler à la femme derrière la danseuse ?

Sa réponse est un frôlement de hanches, de seins, de cuisses, de cheveux. Elle me rend fou.

Je devrais retourner à Chicago, reprendre l'entraînement, mais je ne peux pas décoller d'ici. Tous les soirs, je reviens au Babydoll. Je suis envoûté.

Je soupire en regardant la porte claquer derrière elle et me frotte le visage. Il va falloir patienter jusqu'à demain pour la revoir. Je me redresse, réajuste mon jean et sors, totalement frustré. Mais je ne peux m'en prendre qu'à moi-même, c'est moi qui m'inflige ça, moi qui espère encore un geste, un sourire. Elle, elle a été claire : je suis un client lambda et rien d'autre. Et j'ai bien conscience que je dois l'accepter.

Cette fois, au lieu de me retrouver face au regard méfiant du cerbère qui communique par grognements ou onomatopées, je me retrouve face à une petite brune piquante, une jeune Penélope Cruz. Camilla, la colocataire et meilleure amie de Barbara, selon les infos transmises par mon agent. Celle qui l'attend tous les soirs.

– C'est toi, l'admirateur secret de Bambie ?

Je hoche la tête. Inutile de nier, je passe mes soirées ici. Je lui tends la main pour la saluer.

– Pas vraiment secret et pas le seul non plus d'ailleurs, rétorqué-je amèrement. Alec.

– Graham ! Oui, je sais, le quarterback des Bears de Chicago.

Elle ne saisit pas ma main et pose les siennes sur mes épaules pour m'attirer à elle et me faire la bise.

– Tout le monde te connaît, avec ta belle gueule. D'ailleurs, mon neveu est fan, il va être comme un fou quand je vais lui dire que je t'ai croisé.

– Si tu pouvais éviter de lui dire où tu m'as croisé, ça m'arrangerait. J'essaie de retravailler mon image, ces derniers temps.

– Évidemment. C'est mon neveu. Il a 10 ans. Je ne vais pas lui dire que sa tante est une strip-teaseuse et que son footballeur préféré est l'un de ses clients. C'est comme de lui dire que la fourrure du père Noël est faite en peau de lapin de Pâques.

Je me retiens de rire. Cette fille est folle en plus d'être directe.

– Techniquement, je ne suis pas ton client.

– Oui, tu n'as d'yeux que pour Bambie, je sais.

Elle me regarde avec des étoiles dans le regard. Je me sens un peu mal à l'aise car je ne sais pas si elle me drague ou si elle est juste sympa.

– T'es vraiment canon. Franchement, les photos dans la presse ne te font pas justice.

– Merci.

Elle me regarde longuement, puis ajoute :

– Barbara ne l'avouera jamais, mais je pense que tu lui plais beaucoup, Alec Graham, et c'est presque miraculeux vu qu'elle est hermétique aux mecs.

– Tu crois ? Pourtant, elle ne laisse rien transparaître. Elle me parle à peine.

– Justement ! Bambie trouve toujours les mots qu'il faut pour les clients, pour leur donner l'impression qu'ils sont uniques et les encourager à payer davantage. Là, tu dis qu'elle reste muette ? Ce n'est pas Bambie, ça. Et aux collègues, elle ne parle pas de toi alors que, crois-moi, dans les vestiaires, on ne se gêne pas pour se moquer des clients, d'habitude. Il lui faudra peut-être un peu de temps, mais, beau gosse, tu lui plais, c'est certain.

– Merci, mais pourquoi tu me dis ça ?

– Parce que je veux qu'elle soit heureuse. C'est ma meilleure amie, et pour une fois qu'un mec arrive à susciter une pulsation dans son petit cœur de glace, je ne veux pas qu'elle passe à côté.

Elle réfléchit un instant puis annonce avec enthousiasme :

– Demain soir, on célèbre l'anniversaire de Stefano, l'un de nos amis, sur la plage de South Beach. Viens ! Barbara sera là.

– Et si elle ne veut pas ? Je suis peut-être fou d'elle, mais hors de question de la harceler.

– Écoute, viens et essaie de lui parler en dehors du Babydoll. Si j'ai tort et que tu ne lui plais pas, tu risques juste un bon coup de pied là où je pense, mais au moins tu seras fixé.

– OK, bon, dans ce cas, oui, je viendrai. Merci pour ton aide.

– Camilla, je m'appelle Camilla. Et de rien, beau gosse, tout le plaisir est pour moi. Bon, je dois y aller, c'est bientôt mon tour de monter sur scène.

Avant de s'éclipser, elle attrape mon avant-bras et, avec un feutre, écrit son numéro de téléphone.

Je la regarde, décontenancé.

– Texte-moi le tien, au cas où.

J'acquiesce et elle s'en va en faisant chalouper ses fesses devant moi.

21

Clara

– Ça fait déjà trois kilomètres. Plus que quatre, halète Camilla en regardant sa montre connectée.

Nos pieds martèlent le sol à un rythme régulier.

Courir sur la plage de South Beach tous les matins, c'est un vrai bonheur. Nous aimons nous réveiller aux premières heures du jour quand la plage est encore calme et que seuls quelques sportifs s'y donnent rendez-vous. Parfois, on a la chance de voir le soleil se lever et c'est toujours un spectacle fabuleux.

Le ciel se pare de lumières violettes, roses puis orange, l'horizon s'ouvre et tout nous paraît possible en ces moments-là. C'est l'un des avantages de vivre au bord de l'océan. Les levers de soleil splendides.

Nous sommes toutes les deux des lève-tôt, et ce malgré les longues soirées passées au Babydoll à danser ou à égayer la vie de nos clients comme aime le faire Camilla. Éternelle optimiste, Camilla voit son travail comme une sorte d'occupation d'utilité publique. Un service rendu à la société. Une fée Clochette en string.

La vérité, c'est qu'on se fout à poil, un point, c'est tout. De manière subtile et artistique, mais on se fout à poil quand même. Pour moi, nul besoin de glamouriser ce métier dont l'intérêt numéro un est l'argent.

Notre footing se termine toujours au Cubana, un

café de South Beach qui sert les expressos les plus corsés du monde. Et ce rituel n'est jamais interrompu, y compris par temps de pluie. « La rigueur fait les meilleures danseuses », aime nous répéter Mama, la régisseuse. Ironique. Car on ne la verrait pas faire un footing même si sa vie en dépendait.

– Il est encore venu hier soir, le beau gosse ? souffle Camilla, me sortant de mes pensées.

– De qui tu parles ? demandé-je, en faisant semblant de ne pas comprendre.

Elle lève les yeux au ciel. Enfin, je ne l'ai pas vu car je suis trop occupée à fixer l'horizon. Visualiser mon petit déjeuner gargantuesque au Cubana m'aide à tenir la cadence. Mais je la connais comme ma poche et elle lève toujours les yeux au ciel quand ma réponse ne suffit pas à satisfaire sa curiosité.

– Du grand brun aux yeux gris et au sourire qui tue.

– Sourire qui tue ! Tu exagères peut-être un peu.

– Alors tu vois que tu sais de qui je parle, Preciosa.

– Ben, tu viens de le décrire, continué-je en toute mauvaise foi.

La vérité, c'est que j'ai su tout de suite de qui elle parlait. Alec n'a pas quitté mes pensées depuis que je me suis réveillée à ses côtés. On dirait qu'il vit dans ma tête sans payer le loyer. Et le fait qu'il vienne au Babydoll tous les soirs n'arrange rien à mon obsession. Camilla reprend.

– Sourire qui tue, corps qui tue, voix qui tue, tout en lui crie masculinité, même ses cordes vocales.

Je m'arrête net de courir. Et mon amie me gronde.

– Qu'est-ce que tu fous ? Avance, tu vas ruiner notre record.

Je croise les bras pendant qu'elle fait du surplace devant moi, ne voulant pas dérouter le compte de sa montre connectée.

– Pas avant que tu me répondes. Tu lui as parlé ?
– Oui…
– Quand ?
– Hier soir. On a tiré à pile ou face pour savoir qui aurait l'honneur de lui parler. Et j'ai gagné, annonce-t-elle fièrement.
– Quoi ? Avec qui ?
– Cassie.
Cassie est l'une de mes collègues que j'aime le moins. Elle m'en a fait voir de toutes les couleurs quand je suis arrivée au Babydoll. Elle ne supportait pas la présence d'une nouvelle blonde dans l'équipe, ayant peur que je ne lui vole la vedette. Je sais qu'elle ne recule devant rien pour arriver à ses fins, et la savoir intéressée par Alec ne me plaît pas du tout.
– Qu'est-ce que tu lui as raconté ?
– Rien. De toute façon, il ne t'intéresse pas. Alors pourquoi tu veux savoir ce qu'on s'est dit ? On aurait pu se rouler une pelle que ce ne serait pas ton problème, n'est-ce pas ?
Elle a son sourire satisfait. Celui qu'elle fait quand elle tente de me faire cracher le morceau.
– Camilla, je vais te tuer. Qu'est-ce que tu lui as raconté ? répété-je d'un ton menaçant.
Elle me laisse mijoter un moment, en se délectant de chaque expression tourmentée de mon visage.
Je sais qu'elle essaie de jouer sur ma corde sensible, la jalousie, pour que je passe à table. Et elle y arrive très bien, la saleté. Je suis clairement jalouse, là. Tellement jalouse que je pourrais hurler.
– Que je voulais l'enduire de chocolat et le lécher des pieds à la tête !
– Quoi ?

Elle se marre.

– Tu devrais voir ta tête. Madame Je-suis-complètement-indifférente-à-ce-mec, dit-elle en essayant d'imiter ma voix.

– Camilla !

– Bon, OK ! Je plaisante. Je lui ai juste dit que mon neveu est fan et que j'aimerais un autographe.

Sa réponse me rassure et je me remets à courir. Elle m'emboîte le pas, nos deux queues-de-cheval se balançant dans un mouvement synchronisé de balancier.

– Tu es au courant quand même qu'il est footballeur professionnel ?

– Difficile de l'ignorer.

– Et le célibataire le plus convoité du moment ?

Je hausse les épaules.

– Il est sorti avec le mannequin avec le nom de famille russe imprononçable. Raja… Ski, où je ne sais plus quoi. Celle qui a joué dans le clip de Robin Thicke.

Elle se met à fredonner la chanson.

Je sais exactement de qui elle parle. J'en ai passé des soirées à espionner ses photos sur les réseaux. Lui, au bras de telle actrice, tel mannequin ou telle influenceuse. Des photos volées pour la plupart, en vacances sur un yacht, à la sortie de gala, le matin avec des cafés à emporter, des mines déconfites qui laissent imaginer que la nuit a été longue et pleine de sexe. Des séances de torture pour moi.

Comment oublier un homme qui se rappelle à votre bon souvenir à chaque kiosque ?

Et maintenant, il est ici à Miami en chair et en os, ou plutôt en chair et en muscles, plus déterminé que jamais à me faire craquer.

– Ratajkowski ! crie soudain Camilla, trop heureuse de

retrouver le nom de l'anorexique en question.

– Comment tu fais pour parler, chanter et crier tout en courant ?

– J'ai une très bonne endurance. Mais n'essaie pas de détourner l'attention, tu ne m'auras pas. Réponds à ma question.

– Quelle question ?

– Il te plaît ?

– Non… Il ne me plaît pas. Je déteste ce genre de mec trop…

– Trop beau ?

– Non… Trop imbu de sa personne. Il semble avoir l'habitude qu'on se prosterne devant lui et je refuse d'être une énième groupie.

– Si quelqu'un se prosterne devant l'autre, c'est plutôt lui. Il est venu tous les soirs, malgré ton attitude de pimbêche. Il ne demande plus rien depuis que tu l'as envoyé paître. Oui, je sais, c'est ce que tous les mecs devraient faire, nous écouter, nous respecter… Mais on n'a jamais vu ça au Babydoll ! C'est beau, non ?

– Il m'en faut plus pour succomber à ce genre de *player*.

– Donc il ne te plaît pas ?

– Non.

– Ce qui veut dire que la voie est libre ?

Je ne réponds pas tout de suite et le sourire de Camilla s'agrandit.

– Oui, la voie est libre. Mais je ne comprends pas. Tu n'étais pas amoureuse de Tommy ?

– Amoureuse, amoureuse, c'est un grand mot.

– Je te rappelle que tu as failli te faire tatouer son prénom sur ta cuisse. Il a fallu que je me batte pour t'en empêcher.

– Je plaisantais.

– Tu avais pris rendez-vous chez un tatoueur !

– Tu me connais. J'adore tout dramatiser. Mais je n'avais aucunement l'intention de le faire, Preciosa.

– J'aimerais vraiment entrer dans ta tête parfois pour voir ce qu'il s'y trame.

– Tu serais déçue. De toute façon, Tommy est parti en tournée et Alec Graham est là, donc priorité aux présents.

Je ne dis plus rien le reste du trajet, mon cerveau jouant à la perfection le film de la vie amoureuse hypothétique de Camilla et Alec. Le cauchemar. Si seulement j'avais moins d'imagination. Je m'éviterais bien des souffrances. Nous arrivons au Cubana en silence.

– Comment ça va, les filles ? nous interpelle Anthony, à peine avons-nous passé la porte.

– Bien ! s'exclame Camilla.

– Bien, dis-je à mon tour, sans enthousiasme.

On s'installe à notre table habituelle, sous les palmiers et face à l'océan. Malgré la brise et l'odeur iodée de la mer, je n'arrive pas à me détendre.

Anthony finit de servir ses clients puis s'approche, nous regardant toutes les deux avec suspicion. Il faut dire que d'habitude, on débarque en trombe, bras dessus bras dessous, à échanger des histoires savoureuses ou des éclats de rire, pas en tirant une tronche jusqu'au sol.

– Qu'est-ce qu'il y a ? Vous vous êtes disputées, les *besties* ? demande-t-il en nous distribuant les menus.

– Non, c'est juste que Barbara est de mauvaise foi et, comme une gamine de 12 ans, elle peut pas avouer qu'elle a un *crush* sur un mec.

J'abaisse violemment le menu derrière lequel je m'étais planquée. Autre attitude inhabituelle.

Je ne consulte jamais le menu, vu que je prends toujours la même chose, les œufs *migas*, des toasts et une salade de fruits.

– Je n'ai de *crush* pour personne.

– Alors pourquoi tu fais la gueule ?

– Je ne fais pas la gueule, je suis crevée. On vient de courir sept kilomètres, je te rappelle.

– Comme tous les matins, et d'habitude ça te met en joie.

Elle plisse ses yeux noirs, et scrute un point de mon visage.

– Méfie-toi car, à force de faire la gueule, tu as la ride du lion qui commence à se former, dit-elle nonchalamment.

Je suis à deux doigts de lui arracher la tête. Heureusement, Anthony intervient et interrompt notre concours de regards qui tuent.

– Calmez-vous, les filles. Aucun mec ne mérite qu'on se dispute pour lui.

Je souffle, car je suis exaspérée de ce malentendu.

Pour toute réponse, Camilla dégaine son téléphone et le met sous les yeux d'Anthony, qui ouvre immédiatement la bouche en grand.

– C'est Alec Graham ! C'est lui, le mec pour qui vous vous disputez ? Mon Dieu, ce mec est trop canon. Et il a un tempérament de feu. Certaines rumeurs disent qu'il est gay. Vous croyez que j'ai mes chances, moi aussi ?

Cette fois, je grogne carrément. Ce qui fait marrer Camilla et Anthony, qui à l'unisson disent :

– Elle est jalouse !

– Est-ce que ça veut dire que nous avons enfin trouvé un mec capable de te faire ressentir quelque chose ? demande Anthony.

Je ne réponds plus. C'est peine perdue. Ils sont partis dans leurs délires complètement dingues.

Anthony s'installe avec nous en oubliant le reste de ses clients.

– Bon, racontez-moi ! C'est quoi, cette histoire d'Alec Graham ? C'est un client du Babydoll, c'est ça ?

– Oui, il vient tous les soirs essentiellement pour voir Barbara, mais comme elle n'en veut pas, elle m'a donné le feu vert pour attaquer. Un bon parti comme ça, ça ne se présente pas tous les jours. J'ai toujours voulu sortir avec un athlète. Il paraît qu'au pieu, ce sont des dieux vivants.

– Et ton rockeur ? C'est fini ?

– C'est exactement ce que je lui ai dit, ajouté-je.

– Il est parti en tournée. Je ne vais pas l'attendre comme une pauvre vierge éplorée. J'ai des besoins comme tout le monde.

– Enfin comme tout le monde sauf Barbara, se moque Anthony.

– Eh ! N'importe quoi. Je suis sortie avec des mecs, moi aussi.

Les deux éclatent de rire. Et je ne peux pas leur en vouloir. C'est vrai qu'à part quelques plans cul triés sur le volet, ma vie amoureuse ressemble au désert de Palm Springs. Ce n'est pas faute d'avoir essayé de m'attacher à quelques mecs, mais on dirait que mon cœur a arrêté de battre depuis que j'ai quitté Baton Rouge.

– Ah oui, qui ? s'enquiert Camilla.

– Eh ben, le dernier en date, c'est Phoenix.

– Il a clairement dit à la soirée qu'il ne s'était rien passé.

– Bref, je n'ai plus envie de parler de ça, me renfrogné-je.

– Oh ! Elle boude, se moque Camilla. Ne t'en fais pas, Barbara, je te le laisse si tu le veux. De toute façon, il n'a d'yeux que pour toi.

– Je n'en veux pas.

– Alors, histoire réglée.

– Oui, histoire réglée, grondé-je.

– Sinon, vous venez à la fête de Stefano sur la plage ? enchaîne Anthony pour détendre l'atmosphère.

– Oui, on ne manquerait ça pour rien au monde.

– Alors vous allez mettre quoi ?

– T'es pas censé travailler, toi ?

– Si, mais on n'a personne, là. Alors j'en profite.

Camilla et moi regardons autour de nous et apercevons plusieurs clients en attente d'être servis. Anthony les ignore sciemment et continue à parler chiffons avec nous jusqu'à ce que sa patronne sorte des cuisines et hurle son prénom. Il se redresse d'un coup.

– Bon, les filles, désolé, mais le devoir m'appelle.

Nous rions en le voyant se diriger calmement vers sa patronne de mère, qui le gronde avant de l'envoyer en cuisine et de prendre le relais.

– Eh ben, on peut pas dire que c'est l'employé de l'année, se moque Camilla.

– Non, pouffé-je à mon tour.

Nous passons le reste du petit déjeuner à discuter de sujets légers, notre complicité retrouvée.

22

Alec

Je regarde la montre digitale sur le chevet. Neuf heures du matin. Ça fait longtemps que je n'ai pas dormi si tard. La saison va bientôt reprendre, il faut que je retrouve une bonne routine de vie. Fini les soirées arrosées au Babydoll. Place à la muscu et au *low carb diet*.

Le coach était furieux que je ne me pointe pas au match de charité. Il va m'en faire voir de toutes les couleurs à mon retour. Jude a essayé de me couvrir en prétextant une urgence familiale.

Tu parles. J'ai quasiment pas de famille.

Je ne vois plus ma mère depuis qu'elle s'est barrée avec son docteur ; quant à mon père, il vit au Mexique maintenant. On s'appelle quelques fois par an. Ma vraie famille, c'est mon équipe, mes potes. Jude et sa femme Rocky, Zach et sa fiancée Ella, mais aussi Maria et Pierce.

Les coups reprennent sur la porte. Je n'ai pas rêvé, il y a bien quelqu'un qui frappe. Je grogne de frustration et me frotte le visage, comme un ours mal léché. On ne peut pas dire que je sois du matin. Je finis quand même par m'extirper de mon lit, et me dirige vers la porte.

Putain, ça a intérêt à être important.

Je déteste qu'on me dérange le matin.

Le grand Viking qui se tient derrière la porte est la dernière personne que je pensais voir ici.

– Matt ? Mais qu'est-ce que tu fous là ?
– Content de te voir aussi, poto.
Il entre sans que je l'y invite et se jette sur le canapé.
– Surtout, fais comme chez toi !
– Ah ! C'est cool d'être de retour. T'as pas une bière ?
– Il est neuf heures du matin.
– Si tôt ? Je ne me ferai jamais au décalage horaire.
– Tu viens de Californie, pas de Moscou.
– Détail technique.
– Tu n'es pas censé être à Los Angeles à passer un casting ?
– Je l'ai foiré. Mais mon agent m'a parlé d'un super projet qui allait se tourner à Miami. Un remake de *Scarface*. Je me suis dit : « Matt, ça, c'est pour toi. » Et Zack m'a informé que tu étais toujours là alors je suis passé te voir.
– Et ça ne pouvait pas attendre une heure décente ?
Il regarde sa montre de hipster et hausse les épaules.
– L'avenir appartient à ceux qui se lèvent tôt.
Je n'ajoute rien et me dirige vers la cafetière, pour faire couler deux expressos. Après ma dose de caféine, je serai en mesure de calmer le connard qui sommeille en moi.
– Café ?
– Avec plaisir.
Mon cerveau se met peu à peu à fonctionner en regardant couler le liquide noir. Je dépose deux mini tasses sur le comptoir de la cuisine. Matt me rejoint.
– Tu comptes rester combien de temps ici ?
– Je ne sais pas encore. Tout dépend de l'issue de cette audition.
– Un remake de *Scarface*, hein ? Tu vises quel rôle ?
– Manny, le pote un peu dandy de Tony Montana. Tu sais, celui qui se tape sa sœur.

– Un rôle de composition pour toi, me moqué-je.

Je ne le connais pas très bien. Je n'ai passé que quelques jours avec lui ici à Miami, mais je sais que c'est un tombeur, vu les récits rocambolesques que Zack nous a faits à son propos.

– Carrément ! C'est une grosse production, alors j'ai bossé mon texte à fond. Et toi ? Tu n'es pas censé retourner à Chicago pour jouer avec ton équipe ?

– La saison ne reprend pas avant septembre. J'ai encore quelques semaines. Je ne suis pas pressé de retrouver le froid de Chicago.

– Comme je te comprends. Et, à Miami, il y a le Babydoll et Bambie.

Il joue des sourcils. C'est vrai qu'il était avec moi le premier soir et a été témoin de ma nouvelle obsession.

– Tu y es retourné ?

– Ouais. Tu comptes reprendre une chambre ici ? demandé-je pour détourner la conversation.

– Non, j'aime pas les hôtels. C'est trop impersonnel. Ça me file le bourdon. J'ai loué une maison à Coral Gables. Tu peux y venir aussi si jamais tu en as marre de l'Edison et de son ambiance pompeuse. Il y a une plage privée et un bateau. Parfait pour un séjour prolongé à Miami !

– Ouais, pourquoi pas, je vais y réfléchir. Je me suis déjà fait repérer par des paparazzis ici et il ne faudra que quelques jours pour qu'ils se passent le mot, squattent en bas et commencent à foutre le bordel.

– Tu dis ça d'un air blasé. Me faire traquer par les photographes, j'en rêve. Ça veut dire que tu as réussi.

– Méfie-toi de ce que tu souhaites, mec. Ces enfoirés de paparazzis sont de véritables fouines qui ne reculent devant rien pour avoir un scoop, ou même en créer un de toutes pièces. Il m'est arrivé d'en choper un, en train de fouiller mes poubelles.

– Ah oui ? Et qu'est-ce que tu as fait ?

– Ce que ferait n'importe quel con un peu trop sanguin dont on violerait l'intimité. Je lui ai pété la gueule. Résultat, il a porté plainte et c'est moi qui ai eu des problèmes avec la justice et des jours de suspension imposés par la NFL.

– Trop cool, s'extasie Matt.

– Tu comprends ce que je te raconte ? Ça n'a rien de cool. C'est un cauchemar.

– Je parie que ça a fait le buzz sur les réseaux et que tu as gagné en followers. Comme dit mon agente, il n'y a pas de mauvaise publicité.

C'est vrai qu'après cet épisode fâcheux, j'ai reçu plus de contrats publicitaires. On m'a même proposé plusieurs millions de dollars pour participer à un match de MMA. Le monde dans lequel on vit est complètement niqué.

Je n'ai pas le temps de répondre à Matt que son téléphone sonne.

– C'est Margot, mon agente, je dois y aller, elle va me parler du rôle et ça risque de prendre des heures. Je te laisse, mon pote. On se voit plus tard et n'hésite pas si tu veux être au calme. *Mi casa es su casa.*

– Merci.

Il referme la porte derrière lui et je me fais couler un autre café avant d'aller prendre une douche. La journée vient à peine de commencer et j'ai déjà hâte d'être à ce soir. Camilla m'a confirmé l'adresse de la *beach party* ainsi que la présence de Barbara. C'est ma seule chance, soit de briser la glace, soit de mettre fin à cette obsession.

La fête est facile à localiser sur une plage privée de

South Beach. Muni d'une bouteille de tequila, je me fraie un chemin entre les torches Tiki et les corps qui dansent sur le sable.

Le patio de la maison est éclairé. Quelques chaises longues et colorées jonchent la plage. Il y a un terrain de beach-volley. Et un feu de camp duquel me parvient l'odeur de la viande qui grille. Des épices qui sentent le soleil.

– Alec, tu es venu ! m'interpelle Camilla, en me sautant littéralement dessus.

Cette fille déborde d'énergie et d'enthousiasme dès qu'elle me voit, c'est à la fois agréable et effrayant.

Je suis déçu de constater qu'elle n'est pas avec Barbara.

– Oui, merci pour l'invitation.

– *De nada.*

Elle me regarde de haut en bas. Elle ne se gêne pas pour me mater.

– Cool, tu as suivi le dress code à la lettre. Tu es canon en blanc.

Dans son texto reçu plus tôt dans la journée, elle me précisait que c'était une *white party*.

– J'ai aussi apporté de la tequila.

– Merci !

Elle me la prend des mains et la range dans son sac.

– On se fera des shots tout à l'heure, précise-t-elle en se frottant les mains.

– Et Barbara, elle n'est pas là ?

– Si, elle joue au volley là-bas.

Je la repère immédiatement dans son bikini et son short blancs. Elle a attaché ses cheveux en queue-de-cheval, elle s'apprête à servir. J'ai du mal à détourner le regard et à ne pas laisser couler mes yeux sur sa peau hâlée.

La façon qu'elle a de se concentrer sur la balle en se

mordillant la lèvre inférieure. Ses mouvements à la fois gracieux et empreints de force. Elle joue au volley comme elle danse, avec souplesse et application.

– Alec, ici la terre.

Camilla claque ses doigts devant mon visage pour attirer mon attention vers elle. Elle finit par carrément prendre mon visage entre ses mains.

– Putain ! Tu es vraiment mordu.

Je souris pour toute réponse. Inutile de nier l'évidence. Elle garde mon visage entre ses mains et susurre sur le ton du secret.

– J'ai un super plan pour la faire craquer.

Je pose mes mains sur les siennes et les retire de mon visage. Cette proximité me met un peu mal à l'aise.

Un coup d'œil vers le terrain de volley et mon regard percute celui de Barbara. Elle n'a rien loupé de la scène. Elle se retourne d'un coup sec, faisant virevolter sa queue-de-cheval et continue de jouer.

– Tu vois. Elle est jalouse.

– Hein ?

– Barbara, elle est jalouse et, si elle est jalouse, cela veut dire qu'elle ressent quelque chose pour toi. Je l'ai embêtée avec ça tout l'après-midi et je ne l'ai jamais vue aussi tourmentée. Je crois que si elle avait pu m'arracher la tête, elle l'aurait fait.

– Pourquoi ? Qu'est-ce que tu lui as dit ?

– Je lui ai fait croire qu'on s'était un peu rapprochés et que ce soir tu venais pour moi. Alors toi et moi, on va jouer avec ses nerfs.

– Je ne pense pas que ce soit une bonne idée. Les jeux, c'est pas mon truc.

– Fais-moi confiance, Alec. Je connais Barbara. Si tu veux avoir la moindre chance, il faut la pousser.

Encore un point commun qu'elle aurait avec Clara, pensé-je.

– Sinon tu as un autre plan ? continue Camilla, imperturbable.

Je mets les mains dans les poches de mon pantalon blanc et hausse les épaules.

– Je comptais juste aller lui parler.

– Avec ta bite et ton couteau ?

J'étouffe un rire. Cette fille est dingue.

– En gros, oui.

Elle sourit.

– Désolée de te décevoir, Casanova ! Mais tu as beau être une bombe nucléaire, ça ne va pas suffire avec Barbara. Je l'ai vu se faire courtiser par des rock stars, des acteurs de cinéma, tous canonissimes, sans vouloir te vexer. Mais le cœur de Barbara est gelé. Piégé derrière un bloc de glace. Il va falloir y aller à la pioche. C'est une citadelle imprenable. La prison Alcatraz.

– OK, j'ai compris l'analogie, l'interromps-je, avec la sensation que la comparaison aurait pu durer des plombes.

– Très bien, donc sans un plan solide, tu n'y arriveras pas. Tu sais ce qu'a dit Einstein ?

Je reste dubitatif en me demandant où elle veut en venir.

– Que la folie, c'est de faire toujours la même chose en attendant des résultats différents. Donc il faut essayer autre chose.

Elle termine son propos avec une lueur dans les yeux. Lueur qui dit : « Va contredire Einstein, petit con. »

– Si c'est Einstein qui le dit, je crois que je suis obligé de me ranger à son avis.

– Voilà qui est plus raisonnable, affirme-t-elle en déboutonnant ma chemise sans transition. Déjà, on va commencer par mettre tes atouts en avant. Putain, mais c'est pas humain, tous ces muscles.

Elle enroule ma chemise et la fourre dans son sac de plage, puis me prend la main.

– Viens ! On va s'incruster dans le match.

– Maintenant ?

– Oui, maintenant. Tu as mieux à faire ?

– Non.

– Alors on y va.

– Mais je croyais que tu voulais la rendre jalouse.

– Oui, c'est ce que nous allons faire. On va faire semblant d'être proches, très proches. Tu verras qu'elle va réagir et enfin te voir pour ce que tu es. Une bombe qu'on ne peut pas ignorer.

Nous arrivons au niveau du terrain, et nous installons sur le sable pour regarder le match. Barbara a les yeux rivés sur nos mains jointes et d'ici je peux voir que ses iris balancent des éclairs.

Elle loupe plusieurs points faciles à jouer, s'attirant les foudres de ses coéquipiers. Ça m'arrache la gueule de l'avouer, mais le plan puéril de Camilla semble fonctionner à merveille.

– Tu vois, elle ne peut même plus se concentrer lorsque tu es dans les parages, glisse Camilla à mon oreille, de manière faussement langoureuse.

L'effet est immédiat. Barbara tire dans le filet. Après avoir subi des jours et des jours d'ignorance, réaliser que je lui fais de l'effet me fait sourire comme un connard.

Un coup de sifflet annonce la fin du set. Camilla se redresse.

– On peut jouer maintenant ?

– Non ! Oui ! répondent en chœur Barbara et un mec de son équipe.

– Tiens, Camilla, prends ma place, je vais faire une pause, déclare le jeune homme en question.

– Je viens avec toi, annonce celui qui semble être son partenaire. J'ai besoin d'un tequila sunrise.

– Merci, Anthony ! T'es le meilleur, dit-elle en lui faisant un clin d'œil.

Il est dans le plan, lui aussi ?

Difficile à dire.

– Alec, viens !

J'obéis à ma pseudo petite amie et entre sur le terrain à mon tour.

– Alec Graham ? C'est ça ? demande Anthony lorsqu'on se croise.

J'acquiesce.

– Je vais faire de mon mieux pour ne pas fangirler, mais, après le match, je veux un selfie. Je suis un de vos plus grands fans.

– Moi aussi, ajoute son partenaire, qui l'attrape par la taille.

– Avec grand plaisir.

– Bon, c'est pas bientôt fini, tous ces salamalecs ? Il y en a qui veulent jouer ici.

La voix de Barbara claque derrière nous tel un fouet désapprobateur et met fin à cet échange cordial.

Je prends une des places laissées vacantes par Anthony, devant le filet.

Le match reprend. L'adversaire marque quelques points d'affilée, profitant de la confusion et de la mésentente de notre équipe. Lorsque Camilla crie « j'ai », ce qui officiellement lui donne la priorité sur le ballon, Barbara se jette également dessus. Résultat : aucune d'entre elles ne réussit à l'avoir.

– J'ai crié que je l'avais, tu ne m'as pas entendue ?

– Non, répond en toute mauvaise foi Barbara.

Quand cela se reproduit à plusieurs reprises, j'ai peur qu'elles n'en arrivent aux mains.

– T'as fini de me piquer mon ballon ?

– Au moins, c'est que le ballon que je te pique.

– Qu'est-ce que ça veut dire, ça ?

– Rien !

– Bon, vous arrêtez de vous prendre la tête, proteste l'un des coéquipiers dont j'ignore le prénom. On est là pour jouer, les filles.

Dans un grognement, Barbara se place en face du filet, m'offrant le spectacle enivrant de son dos, de sa cambrure et de ses longues jambes bronzées.

Elle a un tatouage au creux de ses reins, une inscription, mais je n'arrive pas à la déchiffrer à distance. Je la vois se déshabiller tous les soirs au Babydoll ; pourtant, je ne suis pas rassasié de sa beauté.

Elle me fait tellement penser à Clara... Je crois que j'ai développé une obsession malsaine pour cette fille, entre souvenir de mon premier amour et fantasme de la femme fatale. Mon envie d'elle pourrait faire un objet d'analyse par un très bon psy. Malgré tout, je ne trouve pas la force de fuir loin d'ici comme je devrais le faire.

Le ballon arrive vers moi tel un boulet de canon, me sortant un peu tard de mes pensées ; Barbara se place devant et le rattrape. Mais dans cette tentative de réception, elle recule beaucoup trop et me bouscule. Je tombe en arrière en l'emportant.

Mon dos percute le sol tandis que le sien percute mon torse. Ses fesses rebondissent sur mon muscle pelvien, créant une réaction immédiate de mon corps. Elle essaie de se redresser à la hâte, mais retombe chaque fois sur moi. Et à chacune de ses tentatives, le parfum de ses cheveux m'enivre. Constatant qu'elle n'y arrivera pas tant elle est fébrile, je finis par me redresser et la relever avec moi.

– Tout va bien ? Tu ne t'es pas fait mal ?

Elle nettoie ses jambes pleines de sable et, lorsque nos regards se croisent, je perçois son trouble. Je ne lui suis pas complètement indifférent. J'en ai maintenant la certitude.

Elle ne dit rien et reprend sa place. Après avoir défendu notre terrain comme des lions, c'est à nous de servir de nouveau. Je prends le ballon et l'envoie de l'autre côté sans difficulté.

Peut-être est-ce la vitesse ou la force avec laquelle j'exécute mes services, mais personne ne bouge en face pour essayer de le récupérer. Ce qui nous fait marquer plusieurs points d'affilée et plier le match.

– Bravo, Alec ! crie Camilla avant de se jeter dans mes bras.

Je la réceptionne maladroitement. Mon regard croise celui de Barbara, qui quitte le terrain et s'éloigne, telle une furie. Sans réfléchir, je pars à sa poursuite.

– Alec, attends ! crie Camilla, mais je l'ignore.

J'en ai assez de jouer.

Quand Barbara réalise que je suis derrière elle, elle se met à courir. Je ne bouge pas, percuté par une impression de déjà-vu. Elle a vraiment les mêmes réactions que Clara : la jalousie, la fuite. Ce moment me ramène douze ans en arrière quand, après m'avoir embrassé, elle avait honte de me regarder dans les yeux et me fuyait comme la peste.

Au bout de quelques mètres, Barbara s'arrête brusquement, fait volte-face et fonce vers moi comme si elle voulait me faire la peau.

Nous nous sommes un peu éloignés de la fête. On

entend toujours la musique, on perçoit la lumière, mais ce qui prédomine, c'est l'obscurité, la beauté des étoiles et le bruit des vagues. Arrivée à moi, elle me pousse de toutes ses forces et m'assène quelques baffes qui atterrissent sur mon torse.

– Eh ! Arrête ça !

– Pourquoi tu es venu ici ce soir ?

Elle continue de me frapper. Elle semble dans un état second, complètement prise par sa colère et par autre chose aussi. Je chope ses mains et les bloque le long de son corps.

– Lâche-moi, putain.

– Je vais le faire, mais il faut que tu te détendes.

Elle me regarde avec une fureur dans les yeux. Sa poitrine se soulève et s'abaisse rapidement au rythme de sa respiration saccadée.

Son regard passe de mes yeux à ma bouche. Et ça me rend fou. Je crève d'envie de l'embrasser.

Je libère ses mains, lentement, avec l'appréhension qu'elle me frappe encore. Mais elle n'en fait rien. Contre toute attente, elle plaque sa bouche sur la mienne et c'est l'explosion. Le détonateur que j'attendais. Nos lèvres entrent en fusion avec une voracité telle que j'ai peur que l'un de nous ne se blesse.

Ce baiser n'a rien de tendre, c'est une invasion, une déclaration de guerre. Elle m'embrasse comme si elle en crevait d'envie depuis des années. Sa langue, sa bouche fiévreuse, ses mains dans mes cheveux. Elle tire dessus, m'arrachant un bruit de gorge qui semble encore plus l'exciter.

J'ai des milliards de choses à lui dire, mais je ne veux surtout pas briser ce moment. Je la saisis par les fesses, et elle enroule ses jambes autour de ma taille pour réduire toute distance.

Mes mains explorent son corps, ses fesses, ses hanches, son dos, ses cheveux. Je lui retire son maillot de bain en tirant sur le fil ; elle arrête de m'embrasser et semble hésiter.

Je me fige immédiatement aussi, sondant son regard bleu acier si pur, si rare, si elle. J'en ai le souffle coupé.

– Ça va trop vite ?

Elle fait non de la tête, mais ses yeux se remplissent de larmes.

– Pourquoi tu pleures ?

Mes yeux fouillent les siens et je crois que je ne suis pas prêt au panel d'émotions que j'y vois.

Elle est passée de la femme fatale en colère à la jeune fille perdue et vulnérable en quelques minutes, et là elle ressemble à ma Clara à s'y méprendre.

Une fois encore, je me retrouve projeté douze ans en arrière. Elle, moi, sa vulnérabilité, qu'elle n'offrait qu'a moi, la seule personne en qui elle avait vraiment confiance.

– On n'est pas obligés de faire ça. Je veux juste te parler, être avec toi.

– Chut, me dit-elle, en posant ses doigts sur ma bouche. Ne sois pas sympa.

– Pourquoi ?

– Parce que c'est difficile de te détester, Alec. De t'ignorer, de te fuir et de te résister quand tu es comme ça. Prends ce que je te donne. Prends mon corps, je n'ai que ça à offrir.

– Je n'en veux pas. Pas comme ça, en tout cas. Je veux que tu me parles. Je veux apprendre à te connaître. Savoir ce que tu aimes. Ce qui te fait rire. Te fait rougir ou vibrer.

– Pourquoi ?

– Parce que tu m'intrigues, comme rarement aucune fille ne m'a intrigué. Parce que tu ressembles à une de mes plus proches amies, que j'ai perdue. Je ne m'en suis jamais remis. Mais depuis que je suis à Miami, depuis toi, j'ai l'impression que la partie de mon cœur qui s'était arrêtée à sa disparition se remet peu à peu à battre. Et ça, c'est un miracle à côté duquel je ne peux pas passer.

– Chut ! Tais-toi, ne dis pas toutes ces belles choses, sois le connard de la NFL que je pensais que tu étais devenu.

– Devenu ?

Je plisse les paupières.

Est-ce qu'elle vient de m'avouer ce que je crois qu'elle vient de m'avouer ?

Elle pose ses doigts sur ma bouche pour me faire taire.

Je ne peux m'empêcher de les embrasser.

Elle frissonne, ferme les yeux comme si elle essayait de reprendre ses esprits.

– Emmène-moi chez toi, dit-elle du bout des lèvres.

J'acquiesce avant qu'elle ne change d'avis.

23

Clara, 19 ans

Je pensais que les premiers mois durant lesquels je serais séparée d'Alec seraient les plus durs et qu'avec le temps je m'habituerais à son absence, mais ce n'est pas le cas. Il me manque. Il me manque à en crever, et chaque conversation téléphonique me rappelle à quel point nos deux vies sont devenues diamétralement différentes.

Lui a rejoint une confrérie, les kappa oméga, joue au foot dans l'équipe de l'université et s'est fait plein d'amis ; moi, je galère avec mon petit boulot chez Pete's, mes cours en ligne et le minuscule studio que je loue juste au-dessus du café depuis qu'Alec est parti dans le Rhode Island. Je ne me voyais pas rester chez son père, même si ce dernier a insisté. Et puis j'ai 18 ans, mon diplôme, je peux me débrouiller seule.

À Thanksgiving, Alec est rentré et nous avons dîné chez son père. Il avait beaucoup de choses intéressantes à raconter, et ne cessait de parler.

– Le campus de Brown est immense. C'est une véritable métropole à lui tout seul.

– Le « poumon de Providence », ajouté-je car c'est ce que j'avais lu dans la brochure quand je faisais mon choix à l'époque où tout était encore possible.

La vie à Brown semblait être un véritable rêve, exactement comme je me l'étais imaginée, et je buvais ses paroles, tout en essayant d'ignorer la pointe de jalousie qui obscurcissait mon cœur.

Le soir quand on s'est couchés et que nous avons fait l'amour, j'ai senti se creuser la première fêlure dans notre couple, quelque chose dans le rythme de nos corps ou dans la façon dont il me tenait contre lui sonnait faux.

Un filtre froid s'était incrusté entre nous, créant une distance imperceptible. Je ne sais pas si ça venait de lui ou de moi. Ces mots disaient « je t'aime, je ne te quitterai jamais », mais son corps jouait une tout autre symphonie.

Peut-être que ses rêves étaient devenus trop grands pour nous deux et que mes désillusions avaient entamé le peu de joie et d'enthousiasme qu'il me restait.

Difficile de garder son optimisme quand on passe sa journée à servir des burgers et sa soirée à essayer de maintenir ce maudit chauffage pourri allumé. Me réveiller avec les orteils frigorifiés est devenu mon quotidien. Pas les fêtes de confrérie ou les troisièmes mi-temps arrosées.

Pourtant, je voulais encore y croire, alors j'ai mis dans chacun de mes soupirs, de mes baisers, un peu plus de moi, comme pour ancrer sa peau dans la mienne. Comme pour le retenir encore un peu.

J'avais attendu son retour avec une telle impatience, comptant les jours, les heures, me répétant qu'il revenait, qu'il revenait pour moi comme il l'avait toujours promis.

Mais maintenant qu'il était vraiment là, j'étais incapable de profiter de lui. Je voyais les heures défiler et passais mon temps à regretter ce que je n'avais pas dit comme il faut, à me comparer aux filles qu'il fréquentait et que j'avais vues sur Instagram. Elles étaient toutes sublimes et bien plus à la page que moi. J'avais essayé d'imiter leur style vestimentaire et leur maquillage, de gommer mon accent du Sud.

Je les haïssais, je les enviais, je voulais être elles. J'avais peur qu'à force de côtoyer toutes ces filles sophistiquées, il ne voie à quel point j'étais quelconque. Pas à la hauteur de son nouveau monde.

Toutes ces pensées qui tournoyaient dans ma tête m'avaient empêchée d'être pleinement avec lui. Et alors que je l'accompagnais à l'aéroport, je regrettais déjà mon attitude.

– Tout va bien, Clara ?

– Oui, je suis juste triste de te voir partir de nouveau.

Il avait pris ma main dans la sienne comme il le faisait toujours et avait dit de sa voix rassurante :

– Je sais, ma puce, mais c'est l'affaire de quelques mois. Je reviendrai te voir pour le Spring break et on pourrait partir quelque part au soleil.

– Oui, avec plaisir.

Je ne savais pas du tout comment j'allais pouvoir me payer ça, mais j'avais souri en nous imaginant sur la plage tous les deux dans un endroit chic à boire des cocktails hors de prix coiffés d'un petit parasol coloré. Et comme ça, un petit espoir s'était de nouveau allumé dans ma poitrine.

Nous allions y arriver. Il m'aimait. Il se fichait que je ne sois pas aussi sophistiquée que toutes ces filles de Brown. Il se fichait de la jolie Isabella, celle qui lui tournait autour et qui avait payé une fortune pour l'avoir le temps d'une soirée, au gala de charité.

Tous les footballeurs de l'équipe avaient donné de leur personne. Les bénéfices allaient être versés à un hôpital pour enfants de Providence. C'était pour la bonne cause qu'il l'avait emmenée dîner. Pas parce qu'elle lui plaisait.

La preuve, il voulait passer ses vacances de printemps avec moi. Nous avions décidé d'aller à Charleston. J'avais demandé à Pete de me permettre de faire des heures supplémentaires pour mettre de l'argent de côté.

Mais il n'était pas revenu pour le *Spring break*. Son coach lui avait proposé un stage de foot de la plus haute importance, impossible à refuser. Il s'était excusé et m'avait promis qu'il se rattraperait cet été. Il n'est pas rentré non plus cet été-là. Il avait encore une bonne excuse. Une excuse d'une personne occupée à se construire un avenir glorieux, avenir contre lequel je ne pouvais rien sans avoir l'air mesquine et jalouse, un avenir qui se dessinait loin de moi.

Je me suis souvent dit que si je l'aimais vraiment, je devrais mettre fin à notre relation, le laisser voler de ses propres ailes, vivre ces expériences de jeune homme. Les promesses qu'on s'était faites étaient des promesses d'enfants. Je ne pouvais pas le garder en otage à cause de cela.

Je sentais bien qu'il m'appelait de moins en moins souvent et que nos conversations tournaient en rond. On ne vivait plus les mêmes choses, on n'était plus sur la même longueur d'onde.

Alors au bout d'un an de rendez-vous manqués, je dois me rendre à l'évidence, et le laisser partir avant que ça ne finisse mal et que l'un ne brise le cœur de l'autre.

Je soupire de désespoir. Mon regard se pose sur le comptoir que je suis en train de nettoyer. Certaines taches de graisse sont tellement incrustées qu'il me faut frotter particulièrement fort pour les faire disparaître. M. Smith, attablé au comptoir, lève sa tasse de café pour me signifier de la remplir pour la dixième fois.

– Vous reprendrez un peu de tarte aux noix de pécan aussi ?

– Non merci, mon petit.

Je lui souris et m'en vais prendre la commande des

quelques clients en salle. Belinda arrive enfin et me glisse un « merci » à l'oreille.

Ce matin, j'ai fait l'ouverture du café toute seule car elle avait rendez-vous à l'hôpital. Pour vérifier que son cancer est toujours en rémission. Elle m'a expliqué qu'il fallait qu'elle vérifie chaque année au moins pendant dix ans. Je me suis demandé quel effet ça faisait de vivre avec ce genre d'épée de Damoclès au-dessus de la tête.

Je la rejoins alors qu'elle s'installe derrière le bar, criant vers la cuisine à Pete qu'elle est rentrée. Je lui apporte les commandes de boissons.

– Tout s'est bien passé en mon absence ? me demande-t-elle.

– Très bien. On a eu un peu de monde à midi, mais rien que je ne puisse pas surmonter seule. Et toi ? Ça a été, ton rendez-vous chez le docteur ?

– Oui, cette saleté de cancer est toujours en rémission. Dieu merci ! répond-elle en nouant son tablier autour de sa large taille.

– En tout cas, merci, Clara, tu es assurément la meilleure. Tu as tout géré comme une pro. Heureusement que tu es là !

– Et moi alors ? s'insurge Pete depuis les cuisines.

Il sort la tête par l'ouverture qui nous permet de passer les plats et, les bras croisés, se renfrogne sous sa moustache.

– Mais toi aussi, tu es le meilleur. Tu le sais bien, mon chéri.

– J'aime mieux ça, sinon je fais brûler le burger de la quatre.

– Si tu veux vraiment cramer une commande, tu devrais t'attaquer à celle de la neuf.

– Tes anciennes copines de lycée ? demande Belinda en soulevant un sourcil en direction de la table neuf, où

Selena et sa bande de hyènes viennent de s'installer.

– Tu veux que je m'occupe de leur commande ?

– Non, je vais le faire, c'est mon travail. Et puis on n'est plus à l'école, elles ne m'impressionnent plus.

En m'avançant vers la table, je prends une profonde inspiration et serre le pichet d'eau que j'ai dans les mains. Un faux mouvement est si vite arrivé.

– Que puis-je pour vous ? les interrogé-je d'une voix exagérément douce et professionnelle en remplissant déjà leurs verres d'eau.

– Clara ! Tu travailles toujours ici ?

Elle sait pertinemment que je travaille toujours ici. Elle veut juste me faire remarquer à quel point je suis pathétique, avec son regard faussement triste et ses questions à la con.

– Toujours, comme tu vois.

Elle me toise de son regard de vipère et j'ai soudain l'impression qu'un bouton me pousse sur le nez. Comment cette pimbêche continue-t-elle d'avoir ce genre d'ascendant sur moi ?

– Bon, vous voulez manger quoi aujourd'hui, les filles ?

Elle ignore complètement ma question et continue de me tenir la jambe. Et c'est parti pour le jeu des dix questions, où la réponse est toujours la même : Clara est une ratée.

– J'ai vu que ton beau-père était sorti de prison.

– Il paraît.

– Il n'y sera resté que quelques jours. C'est fou, avec tous les trafics auxquels il est mêlé. Mon père dit que Baton Rouge se portera mieux le jour où il sera six pieds sous terre.

Je hausse les épaules. Pour une fois, nous partageons la même opinion, mais je me garde bien de lui dire ça.

Les déboires de Jeff ne sont plus mon problème, depuis que j'ai quitté la maison, et je déteste que les gens de cette ville continuent de m'associer à lui.

Je suis contente de savoir que ma mère a eu quelques jours de répit, quand il était au trou. On se voit très rarement et, à chaque visite, je me promets de ne plus jamais lui adresser la parole, mais chaque fois ma culpabilité prend le dessus sur mes résolutions.

– Bon, tu es venue pour parler de moi ou pour déjeuner ? Car j'ai d'autres clients à servir, dis-je en pointant la salle avec mon stylo.

– Oui, attends une seconde. Votre menu est compliqué et puis je suis aussi venue prendre des nouvelles d'une vieille amie.

– On n'a jamais été amies, Selena.

– Je te trouve dure. On a passé de bons moments, surtout quand tu sortais avec Alec. Dommage que ça n'ait pas duré. Vous formiez un si joli couple au lycée. Mais bon, il semble avoir trouvé chaussure à son pied avec… Comment s'appelle-t-elle déjà ? demande-t-elle en regardant ces copines.

L'une d'elles répond :

– Isabella.

– Ah oui ! C'est ça, Isabella.

– De quoi tu parles, Selena ?

– Ah mince ! Tu ne savais pas qu'il avait une nouvelle petite amie ?

– Je suis sa petite amie. Nous sommes toujours ensemble.

Je ne sais pas pourquoi je m'énerve et me justifie. Selena est ici pour une chose et une chose seulement, m'humilier et me voir sortir de mes gonds. Et évidemment, comme toujours, elle réussit à faire bouillir mon sang.

– Ah bon ? Pourtant son Insta est rempli de photos

d'elle. Et, si tu regardes son compte à elle, on pourrait croire qu'ils sont en couple. Mais au temps pour moi, et tant mieux si vous êtes toujours ensemble.

– Ta commande, s'il te plaît !

– OK, OK ! Bon, je vais prendre une salade César avec de la vinaigrette allégée.

Je tourne les talons, remontée comme une pendule.

– Pete ! Ça fera quatre salades César pour la neuf avec la vinaigrette la plus grasse que tu as en rayon.

– Ça roule.

Je prends quelques minutes pour consulter l'Instagram d'Alec, mais je ne vois pas ce dont elle parle, alors je clique sur une photo où il est avec Isabella lors du fameux dîner de charité pour accéder à son profil à elle, et là, je suis forcée de constater qu'ils passent beaucoup de temps ensemble.

Elle est partout, belle, fraîche, souriante. Blonde. Il a toujours adoré les blondes. Ils posent chaque fois avec des amis, mais je n'étais pas au courant qu'ils se voyaient si souvent.

Un nœud se forme dans ma gorge. De toutes les choses qu'il me raconte, il ne me parle jamais de ça, d'elle, de ce qu'il fait de son temps libre, visiblement maintenant plus important que ce qu'il n'a jamais voulu me dire. Je lutte pour ne pas pleurer.

Est-ce qu'il me cache quelque chose ? Est-ce qu'il me trompe ?

– Qu'est-ce qui se passe, Clara ? Qu'est-ce qu'elle t'a raconté encore, cette vipère ?

– Rien de très important.

– Alors pourquoi tu tires une tronche jusqu'au sol ?

– Je suis crevée, c'est tout !

– Tu peux prendre le reste de ta journée. Clara, tu as assez bossé pour aujourd'hui.

– Non, je préfère rester. Je n'ai de toute façon pas grand-chose d'autre à faire.

– Te reposer, aller faire du shopping, appeler ton footballeur de petit ami.

À la simple évocation d'Alec, mon cœur se serre.

– Il est sûrement occupé. Il a très peu de temps pour…

« Moi », ai-je envie de dire, mais je sais à quel point ça a l'air pathétique alors, au lieu de ça, j'enchaîne : « Pour parler au téléphone. »

– Tout va bien entre vous ?

– Oui. Oui. Oui, enfin oui.

– Ça fait un peu trop de « oui » pour que ce soit vraiment oui, ma chérie.

Je soupire et me prends la tête entre les mains.

– Je l'aime, tu sais à quel point je l'aime. C'est mon Alec, mon *ride or die* et ce, depuis que j'ai 9 ans, mais voilà, ces derniers temps, j'ai l'impression d'être un poids pour lui, de l'empêcher de vivre pleinement ses années fac, de le tenir en otage.

Et puis, il y a Isabella, pensé-je, le cœur devenant si lourd que j'ai l'impression de le sentir dans mon estomac.

– C'est ce qu'il t'a dit ?

– Non, il ne me dirait jamais une chose pareille, mais je le sens. Il y a une distance entre nous qui n'existait pas avant.

– Je pense que vous avez besoin de vous retrouver. Physiquement, pas juste au téléphone. L'amour est une chose fragile qu'il faut entretenir de caresses et de baisers. Pourquoi tu n'irais pas le voir à Brown ?

– Je ne peux pas, je travaille, et puis les billets d'avion sont hors de prix.

– Je suis ta patronne, Clara, et je sais que tu penses être irremplaçable, mais je peux faire tourner la boutique deux jours sans toi. Allez ! Arrête de trop réfléchir, prends ce billet d'avion. Je peux te faire une avance si tu en as besoin.

– Je ne pense pas que ce soit une bonne idée.

– Pourquoi ?

– Parce que je ne suis pas sûre qu'il ait envie de me voir là-bas, de me présenter à ses super amis. Je n'ai pas les bonnes fringues. Il va leur dire quoi ? « Salut ! Voici ma petite amie Clara, elle est serveuse dans un café. »

– Eh ! Qu'est-ce qu'il y a de mal à ça ? Je travaille dans un café et je suis quelqu'un de très bien, moi.

Elle me pousse par l'épaule amicalement.

– Et moi aussi, crie Pete, ce qui nous arrache un rire à toutes les deux.

– Ce mec a des oreilles supersoniques.

– Oui, c'en est effrayant.

– Évidemment et ce n'est pas ce que je veux dire, mais, lui, il est entouré de gens qui font de grandes études et puis il ne m'a jamais proposé de venir. Il y a sûrement une raison à cela.

Je baisse la tête.

– J'ai peur de ne pas y être à ma place et surtout de lui faire honte.

– Clara Kinney ! Tu vas me relever ce menton et arrêter de te rabaisser. Tu sais ce que je vois quand je te regarde ?

Je secoue négativement la tête.

– Une jolie jeune fille intelligente pleine de talent, une fille forte, résiliente, qui a un grand cœur. Alec t'aime, il est fou de toi. Tu ne vas pas le laisser filer entre tes doigts pour deux ou trois insécurités. Alors tu arrêtes de te lamenter sur ton sort, tu prends ce billet d'avion et tu vas voir ton homme. Compris ?

Je souris.

– OK!

– J'ai pas entendu.

– D'accord!

– Moi non plus, j'ai pas entendu, ajoute Pete depuis la cuisine, ce qui nous fait partir dans un nouveau fou rire.

Nous passons le reste de la journée à papoter et à servir les clients. Finalement, elle accepte que je reste la journée à condition que j'utilise les pourboires gagnés pour prendre mon billet d'avion.

C'est une véritable tête de mule, mais je l'adore, elle n'a pas sa pareille pour me remonter le moral. Elle arrive même à me faire oublier mes doutes sur la fidélité d'Alec.

Et puis elle a raison, il n'est pas comme ça et je dois lui faire confiance. Mais avant de se quitter et au moment de fermer le café, Belinda me retient et, l'air grave, me demande :

– Clara, ça fait combien de temps que tu n'es pas allée voir ta mère ?

Je m'arrête net et la regarde en biais. Elle ne me parle jamais de ma mère. Elle la méprise pour tout ce qu'elle m'a fait et a du mal à contenir son ressentiment en général, mais là, dans ses yeux, je vois de la compassion, de l'inquiétude même, et ça me fait peur.

– Pourquoi tu me demandes ça ? l'interrogé-je en sortant les clés de mon studio.

– Parce que je l'ai vu ce matin à l'hôpital. Je ne voulais pas t'en parler, au début, pour ne pas t'alarmer et puis je voulais lui laisser l'occasion de t'appeler, mais j'ai peur que ça n'arrive jamais donc je me permets. J'aurais préféré être au courant si j'avais été à ta place.

– Mais tu sais pourquoi elle était là-bas. Elle t'a parlé ?

– Non. Elle ne m'a pas vue, je pense. Mais je suis sûre

que ce n'est rien de grave, ne t'en fais pas. Va la voir, va prendre de ses nouvelles.

– OK !

Quelques minutes plus tard, je gare mon pick-up devant le mobile home de l'enfer. Cet endroit que je déteste, lieu de mes pires souvenirs. Cette maison sombre et crasseuse dans laquelle je ne pensais plus jamais remettre les pieds.

Je prends une profonde inspiration avant de frapper à cette porte et retiens mon souffle lorsque celle-ci s'ouvre sur un corps frêle et pâle : ma mère.

– Qu'est-ce que tu fais là, Clara ? Je t'ai déjà dit d'arrêter de traîner par ici.

Elle regarde au-dessus de mon épaule pour être sûre que je sois bien seule, ou peut-être a-t-elle peur que Jeff ne soit dans les parages.

Je me pince les lèvres pour ne pas hurler devant cet accueil glacial. Mais je me ressaisis rapidement, en me rappelant la raison pour laquelle je suis là.

– Bonjour, maman ! (Je force un sourire.) Je suis contente de te voir. Ça fait longtemps.

Elle m'observe, méfiante, enfin, essaie de m'observer car là, tout de suite, on a l'impression que son cerveau lutte pour rester éveillé et la maintenir debout.

– Je t'ai apporté ça, continué-je, imperturbable, en lui montrant un sac de courses.

– Tu as acheté des cigarettes aussi ?

– Non.

– Des bières ?

– Non plus.

– Tu as toujours été une bonne à rien, ma fille.

J'avale sa remarque acerbe sans broncher.

– J'ai de quoi faire de la soupe et des *grilled cheese*.

Ça ne me prendra pas beaucoup de temps. Tu adores ça, en plus.

Quand j'étais petite et avant que Jeff ne l'aspire dans l'enfer de la drogue, ma mère était une femme aimante qui adorait rire et danser. Elle me racontait des histoires en transformant mes chaussettes en marionnettes. Elle les faisait virevolter pour me faire marrer. Elle faisait vibrer mon ventre de bisous jusqu'à ce que mon rire ricoche sur les murs du minuscule studio qu'on occupait.

Notre quotidien était gris et plein de factures à payer, mais elle égayait notre vie grâce à sa bonne humeur. Elle était pleine de vie, adorait déguster des *grilled cheese* le dimanche soir – elle les découpait en forme de cœur ou de bonhomme pour moi – et me lisait des contes de fées. Elle me faisait croire que tout était vrai, les princesses, les dragons et la magie, et que moi aussi j'avais des pouvoirs magiques, qu'il suffisait d'y croire, que si on y croyait vraiment, tout était possible. Et je m'endormais avec la certitude que j'étais quelqu'un d'important, promise à un incroyable destin.

Ces souvenirs sont la raison pour laquelle je continue de m'intéresser à elle, car je sais que quelque part derrière cette femme rongée par l'addiction se cache une belle âme, une âme qui a perdu le chemin de la rédemption, et à qui personne n'a jamais tendu la main. Je dois continuer à me battre pour elle.

– Je peux entrer ?

– Pas longtemps. Jeff va sûrement revenir et tu sais comment il est quand tu es dans les parages.

– Je ne resterai que quelques minutes.

Je place les courses sur la table de la cuisine, où cendrier rempli à ras bord ainsi que prospectus à moitié trempés font figure de décoration. J'aperçois une lettre.

Il s'agit d'une facture de l'hôpital, je la glisse discrètement dans ma poche.

J'ai conscience de violer son intimité, mais j'ai besoin de savoir ce qu'elle a et pourquoi elle était à l'hôpital ce matin alors qu'elle n'a pas d'assurance et ne consulte jamais de médecin.

– Tu as faim ?

Elle ne répond pas et allume une cigarette. Ma mère fume comme un pompier en plus du reste, à croire qu'une heure passée sans se détruire est une heure perdue. Elle tousse affreusement, d'une toux sèche. Elle peine à reprendre sa respiration, et cela m'inquiète.

Je m'active autour de la cuisine et nettoie tout ce que je peux, en attendant que la soupe et les *grilled cheese* soient prêts. Je suis aussi à l'affût du moindre bruit de moteur qui approche.

La dernière fois que Jeff m'a surprise ici, il m'a frappée au visage avant de me jeter dehors comme une malpropre. J'ai dû porter des tonnes de maquillage pendant des semaines pour cacher les stigmates.

Je prépare un bol et une assiette, que je place sur la table. Puis m'assieds nerveusement en face de ma mère, qui est occupée à regarder la télé.

La lettre me brûle la poche arrière. Toutes mes réponses sont sûrement dedans, mais je veux lui donner la possibilité de m'en parler. Je m'éclaircis la gorge.

– Alors, ça va ? Tu prends soin de toi ?

– Je vis la vie de château. Ça ne se voit pas ?

Elle écarte les bras en lâchant son sarcasme. Sa voix abîmée par les excès s'embrume et elle se met à tousser de nouveau. Cette toux paraît extrêmement douloureuse, comme si tout son organisme en était secoué.

– Maman, tu n'as vraiment pas l'air en forme.

– Puisque je te dis que ça va ! Tu n'es pas venue jusqu'ici pour me parler de ma santé ?

– Si, justement, c'est exactement pour ça que je suis là.

J'ai maintenant toute son attention, qui jusque-là dérivait inlassablement sur la télé.

– Belinda, ma patronne, t'a vue ce matin à l'hôpital.

Elle plisse les paupières.

– Quelle fouine, celle-là ! Et alors ? Qu'est-ce que tu essaies de me dire ?

– Ben, je voulais savoir pourquoi tu y étais allée et si tout allait bien.

Elle ferme les yeux un instant et, lorsqu'elle les rouvre, je vois l'ombre de ma mère refaire surface. La peur fait briller ses pupilles d'une lueur particulière. Une lueur familière que je n'avais pas vue depuis trop longtemps.

– Je ne sais pas, Clara. J'ai dû faire une batterie d'examens parce que je me suis évanouie dans le bus, il y a quelques jours. On m'a emmenée à l'hôpital et, une chose en amenant une autre, on m'a diagnostiqué un cancer des poumons.

– Quoi ?

Mon cœur s'arrête un instant de battre.

Ma mère ? Un cancer ? Elle va mourir ? Non ! C'est impossible !

Des larmes inondent instantanément mes joues alors que je m'avance vers elle pour la prendre dans mes bras.

À ma grande surprise, elle ne se dérobe pas ; cela doit faire plus de dix ans que je n'ai pas pris ma mère dans mes bras. Alors nos gestes sont maladroits, presque contre nature, mais je ne la lâche pas. Elle se laisse faire et s'abandonne.

Nous restons ainsi, un long moment, silencieuses, à

écouter nos deux cœurs battre jusqu'à ce que leurs rythmes s'alignent ; ni elle ni moi ne voulons briser ce moment que nous savons exceptionnel.

– Maman, je suis désolée, finis-je par dire.

J'efface mes larmes du revers de ma manche et renifle. Elle aussi a les larmes aux yeux et prend mes mains dans les siennes.

– J'ai peur, Clara, avoue-t-elle simplement.

– Ne crains rien, on va affronter ça ensemble. Que disent les docteurs ?

– Que je dois me faire opérer au plus vite, et faire une chimio ! Mais je n'ai pas les moyens, sans assurance. Ils parlent de centaines de milliers de dollars.

Je reste bouche bée devant cette avalanche de révélations.

– Et Jeff, il ne peut pas t'aider ? Financièrement, je veux dire. Il doit bien avoir des amis dans son business qui ont cette somme et qui pourraient nous accorder un prêt.

Pour une fois que son trafic de merde pourrait nous servir à quelque chose.

– Jeff ? Il n'est pas au courant, mais je sais que dès qu'il l'apprendra, il me quittera. Il n'attend que ça. Les choses ne vont vraiment pas bien entre nous en ce moment. Il ne cesse de me répéter à quel point j'ai maigri, vieilli, à quel point je le dégoûte. J'ai été très fatiguée ces derniers temps, et de me voir dormir tout le temps lui tape sérieusement sur le système.

C'est la première fois qu'elle fait preuve de lucidité le concernant et le critique ouvertement devant moi, alors je saisis cette occasion.

– Viens avec moi, maman. J'ai un petit studio à moi où tu seras en sécurité, je m'occuperai de toi. Je t'accompagnerai à tes rendez-vous médicaux et je trouverai un moyen de payer tes factures.

Elle n'a pas le temps de me répondre que la porte s'ouvre avec fracas sur un Jeff plus défoncé et remonté que jamais.

– Regardez qui est là ! Le retour de la fille prodige.

Sa voix cruelle s'incruste sous ma peau et fait trembler mes entrailles, mais je me redresse pour lui montrer que je n'ai pas peur de lui. Que je n'ai plus peur de lui !

– Qu'est-ce que je t'ai dit, la dernière fois ? Hein ? D'arrêter de venir nous casser les couilles.

Il fonce vers moi et me saisit par le col pour m'obliger à me relever.

– Lâche-moi.

Je me dégage brusquement de sa prise et de son haleine imbibée d'alcool. Le regard dédaigneux que je lui jette ne semble pas lui plaire et ça suffit à exacerber sa colère.

– Pourquoi tu me regardes comme ça ? Espèce de petite conne ! Hein ? Tu te crois supérieure à moi, c'est ça ?

Je ne réponds pas et hésite à partir comme il l'exige, mais ça me fend le cœur de laisser ma mère avec lui, là, tout de suite. Si d'habitude j'aurais couru vers la sortie, loin de sa bouche qui crache des insultes et de ses poings qui balancent des coups, cette fois, j'ai peur qu'il ne déverse sa haine sur ma mère. Et puis elle est peut-être sur le point de le quitter et de venir avec moi. Je ne peux pas louper cette occasion, la laisser ici avec lui jusqu'à ce qu'il lui empoisonne l'esprit de nouveau avec ces putains de drogues.

– Je n'irai nulle part, j'ai le droit de venir voir ma mère. Tu ne peux pas me l'interdire.

Ses yeux noirs de fouine se plissent et sa bouche forme une grimace de dégoût.

– Mais c'est qu'elle a pris du galon, la petite merdeuse. Ta mère ne veut pas de toi ici ! N'est-ce pas, Jolene ?

Cette dernière reste silencieuse.

– Personne ne veut de toi. Tu n'es qu'une merde ; même ton petit ami s'est barré à la première occasion. Lui non plus ne supportait pas ton air supérieur. Ou peut-être que tu étais tellement nulle au lit qu'il a fini par se lasser ?

Il m'attrape par le cou et me rapproche de lui d'un geste brusque, jusqu'à ce que je sente son corps s'écraser contre le mien.

– Tu veux que je t'apprenne comment satisfaire un homme ? suggère-t-il en poussant son bas-ventre contre le mien. Ta mère n'est plus bonne à rien, alors peut-être que je devrais prendre ce qu'elle me doit chez sa fille.

Ses mains, tels des serpents, se mettent à me peloter. Je le pousse et me débats de toutes mes forces.

– Lâche-moi, espèce de taré, crié-je au moment où ma mère se jette sur lui et le griffe au visage.

Un cri de douleur lui échappe, il plaque sa main contre sa joue et me rejette.

Nous restons tous les trois interdits, ne comprenant pas ce qui vient de se passer. Jamais au grand jamais depuis toutes ces années ma mère ne s'était élevée contre Jeff. De toutes les fois où elle l'a vu abuser de moi verbalement ou physiquement, elle n'a jamais pris ma défense.

– Alors maintenant, tu as de l'énergie, Jolene ?

Il s'avance vers elle, elle recule frénétiquement, butant contre le canapé. Il ne lui faut que quelques secondes pour l'atteindre et se mettre à l'étrangler. Elle essaie de se dégager, le griffant au visage, frappant ses bras, essayant de retirer ses doigts de sa gorge. En quelques minutes, elle devient bleue. Je dois faire quelque chose sinon il va la tuer.

Dans un élan de panique, j'attrape une casserole et le frappe sur le crâne, le faisant hurler de douleur. Je m'apprête à le frapper de nouveau, mais, cette fois, il se retourne, usant de son bras comme d'un bouclier, et m'arrache la casserole des mains avant de me foutre un coup de poing en plein visage.

Je m'écroule au sol et, lorsque je reprends mes esprits, je sens son corps au-dessus de moi. Il est en train de me déshabiller. Ma tête me fait mal et je vois du sang sur le tapis. Mon sang. Je suis totalement sonnée, mais je trouve la force intérieure de me débattre et de l'empêcher de retirer mon jean. Il est grand, il est fort, il réussit à me retourner. Je soulève mes hanches, je hurle, je supplie, je pleure, puis j'abandonne, laissant ses mains me manipuler comme une poupée de chiffon.

Je ferme les yeux et essaie de me réfugier quelque part au fond de ma tête pour échapper à ça, à ce moment d'horreur qui me définira pour le reste de ma vie. Je veux mourir.

Le bruit assourdissant d'une détonation met fin à son assaut avant qu'il n'ait le temps de commettre l'irréparable. Son corps s'écrase contre le mien, m'empêchant de respirer. Puis le sang se répand sur le tapis. Il est mort. Elle l'a tué.

– Il est mort ! m'exclamé-je, encore en état de choc.

Ma mère se tient au-dessus du corps inanimé de Jeff. Les mains tremblantes, elle lâche l'arme qu'elle tenait fermement et s'écroule sur le canapé.

Je me redresse, et fonce vers le téléphone pour

appeler les secours. Ma mère sort de sa transe et m'arrache le téléphone des mains.

– Non, ça ne sert plus à rien, il est mort. Si tu appelles l'ambulance, ils vont prévenir la police et je serai accusée de meurtre.

– Non, maman ! C'est de la légitime défense ! Il était en train de m'agresser, tu m'as défendue ; n'importe quel juge comprendrait ça.

– Nous n'avons aucune preuve et je ne veux pas prendre le risque.

– Alors qu'est-ce que tu veux faire ?

– Partons ! Partons d'ici. Quittons cette ville de malheur.

– On ne peut pas faire ça. La police finira par nous retrouver.

– Pas si on part suffisamment loin et si on détruit nos pièces d'identité.

– Maman ! On ne peut pas faire ça. Ça ferait de nous des criminelles, des fugitives. On devra se cacher pour le reste de notre vie. Il vaut mieux appeler la police. Tout le monde déteste Jeff dans cette ville. Personne ne le regrettera et je suis sûre qu'ils comprendront ton geste. Si tu ne l'avais pas arrêté, il m'aurait violée.

– Exactement, Clara ! Je t'ai sauvée alors maintenant c'est à toi de me sauver. Tu ne veux pas que ta mère aille en prison ? Je n'aurai pas droit à un traitement en prison. Tu le sais, ça ? Je serai promise à une mort certaine.

Mes pensées partent dans tous les sens.

Que faire ? Où aller ? Changer de ville, d'identité. Et Alec ?

Je vais devoir y renoncer.

Pendant que je suis en train de débattre avec

moi-même, ma mère, prise d'une détermination soudaine, court prendre l'argent que Jeff cache sous une planche dans le couloir.

– Qu'est-ce que tu fais ?

– On n'a pas de temps à perdre. Il faut partir d'ici.

Elle me jette un pull à capuche et une casquette.

– Enfile ça. On ne doit pas se faire repérer par les caméras de la gare routière.

Je ne reconnais pas ma mère. J'imagine que de vivre avec un criminel lui a appris deux ou trois combines. On dirait qu'elle a fait ça toute sa vie.

De mon côté, je ne suis que l'ombre de moi-même. On dirait que mon corps fait des choses et que mon cerveau l'observe de loin. Comme si tout ceci arrivait à une autre personne que moi.

Ce matin j'étais une fille quelconque, ce soir je suis devenue une fugitive. Comment la vie peut-elle basculer si facilement ? Et c'est dans ce brouillard que je me suis retrouvée dans un bus, direction Miami.

Sur la route, j'ai appelé Alec. Je voulais lui dire que je partais, qu'il ne devait pas s'inquiéter, que j'allais bien et que je reprendrais contact avec lui dès qu'on serait installées. Qu'il devait m'oublier, et profiter pleinement de ses années fac. Il était temps que je lui rende sa liberté.

Mais lorsque la sixième sonnerie de son téléphone a retenti, c'est une fille qui a répondu. Je suis restée silencieuse, interdite.

– Allô ! Allô ! Il y a quelqu'un ?

– Qui es-tu ?

– Isabella, et toi ?

Un coup de poignard dans le ventre. Isabella ? Alors, c'est vrai. Il me trompe bien avec cette fameuse Isabella.

– Où est Alec ?

– Euh, là… il dort.

Elle a un petit rire satisfait.

– Je peux prendre un message peut-être ?

– Non…

J'ai raccroché. Pleuré. Et puis je l'ai mis derrière moi comme tous les mauvais souvenirs de Baton Rouge.

24

Clara

– Tu veux boire quelque chose ? propose Alec.

Il brise un silence lourd qui s'est installé entre nous depuis que je lui ai demandé de m'amener ici. Mélange d'appréhension, d'incompréhension et d'excitation qui noue les gorges.

Je lui tourne le dos, hypnotisée par la vue nocturne de Miami qu'on a de son étage. J'espère que toutes ces lumières vont me donner le courage dont j'ai besoin pour affronter mes plus grandes peurs.

J'acquiesce sans même me retourner. Tout à l'heure sur la plage, quand mes jambes étaient enroulées autour de sa taille et que son souffle cognait contre le mien, cela me paraissait une bonne idée. Me laisser aller à mon désir. Pour une fois, faire un truc fou. Et puis tout lui avouer, enfin. Me débarrasser du poids qui pèse sur mes épaules depuis tant d'années.

Mais que va-t-il penser de moi ? De ce que j'ai fait ? De ce que maman et moi avons fait ?

Lui dire, c'est le rendre complice d'un meurtre et il ne mérite pas que je le traîne dans cette histoire sordide. Qu'une fois encore je le précipite dans les bas-fonds auxquels il n'appartient pas. Il a réussi, il est devenu le champion qu'il rêvait d'être et moi je le ramène vers le noir, la crasse, le néant.

Son reflet apparaît dans la vitre, il est juste derrière moi. Et je sens sa présence envoûtante jusque dans mes os.

– Tiens.

Je me retourne, saisis le verre qu'il me tend et fais face à la vue de nouveau. Le regarder dans les yeux est au-dessus de mes forces.

– Merci.

Je trempe mes lèvres dans un liquide blanchâtre sucré, délicieux et légèrement alcoolisé. De son côté, il boit un whisky dont je perçois l'odeur. Il reste derrière moi, je l'observe dans le reflet de la vitre. Son beau visage est légèrement baissé. On dirait qu'il fixe quelque chose.

Je frissonne lorsque je sens sa main se poser au creux de mes reins. Là où j'ai un tatouage. Il le caresse.

– « Jamais plus », dit-il.

Sa voix rauque a toujours le même effet sur moi. Elle est familière, rassurante et une pure tentation également. Si le sexe avait une voix, ce serait celle d'Alec.

– J'aime beaucoup ce tatouage, continue-t-il, imperturbable. A-t-il une signification particulière ?

Je prends une profonde inspiration. Il est temps de l'affronter. D'affronter les choses.

Je me retourne vers lui et acquiesce, la gorge nouée.

– Il y a longtemps, quelqu'un qui était censé s'occuper de moi m'a fait beaucoup de mal. Et j'en ai gardé des stigmates. Alors pour me réapproprier mon corps, j'ai fait faire ce tatouage.

Il ne dit rien et tourne son avant-bras vers moi.

– « Clara », dis-je dans un souffle.

Il s'est fait tatouer mon nom.

Une fois de plus, je ne peux empêcher mes larmes de monter. Depuis la mort de maman, je n'en ai plus versé une. Et voilà qu'aujourd'hui, face à Alec, toutes les émotions enfouies reviennent à la surface.

– Il y a longtemps, j'ai perdu une fille dont j'étais éperdument amoureux. Une fille que je n'ai pas toujours traitée justement et que je ne méritais sûrement pas, mais une fille avec qui je rêvais de faire ma vie.

Il réduit la distance entre nous, prend mon visage avec l'une de ses mains, et embrasse tendrement mes lèvres.

– Mais je crois que je l'ai retrouvée.

Cette fois je ne proteste plus, je ne cherche plus à lui faire croire qu'il se trompe, que je ne suis pas elle. Je suis vidée, lessivée par toutes les émotions qu'il me fait vivre depuis qu'il est revenu et je ne peux plus lutter, plus me cacher, plus mentir.

– Je crois qu'on a des choses à se dire, Clara.

Il prend ma main et m'entraîne vers un immense canapé gris foncé au milieu du living-room. Cette suite est immense et entourée de vitres. Les lumières de Miami scintillent de toutes parts. J'ai l'impression d'être dans une bulle suspendue dans le ciel.

On se dévisage longuement. Comme si on se voyait pour la première fois. Comme si tout ceci était irréel, fou. Comme si le moindre faux pas, le moindre mot de trop pouvait briser le charme, la magie de ce moment fragile.

Par où commencer ? Qu'est-ce qu'on peut se dire quand on s'est aimés si longtemps puis perdus de vue ?

Alec brise la glace en premier.

– Pourquoi ? Clara ? Pourquoi es-tu partie ? Pourquoi tu ne m'as plus donné de nouvelles ? Et pourquoi tu prétends être une autre ?

Il essaie de rester calme, mais sa voix trahit un peu sa colère.

– Tu sais combien de temps je t'ai cherchée ? J'ai cru que tu étais morte, j'ai cru devenir fou. Je suis retourné à Baton Rouge, personne ne savait où tu étais. Ta mère et toi aviez disparu et Jeff était en prison.

Je plisse les paupières.

– Jeff, en prison ? Non, il est mort.

– Il n'est pas mort. En tout cas, il ne l'était pas quand je suis retourné à Baton Rouge.

– Tu es sûr ? C'était quand ? Quand y es-tu retourné ? lui demandé-je frénétiquement.

– Juste après ta disparition.

– Et tu es sûr qu'il était en prison ?

– À deux cents pour cent. Apparemment, il a fait un long séjour à l'hôpital après un règlement de compte et les flics ne l'ont pas laissé rentrer chez lui. Ils étaient sur son dos depuis un moment. Il a pris pour trafic de drogue et récidive. J'étais tellement persuadé qu'ils vous avaient fait du mal... mais les flics n'ont jamais voulu m'écouter. J'ai même essayé d'aller voir Jeff pour en avoir le cœur net. J'étais désespéré, Clara. Désespéré au point de demander à voir cette ordure, mais évidemment il a refusé ma visite.

Il prend mes mains dans les siennes et embrasse chacun de mes doigts. Je le regarde faire, encore abasourdie par ce qu'il vient de m'annoncer.

Il n'est pas mort ? On ne l'a pas tué, alors ? Et ils ont pensé à un règlement de compte ?

Je ne suis pas une meurtrière ni une fugitive.

Toutes ces années de perdues, de gâchées. Mon Dieu. Pourtant, j'en étais persuadée. J'ai vu son corps. Il ne respirait plus.

Cette fois, les larmes assaillent mes joues comme deux torrents venus purger mon âme, mes erreurs.

Alec me prend dans ses bras, et je m'abandonne complètement. Je pleure pendant un long moment avant de me ressaisir et de tout lui raconter. La tentative de viol de Jeff, le geste malheureux de ma mère, notre fuite, le changement d'identité, et nos efforts pour disparaître.

Alec reste complètement sonné face à mes aveux. Les muscles de ses mâchoires se contractent au moment où je lui raconte la tentative de viol.

– Ce fils de pute ! J'aurais dû le tuer quand j'en avais l'occasion. Mais je t'assure qu'il est bel et bien vivant. Ta mère et toi n'êtes soupçonnées de rien. D'ailleurs, en parlant de ta mère… Elle est où maintenant ? Elle vit toujours à Miami ?

J'avale le nœud qui s'est formé dans ma gorge.

– Elle est morte. Elle avait un cancer à un stade avancé. Quand on est arrivées à Miami, elle s'est sevrée de toutes drogues et, pendant quelques mois, elle a essayé de se soigner. J'ai pris ce travail au Babydoll pour pouvoir payer son traitement. Elle ne travaillait pas et n'avait pas d'assurance. Les traitements sont hors de prix, des centaines de milliers de dollars, à payer avant même que les médecins ne daignent s'occuper de ton cas. Alors je me suis endettée auprès de Boris. Il y avait cette clinique privée qui proposait un traitement expérimental qui pouvait la sauver, mais qui était extrêmement chère. Je n'ai pas hésité. Ma mère s'est sentie mieux et, pendant quelque temps, nous avions reconstruit cette relation mère-fille si longtemps perdue. Nous étions liées par le secret. Aussi sordide soit-il. Et puis un matin, je suis allée dans sa chambre pour la réveiller et elle nous avait quittés.

Je frissonne en disant ces mots.

– Je suis désolé, Clara.

Il me prend une fois encore dans ses bras puissants et ça me fait un bien fou de me blottir contre lui. De me sentir protégée. Comme avant, sa simple présence fait des miracles sur mon âme.

– Ça a dû être tellement dur, d'affronter ça toute seule. J'aurais tant voulu être à tes côtés.

– C'était de loin le moment le plus difficile de ma vie. Voilà pourquoi je fais ce que je fais. Pourquoi je me déshabille chaque soir au Babydoll. Mais j'en ai bientôt fini de rembourser ma dette ; après, je reprendrai mes études.

– Ce n'est pas trop compliqué, de faire du strip-tease ? Je sais à quel point tu détestais qu'on te regarde quand on était plus jeunes.

– Au début, ça l'était. Mes premières danses, je les finissais avec la nausée, puis j'ai pris l'habitude, et je trouve même ça plaisant. Avoir ce pouvoir sur tous ces mecs. Ça peut être jouissif.

– Ah oui ?

– Oui…

Un malaise s'installe entre nous. On dirait que ce que je viens de lui dire lui déplaît.

– Eh oui, Alec, je ne suis plus la jeune fille innocente que tu as laissée derrière toi à Baton Rouge, qui rougissait quand tu lui disais des trucs crus. Mais je ne te permets pas de me juger. Surtout quand toi, tu es loin d'être un saint.

– Je ne te juge pas. Je suis juste étonné que ça te plaise. Et je suis triste que la vie ait été si cruelle avec toi.

Il sourit tristement, me caresse la joue et pose son front contre le mien. Je crois qu'il va m'embrasser, mais il n'en fait rien.

– Si je pouvais effacer le passé, revenir en arrière et…

– Tu ne peux pas, Alec. Alors inutile de te torturer.

– Laisse-moi m'occuper de toi maintenant.

– Je ne suis pas une œuvre de charité. Je n'ai besoin de personne, je me débrouille très bien toute seule, rétorqué-je avec un peu trop de véhémence.

Ce que les épreuves de la vie m'ont appris ces dernières années, c'est qu'on est seul et qu'on ne peut compter que sur soi.

– OK, ne t'énerve pas, Clara. Je veux juste être là pour toi. Que tu me fasses une place. Tu m'as tellement manqué. Mon Hermione.

L'entendre mentionner ce surnom ridicule qu'il me donnait lorsque nous étions enfants fait remonter tous mes souvenirs à la surface. Lui et moi jouant à *Harry Potter*. Moi lui faisant croire que j'avais des pouvoirs magiques et lui prétendant ne pas y croire, mais y croyant quand même un peu.

– Enfin un sourire, ajoute-t-il en me caressant la joue. Tu sais combien de fois j'ai rêvé du moment où je verrais de nouveau ces fossettes ?

Il introduit son petit doigt dans l'une de mes fossettes et cela me fait sourire davantage.

– Je suis épuisée, lui dis-je tout simplement, après un long silence à se regarder dans les yeux.

La journée a été longue et éprouvante, surtout après ces aveux.

– Reste.

J'acquiesce. Je n'ai de toute façon pas la force d'aller nulle part. Et puis je suis consciente que nous avons encore plein de choses à nous dire. Dix ans, ça ne se résume pas en quelques minutes.

– Viens, on va se coucher.

Il se redresse et me tend la main ; je la prends sans broncher.

Il dépose une serviette, un tee-shirt et une brosse à dents sur le lit.

Je vais prendre une douche et, lorsque j'en ressors, Alec a quitté la chambre. Une pointe de déception me froisse le cœur. J'aurais voulu qu'il reste, qu'il me prenne dans ses bras.

Je me glisse dans un de ses tee-shirts, qu'il a laissé sur le lit à mon intention, et m'allonge dans ce grand lit confortable qui porte son odeur. Il revient quelques minutes plus tard, les cheveux trempés, il a dû aller se doucher aussi. Combien de salles de bains compte cette suite, je n'ose même pas l'imaginer.

Je m'autorise à le regarder, à *vraiment* le regarder pour la première fois, sans censurer ce que je ressens, sans essayer de me raisonner. Ses cheveux noirs retombent de manière diablement sexy sur son regard gris un peu tiré, un peu mystérieux. Sa belle gueule, qui lui valait la faveur de toutes les filles du lycée, est devenue plus charpentée, plus masculine.

Une barbe de trois jours assombrit le bas de son visage et encadre merveilleusement sa bouche. Sa taille est toujours imposante et son torse encore plus défini qu'avant. Ses épaules carrées et ses bras couverts de tatouages lui donnent un côté bad boy, qu'il a toujours eu, mais ne cultivait pas. Il porte un bas de jogging, m'empêchant de voir le reste du phénomène.

A-t-il des tatouages en bas également ?

Mon regard coule sur son corps en s'abreuvant des moindres détails et, lorsque mes yeux arrivent sur les siens, je rougis, car il n'a rien loupé de ma dissection.

– Je peux m'allonger à tes côtés, ou tu préfères être seule ? demande-t-il de cette voix grave assurée qui m'a tellement manqué.

Je souris timidement.

– Oui, viens.

Son corps irradie une telle chaleur qu'il est difficile de ne pas avoir envie de s'y blottir.

Il m'observe longuement. Ses yeux se posent sur chaque parcelle de mon visage avec beaucoup d'émotion. J'ai l'habitude qu'on me regarde, qu'on me complimente pour ma beauté, mais, lorsque lui le fait, j'ai l'impression qu'il voit au-delà de la façade.

– Tu m'as tellement manqué, Clara.

– Toi aussi. Ces quelques jours à prétendre ne pas te connaître, ne pas être qui je suis ont été extrêmement difficiles. Sans parler de toutes ces années à affronter la vie sans toi. Tu étais mon meilleur ami. Mon tout. La seule personne en qui j'avais entièrement confiance. Mais j'ai suivi ton ascension de loin. Le jour où ton *draft* est passé à la télé, j'étais tellement fière.

– Je crois que je suis devenu pro grâce à toi.

– Ton talent n'a rien à voir avec moi. Tu as toujours rêvé de devenir pro.

– Je n'étais pas suffisamment doué, mais, après ta disparition, j'ai redoublé d'efforts, je me suis entraîné plus que les autres. Il fallait absolument que je réussisse. Pour que tu me voies. À la télé, dans les magazines, je devais être partout. Pour que tu saches toujours où me retrouver.

Ces mots me touchent profondément ; je ne réalisais pas à quel point il avait lui aussi souffert de cette histoire.

Dans les différents scénarios que je me suis joués, Alec était heureux, épanoui et ne se souciait plus de moi. Je ne pouvais pas être plus loin de la vérité.

– Je suis désolée, Alec. J'ai si souvent eu envie de t'appeler.

– Alors pourquoi tu ne l'as pas fait ? J'ai cru en crever, de ton absence.

– Je ne pouvais pas te mêler à tout ça. Ça aurait été injuste de ma part. Tu étais à Brown. Tu te préparais un avenir brillant. Je ne pouvais pas venir tout gâcher avec mes histoires sordides.

– J'aurais compris. Tu sais que j'étais prêt à tout pour toi.

– C'est justement la raison pour laquelle je n'ai rien dit. Tu aurais fait quoi ? Quitté ton université, ton avenir ? Tu serais venu en cavale avec nous, pour un crime que tu n'avais pas commis ? Ce n'était pas raisonnable.

Il hausse les épaules.

– Peut-être. Mais tu aurais pu me laisser choisir. Ce n'était pas à toi de décider pour moi.

– Pour être tout à fait honnête, je t'ai appelé le jour de mon départ. Et je suis tombée sur elle. Isabelle ou Isabella. Vous aviez l'air d'être dans une situation intime. Elle ne voulait pas te réveiller. Je n'ai pas insisté. J'en ai eu le cœur brisé, évidemment. Mais quelque part j'étais soulagée. Si tu avais quelqu'un d'autre, tu souffrirais moins de mon absence.

Il reste silencieux un instant.

– Je ne t'ai jamais trompée, Clara. J'étais fou de toi. Je n'aurais jamais pu te faire un truc pareil. Oui, je suis sorti avec Isabella, mais c'était longtemps après ta disparition. Je pensais trouver en elle ce que je trouvais en toi, mais cela n'a pas marché, et j'ai fini par la quitter. Je ne comprends pas pourquoi elle a répondu à ton appel sur mon téléphone ce soir-là. La seule explication que je vois, c'est qu'il nous arrivait de faire la fête avec ma bande de potes, dont elle faisait partie, et de tous nous endormir au même endroit.

– Il y a prescription, Alec. Inutile de te justifier

maintenant. Je savais que je ne ferais pas le poids face à toutes ces jolies filles. C'était dans l'ordre des choses. Tu avais 18 ans. Tu ne pouvais pas me jurer fidélité éternellement. On s'était raconté des histoires. On était des gosses.

– Puisque je te dis que je ne t'ai pas trompée ! Tu dois me croire. Tu ne sais pas à quel point j'ai souffert de ta disparition. J'ai failli devenir fou. J'ai remué ciel et terre pour te retrouver. Et puis je crois qu'on n'est jamais plus proche de la vérité que lorsqu'on est enfant. Tu dois savoir que ce que j'avais vécu avec toi, je ne l'ai jamais retrouvé ailleurs. Jamais. Ni avec elle ni avec une autre.

Je le crois, et une de mes blessures d'enfance vient d'être guérie avec ces simples mots.

– Ni avec les centaines d'autres ? suggéré-je en levant un sourcil, me sentant suffisamment brave pour le taquiner, et cacher mon émotion par la même occasion.

Il sourit à son tour.

– Il y en a eu moins que ce que la presse people a bien voulu écrire.

– Évidemment.

– Et toi alors ? As-tu eu des amants ? Es-tu tombée amoureuse ?

– Oui… Quelques-uns. Et non…

Je laisse ce moment en suspens.

– Pas depuis toi, soufflé-je.

Il se rapproche, et caresse mon visage.

– C'est vrai ?

– Oui.

– Qu'est-ce qu'on fait, alors ?

– Quoi, maintenant ?

Il acquiesce d'un coup de menton, une lueur d'excitation au fond des yeux.

– On devrait dormir.

Son front se plisse d'incompréhension. Je crois que ce n'est pas ce qu'il attendait. Mais j'ai besoin de me reposer, de réfléchir et de laisser mon cerveau accepter toutes ces nouvelles données.

Je n'ai plus à avoir peur. Je n'ai pas tué Jeff et il n'a jamais révélé à personne ce qui était arrivé.

Mais est-ce qu'on peut vraiment reprendre là où on s'était arrêtés, Alec et moi ? Est-ce que les années n'ont pas fait de nous de nouvelles personnes, incompatibles ?

Et puis, je ne sais rien de ses intentions. Il y a encore quelques semaines, il s'affichait dans toute la presse avec un mannequin. Il habite à Chicago et moi ici. Bref, j'ai besoin d'une nuit de sommeil au moins pour y voir plus clair.

– OK ! admet-il, un peu déçu, avant d'éteindre la lumière.

Après quelques minutes, je me retourne et viens me blottir contre lui.

Il me serre dans ses bras, embrasse le sommet de mon crâne, et nous nous endormons paisiblement l'un contre l'autre.

25

Clara

Il est sept heures du matin quand j'ouvre les yeux. Un peu déboussolée, je mets quelques minutes pour comprendre où je suis. Je me retourne, mais Alec n'est pas là.

Un filet de lumière s'est infiltré sous la porte ; je me lève, pour répondre à l'urgence matinale. Mon reflet dans le miroir me renvoie l'image d'une fille paumée. Je me passe de l'eau sur le visage et utilise la brosse à dents laissée la veille à mon intention.

– Jeff n'est pas mort, me répété-je comme pour me le prouver encore et encore. Je ne suis pas une meurtrière.

Si le soulagement était grand hier soir, il était un peu perturbé par la confusion. Maintenant l'information fait réellement son chemin dans mon cerveau. Je suis libre. Je n'ai plus ce lourd fardeau sur les épaules, cet énorme poids sur la conscience.

Je décide de partir à la recherche d'Alec, pour le voir, le remercier, je ne sais pas trop.

Je traverse le salon et suis les bruits qui émanent d'une pièce au bout d'un long corridor. Lorsque j'ouvre la porte, je découvre une salle de sport au parquet luisant et aux miroirs adjacents. Alec est au milieu de la pièce, muni de gants de boxe. Il frappe à intervalles réguliers et rythmés dans un sac en cuir suspendu au plafond.

Il ne me voit pas tout de suite et continue de sautiller avec grâce. Les muscles de son dos et de ses avant-bras se contractent à chacun de ses coups. Je ne sais pas ce que lui a fait ce pauvre sac, mais je n'aimerais pas être à sa place. Les mâchoires serrées, prenant un air concentré, Alec est d'une beauté redoutable.

Il finit par me voir et cesse de frapper. Sa respiration affolée soulève son torse. Il me regarde d'un air renfrogné, presque contrarié, vestige de sa concentration, je suppose ; sinon, je devrais prendre mes jambes à mon cou, car il est sur le point de m'attaquer comme une bête sauvage.

Au lieu de m'affoler, cela m'excite. J'ai envie de lui. Je crois que je n'ai jamais autant eu envie de lui.

Je retire mon tee-shirt, me retrouvant presque nue, et me dirige vers lui, lentement, déterminée.

Sa réaction ne se fait pas attendre : il arrache ses gants avec les dents et avance vers moi jusqu'à réduire complètement la distance.

Il dégage mes cheveux de mon cou et regarde mon corps en se mordant les lèvres. Son regard, le même que celui que j'ai eu un mal fou à soutenir lors de toutes mes danses au Babydoll, me consume littéralement.

Des picotements d'excitation secouent déjà tous mes endroits préférés. Je vois son désir intense et ardent, et c'en est trop. Je fonce sur ses lèvres et l'embrasse à pleine bouche.

Il me saisit par la taille, j'enroule mes jambes autour de lui et il me plaque contre le miroir. J'ai un petit cri de surprise, entre le froid et la force de son geste passionné. Mais je ne veux pas qu'il s'arrête.

Sa bouche quitte la mienne et s'attaque à mon cou, ma poitrine, sur laquelle il s'attarde longuement, sa barbe de trois jours laissant des traces rouges. Il n'est pas tendre, me mordille, me suce, grogne contre ma peau. Je suis dans le même état d'euphorie que lui, partagée entre l'envie étrange de lui faire du bien et celle de lui faire du mal. De le punir pour son absence et pour toutes ces autres filles ; de l'aimer parce que c'est lui, Alec, mon Alec et que nous sommes liés par quelque chose qui nous dépasse.

Je tire sur ses cheveux et l'oblige à descendre jusqu'à mon point le plus sensible. Il me dépose, fait glisser ma culotte le long de mes jambes et, tout en me dévorant du regard, commence à masser mon clitoris. Je sursaute de plaisir, serre son avant-bras musclé. Je gémis et halète au rythme de ses doigts magiques qui font des mouvements circulaires.

Il retire ses doigts pour les mettre dans sa bouche et revient à la charge, mais, cette fois, c'est pour me pénétrer avec deux doigts, puis trois, puis quatre.

Je souffle son nom et l'encourage à continuer. Il fait des va-et-vient lents tout en observant mes réactions, pour ajuster son geste. Chacun de mes halètements incite ses doigts à aller plus vite, plus profond, à chercher, à me détruire.

– Embrasse-moi, demandé-je.

Et c'est ce qu'il fait. Sa bouche se pose sur la mienne avec douceur au départ et puis les va-et-vient de sa main s'intensifient au fur et à mesure que son baiser devient vorace. Sa langue me met K.-O. Un manque d'oxygène intensifie mon plaisir. Une impression que je vais imploser. Il continue ainsi jusqu'à ce que j'atteigne le point de non-retour, mais, au moment de la libération, il s'arrête, me faisant grogner de frustration.

– Qu'est-ce que tu fais ? J'étais sur le point de…

– Je sais. Mais je veux te voir jouir contre ma langue,

affirme-t-il simplement.

Et sans attendre de réponse, que mon cerveau est de toute façon incapable de donner, Alec descend et parsème mon corps de baisers tantôt doux tantôt humides, alors que l'anticipation me fait onduler des hanches. Il s'agenouille devant moi, saisit le haut de mes cuisses fermement et observe mon sexe.

– Putain, elle m'avait manqué, souffle-t-il. Cette petite chatte rose si parfaite.

Je l'écoute dire ces mots sans broncher. Il a toujours été comme ça, pendant le sexe, à susurrer des trucs crus. Hier, ça me faisait rougir ; aujourd'hui, ça m'excite. J'avance les hanches vers lui, pour qu'il se taise, pour qu'il me prenne, pour qu'il éteigne le feu qu'il a allumé en moi et qui menace de me consumer tout entière.

Il souffle sur mon clitoris avant de l'englober, de le sucer et de le titiller de sa langue. Sa barbe de trois jours frotte contre mes cuisses, ses doigts viennent se joindre au reste et je perds la tête. Sa langue, ses doigts, sa main qui me maintient par la hanche… Je risque un regard et rencontre ses yeux d'un gris intense devenus noirs – tels ceux d'un animal –, obscurcis par le désir.

– Oh, Alec. Ne t'arrête pas, c'est tellement bon.

Mes encouragements le font grogner et redoubler de ferveur. Je peux entendre à quel point je suis trempée. Les va-et-vient de ses doigts s'intensifient. Il les crochète et atteint un point qui me fait littéralement hurler de plaisir, et je perds de nouveau la tête. Je m'accroche à ses épaules, à ses cheveux, au miroir alors qu'un séisme orgasmique vient faire trembler tout mon corps.

Pas le temps de reprendre mes esprits qu'Alec me retourne, et me pénètre, prolongeant l'onde de choc. Ses mains enserrent ma taille, mon cou et il me baise avec précision. Ses coups de reins sont profonds, maîtrisés et je sais que je ne vais pas tenir longtemps avant de rebasculer. Son bassin claque contre mes hanches avec force et je dois m'appuyer sur le miroir pour ne pas chavirer.

Il saisit mon visage.

– Regarde-toi. Regarde comme tu es belle.

Il ponctue son propos d'un coup de reins dévastateur qui me fait gémir encore plus fort. Sa bouche collée à mon oreille. Ses mains sur mes seins. Il me baise comme je rêve d'être baisée depuis des années, de façon aussi sauvage qu'intime.

– Regarde-nous, putain, Clara!

Il fait glisser ses mains jusqu'à mon clitoris de nouveau et, tout en accélérant ses coups de reins, il me masse, m'embrasse dans le cou, ne laissant de répit à aucune partie de mon corps. Je me sens assaillie de toutes parts, ça devient tellement intense que je frôle l'hyperventilation.

Je ferme les yeux, avec le besoin d'échapper à cette vision de nous deux entrelacés, ses mains bronzées sur ma peau blanche, son regard acier et ses mâchoires serrées. Mes cheveux défaits, mes yeux embrumés de désir et ma bouche haletante, gonflée par tous ses baisers.

Nous sommes la définition même de la luxure et, si je continue à nous regarder, je vais jouir beaucoup trop vite. Je sens déjà la morsure de la passion grandir dans mon ventre.

Il fait pivoter mon visage et m'embrasse passionnément, sa langue dominatrice prenant possession de ma bouche. Et puis la vague revient dans mes entrailles. Alec reconnaît les signaux. Il accélère ses coups de boutoir, faisant claquer mes fesses contre son pelvis à un rythme effréné. Et je lâche tout. C'est l'explosion. La déferlante. Une onde si intense que mon cerveau déconnecte une fraction de seconde et que tout mon corps se met à trembler.

Alec me retient et finit par jouir à son tour dans un grognement animal qu'il étouffe contre mon épaule.

Nous restons ainsi un instant. Moi appuyée contre le miroir et lui derrière moi. Nos corps sont engourdis et couverts de sueur. Il finit par se retirer, m'arrachant une grimace au passage. J'avais oublié à quel point il était chanceux dans ce domaine. Je suis soulagée de le voir retirer son préservatif. Je n'étais pas sûre qu'il en avait mis un.

– Tiens, dit-il en me tendant le tee-shirt que j'avais abandonné en arrivant ici.

– Merci.

– On dirait qu'on a tous les deux besoin de prendre une douche.

J'acquiesce. Il me prend par la main et m'emmène dans une des salles de bains ; celle-ci a une énorme baignoire, et Alec me surprend en train de la fixer.

– Tu veux prendre un bain ?

– J'avoue que mes muscles sont un peu engourdis. Ça pourrait me faire du bien.

– Tes désirs sont des ordres, ma Clara.

Je souris car j'adore l'entendre dire mon prénom. Le vrai. Ça faisait tellement longtemps que je ne l'avais plus entendu. Perdre son identité ainsi que son passé est vraiment douloureux, je ne le souhaite à personne.

La baignoire remplie, Alec y ajoute quelques produits qui font mousser l'eau. Des odeurs délicieuses embaument toute la pièce.

Il se déshabille le plus naturellement du monde, entre dans la baignoire puis m'invite à le rejoindre. Je me débarrasse encore une fois de mon tee-shirt et m'installe entre ses jambes. Mon dos collé à son torse. Notre proximité et l'eau chaude m'apportent un réconfort immédiat.

– J'aime que tu sois à l'aise avec ta nudité. Ce n'était pas le cas avant, glisse-t-il à mon oreille.

– Déformation professionnelle.

Je souris ; il embrasse mon cou. Et un silence confortable s'empare de nous. Je suis heureuse que nous n'ayons pas perdu ça. Cette capacité à être ensemble et c'est tout.

Aucun besoin de meubler les moments de vide. Quand on était enfants, on pouvait passer des heures ensemble dans sa chambre, à lire des BD et à faire nos devoirs respectifs. Être ensemble nous paraissait aussi naturel que respirer. Malheureusement, Jeff était souvent là pour mettre fin à ces moments de bonheur simples.

– À quoi tu penses ?

– À Jeff.

Il s'arrête net de m'embrasser.

– Si je m'attendais à cette réponse ! ironise-t-il. Pourquoi tu penses à cet enfoiré ?

– Hier tu m'apprenais qu'il n'était pas mort. Ça m'a tellement soulagée. En quelques mots, tu as effacé une culpabilité longue de dix ans.

– Personne ne l'aurait regretté si tu l'avais tué, Clara. Ce qu'il t'a fait est impardonnable et j'espère que quelqu'un va s'occuper de lui en prison.

– Tu crois qu'il est toujours en prison ?

– Aucune idée. Mais arrêtons de parler de lui. Parlons plutôt de toi et de la bombe sexuelle que tu es devenue.

– Tu trouves que je suis devenue une bombe sexuelle ?

– La baise qu'on vient d'avoir peut en attester. Et je ne te parle même pas des danses auxquelles j'ai assisté. Je vis avec une érection permanente depuis que je suis à Miami. Encore quelques jours à m'ignorer et mini Alec aurait fait un AVC.

J'étouffe un rire.

– Ne me dis pas que tu appelles toujours ton sexe mini Alec ? me moqué-je en me tournant vers lui, faisant déborder la baignoire.

Il hausse les épaules, et m'offre son sourire sexy en coin.

– Certaines habitudes ont la vie dure.

– Je vois ça.

– Allez, raconte-moi. Où as-tu appris à si bien danser ?

– C'est Camilla qui m'a initiée. Nous habitions dans la même résidence quand maman était toujours de ce monde, et on se croisait à la buanderie, lorsque nous faisions nos lessives. Camilla étant ce qu'elle est, elle me parlait tout le temps, se fichait de ma timidité ou de mon regard fuyant. Parfois elle mettait de la musique et dansait avec d'autres résidentes sur des rythmes latinos, histoire de faire passer le temps et de rendre ce labeur agréable. On a fini par sérieusement sympathiser. Je lui ai demandé où elle avait appris à danser. Elle faisait partie d'une compagnie de danse à Cuba. Elle a tout quitté pour des raisons obscures, qu'elle ne m'a jamais vraiment expliquées. Je ne posais pas non plus de questions, ayant moi-même beaucoup de choses à cacher.

Je souffle sur la mousse qui s'est accumulée sur mes mains et continue mon récit.

– Elle m'a dit qu'elle pouvait m'apprendre. Puis peu à peu, elle m'a parlé du Babydoll. De l'argent qu'elle y gagnait. Au début, j'étais totalement hermétique à l'idée. Puis les factures médicales se sont accumulées et je n'ai plus eu le choix.

– Je suis sincèrement désolé pour ta mère.

Je garde le silence un instant et essaie de retenir mes larmes.

– Il n'y avait personne à son enterrement à part Camilla et moi. C'est triste d'avoir vécu toute une vie et de finir comme ça.

Il embrasse le sommet de mon crâne.

– Elle ne méritait pas ça. Mais elle a eu de la chance de t'avoir pour fille. Tu t'es occupée d'elle jusqu'à son dernier souffle.

– J'ai essayé, en tout cas.

J'efface mes larmes et m'éclaircis la gorge.

– Changeons de sujet. Parlons de toi.

– Il n'y a pas grand-chose à dire.

– Tu rigoles ! Tu es devenu un grand champion. Ça doit être le pied de réaliser son rêve d'enfant.

– Mon rêve d'enfant, c'est toi, susurre-t-il à mon oreille, avant d'y déposer un doux baiser.

Je tourne le visage vers lui et nous nous embrassons tendrement. Quand il me lâche, je n'ai plus que la moitié d'un cerveau pour réfléchir.

– Raconte-moi ta vie à Chicago.

Je me retourne et me place en face de lui, de l'autre côté de la baignoire. S'il continue de m'embrasser, je ne pourrai pas soutenir une conversation et j'ai vraiment envie d'en apprendre plus sur lui.

– Ben, comme tu le sais, je joue pour les Chicago Bears comme deuxième quarterback. Chicago est une ville vivante, vibrante, mais on s'y pèle le cul six mois par an et, pour un mec du Sud comme moi, c'est violent. Du coup, je me barre au soleil dès que l'occasion se présente. Mes coéquipiers sont ma famille. On est liés comme les doigts de la main, surtout avec Jude et Zack.

– Jude Hartnett et Zack Miller ?

– Oui. Tu t'y connais un peu ?

– Disons que je me suis particulièrement intéressée à cette équipe pour des raisons évidentes.

Il sourit.

– Je te les présenterai, un jour.

Je baisse les yeux.

– Et tu leur diras quoi ? « Salut, voici Clara, ma copine strip-teaseuse. » ?

– Eh ! Ne te réduis pas à ça, s'il te plaît. Tu es tellement plus que ça. Et surtout, mes potes ne sont pas dans le jugement. On est une famille, une vraie. Je pourrais me couper un bras pour Jude et lui n'hésiterait pas une seconde à faire pareil. On est amis depuis l'université. C'est en partie grâce à lui que j'ai intégré l'équipe.

– Ça doit être chouette d'avoir tant de gens sur qui compter.

– J'avoue que je suis chanceux. Mais là, tout de suite, je n'ai pas envie d'y retourner.

Il saisit mon pied, le pose sur son torse et se met à le masser. Je gémis littéralement de plaisir.

– Arrête de faire ça. Tu m'excites, m'avoue-t-il.

– Désolée, dis-je tout en continuant à le défier du regard.

– Pourquoi tu n'as pas envie d'y retourner ?

– C'est pas évident ?

Il hausse un sourcil moqueur.

– Parce que je t'ai enfin retrouvée et que je n'ai aucune envie de te quitter de nouveau.

– Je ne vais pas disparaître, Alec.

– Le passé m'a appris à me méfier.

Il embrasse chacun de mes orteils. Ce qui me fait partir dans un rire incontrôlé.

– Arrête !

Son sourire illumine son visage et réveille un essaim

de papillons dans mon ventre. C'est fou qu'il me fasse autant d'effet, après tout ce temps.

– Je vois que tu es toujours aussi chatouilleuse.

– Oui, ça ne s'est pas arrangé avec l'âge, dis-je en me redressant.

– Non, reste là.

Il reprend mon pied dans ses mains, mais cette fois se contente de le masser.

– Si tu savais combien j'ai rêvé du moment où je t'entendrais de nouveau rire, Clara.

Mon cœur loupe un battement.

– Moi aussi, tu m'as beaucoup manqué.

– Ah oui ! Qu'est-ce qui t'a le plus manqué ?

Son regard s'assombrit de désir une nouvelle fois.

Son massage plantaire dérive peu à peu vers mes jambes. Et, alors que mon désir grandit, je lui réponds dans un souffle :

– Tout. Toi. Nous. Ça. Et le sexe aussi. On ne m'a pas correctement fait l'amour depuis des siècles.

– Il va falloir remédier à ça, alors.

D'un geste soudain, il tire sur mes jambes, m'attirant à lui, faisant déborder l'eau. Je m'assieds à califourchon sur lui et ne suis pas du tout étonnée de voir qu'il est déjà prêt à remettre le couvert.

– Je vois que mini Alec est toujours aussi insatiable.

– Toujours, quand il s'agit de toi. De plus, tu lui dois dix ans de sexe. Et c'est un créancier particulièrement rancunier.

J'éclate de rire de nouveau, mais mon rire est vite étouffé par un baiser tendre et torride qui mènera à plusieurs orgasmes et à une salle de bains inondée.

26

Clara

– Pourquoi tu dois déjà partir ? lance Alec depuis le lit, alors que je suis occupée à me rhabiller.

– Ça fait quarante-huit heures qu'on est dans cette chambre d'hôtel. Il est temps de retrouver la civilisation, tu ne crois pas ?

– On a tout ce dont on a besoin ici. Allez, reviens au lit.

Nous avons passé les dernières quarante-huit heures à faire l'amour dans chaque recoin de cette suite, et à nous alimenter de *room service*.

Nous avons aussi beaucoup parlé et parfois même pleuré, et cela nous a vraiment rapprochés. Toutes mes craintes se sont envolées à mesure que nous nous sommes expliqués. J'ai appris qu'il n'a jamais cessé de penser à moi, jamais tout à fait réussi à me remplacer dans sa vie. Toutes ses « conquêtes », pour reprendre ses mots, n'ont été que des tentatives désespérées et souvent avortées de retrouver ce qu'il vivait avec moi, et que nous savons tous deux unique. Cet amour-là est différent, singulier, car ni lui ni moi n'avons réussi à nous attacher à d'autres.

Tant de non-dits, d'absence et d'incompréhension auraient pu définitivement mettre un terme à notre histoire, mais le destin en a voulu autrement. Après ces retrouvailles et confidences à cœur ouvert, je me sens plus proche de lui que jamais.

Bien sûr, on ne parle pas des sujets qui fâchent. Du fait qu'il habite à Chicago et moi ici. De ce qui va se passer lorsqu'il reprendra sa saison. Pour le moment, nous n'avons pas besoin de trouver des solutions à tout, juste à profiter de nous. Dix ans sans le voir, lui parler, le sentir, ça a failli me briser.

Ce trou béant que j'ai dans la poitrine depuis le jour où ma vie a basculé est en train de peu à peu se remplir, grâce à lui. Et sur le plan sexuel, nous avions une soif à étancher. Il n'y a pas une pièce de cette gigantesque suite qui n'a pas été baptisée.

Mais il est temps que quelqu'un mette fin à cette folie et je ne peux pas compter sur Monsieur Pervers ici présent.

D'ailleurs, pour mieux me convaincre de rester, il se lève complètement à poil et vient m'enlacer par-derrière. J'essaie de ne pas me laisser perturber par son corps d'Adonis ni par son érection qui s'éveille déjà. Ce mec est une machine.

– Tu as pris du Viagra ou quoi ?

– Chut ! Tu vas offenser mini Alec, dit-il sur le ton de la confidence, comme si son sexe pouvait nous entendre.

J'éclate de rire et ça semble le mettre en joie.

Une chose est sûre, il n'a pas perdu son sens de l'humour.

Il promène son nez sur ma nuque, balayant mes cheveux tout en me massant les épaules.

– J'ai 28 ans, pas besoin de Viagra. Non, c'est toi qui me fais cet effet.

Il ponctue ses propos de baisers dévastateurs dont il parsème mon cou, mon épaule. Je me laisse attendrir quelques minutes, avant de m'infliger une gifle mentale.

– Alec. Il faut vraiment que je rentre. Boris va me

scalper si je manque encore une de mes danses. Sans parler de Camilla, qui commence sérieusement à s'inquiéter pour moi.

– Boris peut aller se faire foutre. Quant à Camilla, je suis sûr qu'elle est heureuse pour toi.

Il me retourne d'un geste vif vers lui et prend mon visage en coupe.

– Allez, reste, Clara. Je ne veux pas que tu retournes au Babydoll.

– Alec. C'est pas parce qu'on a fait l'amour que tu as gagné le droit de me dire ce que je dois faire ou ne pas faire.

Il garde le silence un instant ; ses mâchoires se contractent, me faisant savoir que ma réponse n'est pas du tout ce qu'il a envie d'entendre.

Il est toujours aussi possessif et borné. C'est rassurant de voir que les années ne l'ont pas complètement changé.

Je dépose un baiser sur ses lèvres pour qu'on ne se quitte pas fâchés.

Mais la mine boudeuse d'Alec me fait sourire. Sans parler de sa proximité dans son costume d'Adam.

– Ne fais pas la gueule. Je te promets que je repasse juste après et on reprendra là où on s'est arrêtés.

Je prends son beau visage entre mes mains et l'embrasse de nouveau pour mieux faire passer la pilule. Il réagit avec un peu trop d'enthousiasme et, en quelques secondes, je me retrouve projetée sur le lit, à essayer de calmer ce mâle en rut, et surtout ma propre envie qu'il me fasse l'amour, encore.

Qu'est-ce qui m'arrive ?

On dirait que mon désir est un puits sans fond.

Alec. Voilà ce qui m'arrive. Essayer de lui résister est mission impossible.

Sa bouche se déplace déjà sur ma poitrine, allumant le feu dans tous mes endroits sensibles, tandis que ses mains se sont frayé un chemin sous mon short. Le seul bout de tissu que j'ai emporté et qui risque encore une fois de se retrouver sur le sol.

À ce moment-là, mon téléphone se met à vibrer dans mon sac. Heureusement car j'étais perdue.

Évidemment, Monsieur L'Égoïste fait semblant d'ignorer mon portable, qui danse la gigue dans l'espoir de m'alerter.

J'arrive tant bien que mal à m'extirper des bras d'Alec, qui grogne de frustration alors que je saisis mon téléphone.

– Allô ?

– Ne me dis pas que tu as encore un empêchement ce soir, Clara.

– Non. Boris. Je suis en train de me préparer, j'arrive.

J'ose un coup d'œil vers Alec, qui me fusille du regard.

Je l'ignore et réajuste une dernière fois ma tenue face au miroir.

Je rassemble le peu d'affaires que j'ai apportées avec moi et m'approche d'Alec pour lui dire au revoir. Sa mine renfrognée est à la fois attendrissante et agaçante.

– Écoute, c'est mon boulot. Il faut que j'y aille. Je ne te demande pas d'arrêter de jouer au foot, moi.

– C'est différent. Mon métier ne consiste pas à me mettre nu devant une bande de pervers.

Sa remarque me bloque dans mon élan de l'embrasser. Maintenant, j'ai beaucoup plus envie de le gifler.

– Va te faire foutre, Alec !

Je fais volte-face et me dirige vers la sortie. J'entends ses pas derrière moi et, au moment où j'ouvre la porte, il la referme. Je pose mon front contre le battant en soupirant. Aucune envie de lui parler ni de le regarder, là, tout de suite.

Mais il m'oblige à me retourner. Heureusement, il a eu la décence de mettre un bas de jogging car j'ai une envie pressante de lui mettre un coup de pied dans les couilles.

– Désolé, Clara, ce n'est pas ce que je voulais dire.

Mon regard a du mal à se poser sur le sien. Je sais que le métier que j'exerce n'est pas des plus conventionnels et qu'il renvoie une image de moi pas très flatteuse, mais Alec connaît les raisons qui me poussent à danser tous les soirs, alors l'entendre me juger me fait de la peine !

Je prends une profonde inspiration pour me calmer, et ne pas terminer nos retrouvailles de rêve par une dispute.

– Alors qu'est-ce que tu voulais dire ?

– Que je suis le roi des connards ! Un putain d'égoïste qui veut te garder près de lui un peu plus longtemps. Tu m'as tellement manqué… et…

– Et ?

– Et il est vrai que ça me rend malade de t'imaginer en train de danser et de te mettre à poil devant tous ces mecs.

– Ça ne te dérangeait pas quand tu venais toi-même profiter du spectacle.

– Je n'étais pas sûr que c'était toi. Maintenant que je le sais, ça me tue.

– Je te comprends.

Son visage se détend un peu.

– Mais là, tout de suite, je dois aller travailler. Une fois que j'aurai remboursé ma dette, on verra.

– Laisse-moi la rembourser pour toi.

– Il en est hors de question, Alec. N'y pense même pas.

Il hausse un sourcil, agacé.

– Toujours aussi têtue à ce que je vois, ma Clara.

– Je te renvoie le compliment.

Je croise les bras sur ma poitrine.

– Et combien de temps va durer cette torture ?

– Le temps qu'il faudra.

– Arrête au moins les danses privées.

– C'est impossible. Elles ont déjà été réservées et payées. Et, Alec, c'est moi qui décide de ce que je fais de mon corps. On est au XXIe siècle, OK ?

– OK ! Tu ne me laisses pas le choix.

– Voilà qui est plus raisonnable.

– Je vais devoir aller casser la jambe de tous les clients qui ont réservé une danse privée avec toi.

– Quoi ? Non ! Arrête de dire des bêtises, Alec. Tu ne vas rien faire du tout.

– Je plaisante. Mais même si tu as raison, c'est à toi de choisir, ça va être dur de rester ici les bras croisés en t'imaginant en train de…

Il ferme les yeux et je vois à quel point ça le fait souffrir.

– Tu n'as qu'à venir avec moi.

– Tu es folle ? Tu veux que je mette le feu au Babydoll ?

– Je dois y aller. Tu n'as qu'à essayer de penser à autre chose. Et ça ira.

– Je ne peux pas. Tu occupes toutes mes pensées et ça fait vingt ans que ça dure.

– Oh ! C'est mignon.

Je pose mon front contre le sien.

– Suffisamment mignon pour que tu restes ? demande-t-il avec un espoir touchant.

– Non, mais suffisamment touchant pour que je te pardonne tes propos de tout à l'heure.

À ce moment-là, mon téléphone se met à vibrer.

– Putain, mais on ne peut pas être tranquille !

– C'est Boris. Je dois vraiment y aller.

– Attends, je t'appelle une voiture. Je t'aurais bien conduite moi-même, mais les paparazzis sont en bas. S'ils me voient accompagné, ils vont nous traquer.

– Écoute-toi parler. On dirait une rock star.

– C'est toi, ma rock star.

Il dépose un baiser sur mon nez avant d'appeler une voiture pour moi.

27

Clara

– Regardez qui a enfin décidé de sortir de sa caverne pour revenir parmi les vivants ! hurle Mama, la régisseuse, à peine ai-je passé la porte des vestiaires.

– Bonsoir, Mama ! Désolée du retard.

– Tu as quarante-huit heures de retard, mais apparemment c'était pour la bonne cause, alors on peut pas t'en vouloir. Dépêche-toi de te préparer. Tu montes sur scène dans quinze minutes.

J'arrive à ma coiffeuse, où ma tenue rouge vif, que je qualifie de Jessica Rabbit, m'attend déjà. Je n'ai pas pris mon maquillage, mais j'emprunte celui de Camilla, dont la desserte est juste à côté de la mienne. Je sais qu'elle ne m'en voudra pas. On partage tout depuis que nous sommes colocs.

Un coup d'œil dans le miroir m'annonce qu'il va falloir user et abuser du maquillage pour reprendre forme humaine. Alec a laissé quelques traces sur mon cou. Mais j'ai l'air heureuse, vraiment heureuse. Enfin.

Alors c'est à ça que ressemble la vie, sans culpabilité, sans crime sur la conscience. L'air semble plus respirable et les choses plus légères. Si je m'écoutais, là, je crierais de joie.

Je suis en train de finir de poser ma poudre quand

une tornade latina s'abat sur moi et m'enlace par-derrière.

– Barbara, tu m'as manqué !

Barbara ? Quarante-huit heures que je n'avais pas entendu ce pseudo et, une chose est sûre, cela ne m'avait pas manqué. Je dois absolument trouver le courage de tout dire à Camilla. Elle est ma meilleure amie. Elle ne mérite pas mes mensonges.

– Alors ? Alors ? Alors ? Je veux tout savoir. Vous avez couché ensemble ? Est-ce qu'il est aussi doué qu'il en a l'air ?

Elle ne me laisse pas le temps de répondre et s'assied sur ma coiffeuse, écrasant à moitié son maquillage. Elle est toujours en tenue de scène.

– Déjà, je voudrais m'excuser d'avoir disparu sans donner de nouvelles si longtemps. Tu as dû t'inquiéter.

– Pas du tout. Avec Anthony, on a parié sur le nombre d'orgasmes que tu étais en train d'avoir.

Je place mes mains sur mes joues pour faire baisser la température.

– Alors ? Combien ?

– Beaucoup !

– C'est-à-dire ? On veut un chiffre. J'ai parié vingt dollars sur cette affaire.

– Une dizaine, je pense.

– En quarante-huit heures.

J'acquiesce en me mordillant les lèvres. Camilla ouvre la bouche en grand.

– Putain ! C'est encore plus que ce qu'on s'était imaginé. Anthony va être fou. Et moi, je viens de perdre vingt dollars. Mais tu le portes sur ton visage.

Je me regarde dans le miroir.

– Tu as l'air de la nana qui a bien pris son pied.

– Oui et le mot est faible. Je crois que j'ai perdu quelques neurones dans la bataille.

– Alors ça existe toujours. Des mecs qui savent baiser.

– Apparemment.

Je baisse la tête un instant.

– Qu'est-ce tu as ?

– Tu ne m'en veux pas ?

– T'en vouloir ? Pourquoi ?

– Ben, j'ai quitté la soirée avec ton *date*, et je veux que tu saches que je ne me serais jamais permis de faire un truc pareil si ça n'avait pas été Alec.

Je prends une profonde inspiration.

– En fait, on se connaît depuis toujours. C'est mon premier amour et...

– Quoi ?

Elle écarquille les yeux, intriguée.

– C'est pour ça qu'il était complètement obsédé par toi. Et que tu étais si troublée. Et rassure-toi, ce n'était pas un vrai *date*. Depuis le début, il n'a d'yeux que pour toi. Moi, j'étais juste là pour t'aider à le comprendre. Ça sert à ça, les meilleures amies. Mais tu ne l'avais pas reconnu avant ?

– Si, mais c'est une longue histoire que je me ferai un plaisir de te raconter ce soir à l'appart, à tête reposée.

– Ah non ! Ça devra entendre un peu. Ce soir, on sort. Anthony et Stefano sont tout excités de savoir que tu fréquentes Alec Graham et veulent que tu l'emmènes faire la fête au Sambuca avec nous.

– Je sais pas... Je suis un peu crevée, et Alec...

– Ah non ! Tu me dois bien ça.

– OK... Je vais voir ce que je peux faire.

Elle émet un petit cri victorieux qui fait tourner toutes les têtes des copines vers nous.

– Bambie, c'est à toi ! annonce Mama.

– Allez, je dois y aller.

– Rends-les tous fous, ma chérie !

Camilla dépose un baiser sur ma joue, avant que je ne monte sur scène.

28

Alec

J'ai passé la soirée à tourner en rond comme un lion en cage. Imaginer Clara en train de se déshabiller devant tous ces mecs m'a rendu complètement dingue.

Pour m'occuper l'esprit, j'ai appelé Irving, mon coach à Miami. On a fait du *free fighting*, j'avais besoin de me défouler et de me remettre en forme.

La saison est sur le point de reprendre et je vais bientôt devoir m'envoler pour Chicago.

Comment laisser ma Clara ici ?

J'aimerais lui demander d'emménager avec moi. De me suivre à Chicago. Mais même un psychopathe comme moi sait à quel point c'est prématuré, de faire ce genre de demande. Pourtant j'en crève d'envie.

On a perdu dix ans, je ne veux plus perdre une minute de plus. Mais je ne peux pas lui faire peur. Elle tient absolument à garder son indépendance, à éponger sa dette elle-même. Et puis, elle a raison, c'est son corps, son choix, je dois l'accepter. Quitte à ce que je devienne dingue au passage.

Elle a toujours été douée pour me faire péter les plombs, dans un sens comme dans l'autre. Déjà petite, elle n'en faisait qu'à sa tête, nous entraînant dans des aventures de dingue.

Son jeu préféré, « t'es pas cap », nous a valu bien

des fous rires et quelques déconvenues. Sauter dans tel ou tel point d'eau profonde. Retenir sa respiration le plus longtemps possible. Monter tout en haut d'un arbre ou encore, plus dangereux, aller déranger un nid de guêpes, avec un long bâton. Je n'ai jamais couru aussi vite de ma vie que ce jour-là. J'entends encore ses rires monter jusqu'au ciel alors que mon cœur battait à mille à l'heure.

Elle a toujours été plus courageuse que moi, même si je préférais qu'on m'arrache une couille plutôt que de l'avouer. Mes plus beaux souvenirs sont avec elle. Les doux et les moins tendres.

Quand ma mère oubliait de m'appeler pour mon anniversaire et que je prétendais m'en fiche, Clara faisait de son mieux pour me distraire et me faire penser à autre chose.

Elle avait les pires idées, une imagination débordante et savait toujours comment me redonner le sourire. Nous voulions tous les deux échapper à notre famille dysfonctionnelle. La nature était notre terrain de jeu. Elle débarquait chez moi dès qu'elle le pouvait, avec sa canne à pêche, son sac à dos, des plans plein la tête et me disait : « Viens, Alec ! On part en exploration. » Parfois, je pouvais voir qu'elle venait de pleurer. Parfois, elle était affamée. Je prétextais être dans le même cas pour lui préparer un sandwich.

Malgré la dureté de sa vie, elle gardait une âme d'enfant et voulait vivre toutes les aventures qu'on lisait dans nos livres. Essentiellement mes livres, car ses parents ne lui offraient jamais rien. *Picsou*, *Tom Sawyer*, *Huckleberry Finn*, *Oliver Twist*, et son préféré, *Harry Potter*.

Elle était persuadée qu'elle possédait des pouvoirs

magiques et que ce n'était plus qu'une question de temps. Elle recevrait sa lettre de Poudlard. C'était sûr.

Les heures se transformaient en minutes, et la vie devenait belle à ses côtés. Elle n'a pas perdu ça. La capacité d'embellir les petits riens.

D'une enfant à l'imagination sans limites, elle est devenue une adolescente curieuse de tout, avec une soif d'apprendre et de comprendre le monde. Mais dans tous ces livres, elle n'a jamais trouvé la raison pour laquelle sa mère se détruisait et ne s'occupait pas d'elle. Pire, la laissait à la merci de ce connard de Jeff.

Je ne sais plus quand je suis tombé amoureux d'elle. Au fond, je crois que je l'ai toujours aimée. Même après que la vie nous a séparés. C'est la raison pour laquelle je n'ai jamais réussi à m'attacher à aucune autre fille.

Quand je suis retourné à Baton Rouge, après sa disparition, je suis allé sous notre arbre, le saule pleureur qui faisait face à l'étang, où nous nous baignions chaque été. Et le graffiti « *Alec loves Clara* » était toujours là. Un peu moins visible, ayant subi les affres du temps. Alors j'ai pris un couteau et je l'ai gravé de nouveau pour que ni le temps ni l'oubli ne puissent effacer cet amour-là. Au fond, j'espérais toujours la retrouver un jour.

Le téléphone sonne. Elle, sa voix. Du miel sur mon âme. Elle va bien. Elle a fini. Elle aimerait que je la rejoigne au Sambuca, un club cubain sélect. J'hésite une fraction de seconde, surtout pour des questions de sécurité car ces putains de paparazzis sont de plus en plus nombreux à faire le pied de grue en bas de mon hôtel et je ne veux pas provoquer de rassemblements, mais j'accepte. J'ai besoin de la voir.

Je propose à Matt de m'accompagner. Et me voilà

garé devant sa villa, à attendre qu'il arrive. J'ai dû faire quelques détours pour semer les paps. Contre ma voiture de sport, ils n'avaient aucune chance.

– Sambuca, hein ? Je ne connais pas du tout ce club, déclare Matt en grimpant dans la voiture.

Une odeur de parfum épicé attaque l'habitacle à la machette, me faisant retrousser le nez.

– Tu es tombé dans la bouteille de parfum ou quoi ?

– Comme dirait ma grand-mère, on n'attrape pas des mouches avec du vinaigre.

– Tu risques de les asphyxier, là, pas de les attraper.

– Ne sois pas jaloux, Alec. Je t'en laisserai quelques-unes. Le style bad boy tatoué, c'est un peu surfait, mais je crois que ça plaît toujours à quelques meufs. Celles un peu barrées qui ont des problèmes avec leur papa.

– C'est pas acteur que tu aurais dû faire, mais psy. Et je n'y vais pas pour draguer. Je retrouve une amie là-bas.

– Quel genre d'amie ? Le genre que tu baises ? Ou le genre que tu aimerais baiser ?

Je ne réponds pas et jette un coup d'œil dans sa direction, tout en m'insérant sur l'autoroute.

Il a troqué son style surfeur décontracté pour un look plus dandy : cheveux gominés en arrière et costume en lin.

– Nouveau look ?

– Tu aimes ?

– Je ne sais pas comment répondre à cette question sans avoir l'impression de te draguer.

– C'est pour mon personnage. Manny dans *Scarface*. Mon coach m'a conseillé de cultiver le personnage au quotidien.

– Tu as eu le rôle alors ?
– Oui !
– Bravo, mon pote !
– Merci.
On arrive à destination. Le service de sécurité nous fait passer par-derrière et nous retrouvons Clara et ses potes à l'étage. Il y a quelques célébrités tout autour de nous, et la plupart des clients ne semblent pas s'en préoccuper.
Clara porte une robe rouge vaporeuse qui lui va magnifiquement bien. Elle est occupée à rire et à discuter avec ses amis, et ne nous voit pas approcher. Mais moi, je ne vois qu'elle. Sa présence et son sourire qui aspirent tout. Et je ne suis pas le seul. Matt marque un temps d'arrêt et tapote sur mon ventre du revers de la main.
– Alec. Je crois que c'est Bambie là-bas. Tu sais, la danseuse du Babydoll ! Putain, elle est canon. Tu crois que je peux aller lui parler ?
Elle nous fait un geste de la main dès qu'elle nous aperçoit, auquel je réponds immédiatement, laissant Matt sur le cul.
– C'était quoi, ça ? Attends, l'amie que tu viens rejoindre, c'est Bambie ? Et tu comptais me le dire quand ? Comment t'as fait pour l'approcher ? Il paraît qu'elle est inaccessible.
Je me contente de lui sourire, alors qu'il agit comme une groupie sur le point de rencontrer son boys band préféré. Mais je ne peux pas le juger, je suis pareil. Elle se redresse pour nous, ses longues jambes apparaissant une fraction de seconde à travers la fente de sa robe. Matt est sur le point de faire un AVC.
Je fonce sur Clara et dévore son sourire accueillant

de mes baisers bien trop appuyés pour un lieu public. Mais je ne peux m'empêcher d'en vouloir toujours plus.

– Doucement, cow-boy ! Tu vas lui avaler le visage, se moque Camilla.

Je l'ignore et caresse les joues de ma Clara, avec mes pouces.

– Tu m'as manqué !

– Toi aussi.

Ce sourire. Chaque fois, il me vole tout mon oxygène. Je prends le temps de l'admirer de haut en bas.

– Tu es magnifique dans cette robe.

– Merci. Tu n'es pas mal non plus.

On est tellement consumés l'un par l'autre qu'on en oublie les gens autour de nous.

Quand je m'arrête de l'embrasser, je me tourne vers Matt, qui est resté bouche bée.

– Clara, je te présente Matt, un ami.

– Enchantée, lui dit-elle.

Mon surfeur de pote nouvellement dandy a besoin de quelques secondes pour reprendre ses esprits et arrêter d'agir comme un parfait idiot.

– Je suis un de vos plus grands fans.

Elle rougit à sa remarque.

– Merci. Mais tu peux me tutoyer.

Il acquiesce tout en gardant sa main dans la sienne, beaucoup trop longtemps, suffisamment longtemps pour que j'intervienne et récupère la main de ma meuf, que je porte à mes lèvres.

Clara s'éclaircit la gorge et continue les présentations.

– Voici mes amis Camilla, Anthony et Stefano.

– Enchanté ! Moi, c'est Matt, l'ami du footballeur sans manières, l'entends-je dire en tendant une main aux garçons, puis à Camilla, qui lui claque une bise enthousiaste à la place.

– J'ai l'impression que je te connais !

– Je suis acteur !

Fier comme un paon, il énumère le nombre de pièces et de films underground qu'il a faits.

– Non, non, ça ne me dit rien. Ah oui ! Ça me revient. C'est toi, le mec qui a fait la pub sur la crème des hémorroïdes ?

Il grogne de frustration.

– Oh, oui ! Tu as raison, s'esclaffe Stefano, je me rappelle encore le slogan.

Et les trois disent en chœur : « Tucks et ça repart ! »

– Je commençais juste ma carrière. Une erreur de débutant, admet-il en se caressant la nuque, un peu embarrassé.

– Ne t'en fais pas ! On ne te juge pas, explique Camilla. Il n'y a pas de honte à faire ce qu'on a à faire pour gagner sa vie.

Elle ne se doute sûrement pas que c'est un gosse de riches.

– Je te remercie. D'ailleurs les choses vont décoller pour moi. Je viens de décrocher un second rôle pour une très grosse production.

– Ah oui ? Qu'est-ce que c'est ?

– *Scarface.*

– Noooon ! C'est mon film préféré. Je savais pas qu'ils en faisaient un remake.

– Si, et ce sera tourné ici à Miami.

– Quelle bonne nouvelle ! Et tu peux nous avoir des entrées pour le tournage ?

– Ça peut se négocier, répond-il en dégainant son sourire séducteur.

– Ça tombe bien ! Je peux me montrer très convaincante,

répond-elle du tac au tac, avec le même flegme.

Camilla semble totalement sous le charme, et l'invite à s'asseoir à ses côtés.

Et voilà comment Matt passe de sa fascination pour « Bambie » à une nouvelle fascination.

Zack m'avait prévenu. Ce mec est un grand séducteur. Et je ne suis pas mécontent qu'il jette son dévolu sur Camilla plutôt que de continuer à baver sur ma Clara. Une remarque supplémentaire sur sa plastique et il lui aurait fallu plus qu'un changement de look pour assurer son rôle dans *Scarface*.

Camilla et Matt se lancent dans une discussion animée, comme s'ils se connaissaient depuis toujours. La soirée se passe sur le même ton. Des discussions pour apprendre à se connaître, du champagne qui coule à flots, des verres qui s'entrechoquent.

Nous trinquons à la vie, qui n'est pas une totale *bitch* finalement. À nous, à nos retrouvailles. Tellement de choses à célébrer que les joues de Clara commencent à rosir et ses yeux à briller d'une étincelle lubrique. Elle n'a jamais aimé l'alcool et, avec son poids plume, elle ne tient pas longtemps. Elle se penche de plus en plus vers moi.

Je suis ravi de la soutenir. Quand elle est pompette, elle est tactile, et chaque effleurement de sa main sur moi me donne envie de la jeter sur mon épaule et de l'emmener dans ma voiture, pour brûler tout le désir que j'ai pour elle et qui ne semble pas vouloir se tarir, malgré le marathon de sexe que nous avons vécu.

J'essaie de penser à autre chose, en me focalisant sur les conversations qui vont bon train. Je me sens étrangement à l'aise avec les amis de Clara. Ils sont cool, sympas et pleins d'humour.

Bien sûr, j'ai droit à mon lot de questions concernant les différentes célébrités que j'ai côtoyées et avec qui j'ai défrayé la chronique. C'est de bonne guerre. J'ai la réputation d'être un *player*, un connard qui pille le cœur des femmes. La plupart de ces histoires sont de la pure fabrication, mais il y a bien longtemps que j'ai arrêté de me justifier.

Je sens que le sujet déplaît à Clara, alors pour la rassurer je l'embrasse dans le cou, sur l'épaule, ce petit endroit si sensible derrière son oreille. Sa peau se couvre de chair de poule, me donnant encore plus envie de la toucher.

– Vous allez trop bien ensemble, déclare Anthony.

– Grave, renchérit son partenaire.

– Tu sais que c'est la première fois qu'on voit Barbara comme ça. Tous les trois, on était persuadés qu'elle était asexuée.

– Asexuée, ce n'est définitivement pas la première chose qui me vient à l'esprit quand je pense à Clara.

Camilla plisse les paupières.

– Clara ? Barbara, tu veux dire ? Tu confonds tes conquêtes, beau gosse ! remarque Anthony en roulant des yeux, offensé pour son amie.

Merde ! J'avais oublié. Super, j'ai l'air d'un bon gros connard maintenant.

Une musique retentit et tous se lèvent comme un seul homme en criant de joie.

Sauvé par le DJ !

– Putain, j'ai cru qu'il allait jamais nous la mettre ce soir, explique Anthony, qui visiblement a complètement zappé le sujet précédent.

Je ne vais pas m'en plaindre.

– Allez ! On va danser ! Venez.

Clara se tourne vers moi.

– Tu sais danser la bachata, Alec ?

– Euh, non. Mais là, je suis prêt à tout pour arrêter cette conversation. Je suis désolé de t'avoir mise dans l'embarras en t'appelant par ton vrai prénom.

– C'est pas grave. C'est ma faute. Je n'ai pas encore trouvé le temps de leur parler. Et pour le reste, ne t'en fais pas, Tony est loin d'être rancunier. Il est tellement fan de toi que, s'il te voyait tuer quelqu'un, tu resterais son héros.

– J'espère.

Je dépose un baiser sur les lèvres de Clara et nous suivons le reste de la bande sur la piste. Un morceau très connu d'Aventura résonne dans les enceintes, et tout le monde se lance dans des chorégraphies endiablées et maîtrisées. À côté du DJ, il y a un joueur de percussions, qui accentue le rythme de ses mains agiles, rendant le son complètement addictif.

Je ne suis pas un très bon danseur. Mon réflexe est de me coller au cul de ma partenaire et de suivre son flow, mais apparemment, là, ça ne va pas être possible. Tout le monde semble avoir le rythme dans la peau et maîtriser la bachata sur le bout des doigts.

Des jupes tournoient, des jambes volent. Des corps transpirants font trembler la piste au rythme des percussions. Je fais tache dans ce décor, où tout le monde sait ce qu'il a à faire. Même Matt semble maîtriser les pas, pour le plus grand plaisir de Camilla.

Quand est-ce qu'il a appris à danser, cet enfoiré ?

– Arrête de réfléchir, Alec. Juste, lâche-toi et suis le rythme.

Les danses s'enchaînent. Nos corps s'embrasent. Je quitte ma tête pour me plonger dans ses yeux envoûtants à la couleur unique qui m'ont toujours fasciné.

Danser avec Clara devient un jeu d'enfant. Elle me guide, m'inspire et me fascine.

Un film de transpiration fait briller sa peau, ses cheveux se collent à son visage, elle se retourne et se frotte à moi, ses bras se soulèvent. Elle les passe autour de mon cou dans un geste maîtrisé. Elle me regarde et me sourit ; si je n'étais pas déjà fou d'elle, je succomberais à ce moment.

Elle attrape ensuite ma main et je comprends que je dois la faire tournoyer sur elle-même. Elle est divine, le tissu se dérobe sur ses longues jambes nacrées.

Elle donne des coups de hanche endiablés et revient vers moi. Elle soulève sa jambe pour la mettre sur mon épaule, dans un grand écart aérien, au moment où la musique s'arrête.

Des applaudissements saluent sa performance. Puis des flashs viennent gâcher ce moment.

– Les paps, ils sont là ! crié-je.

J'abrite Clara sous mon bras et essaie de la cacher de tous ces appareils photo qui crépitent. Les danseurs sur la piste protestent de cette intrusion, et le service de sécurité tarde à réagir.

– On doit sortir d'ici !

Matt, Camilla, Anthony et Stefano ne comprennent pas ce qui leur arrive, mais moi, je ne connais ça que trop bien. Ça me pourrit la vie depuis très longtemps. Il faut sortir d'ici avant que la curiosité des clients ne se mêle au reste et ne provoque une bousculade.

On arrive tant bien que mal à s'extirper du club, mais les paparazzis ont pris plein de clichés, qui se retrouveront sûrement demain dans la presse people. De plus, la présence de ces charognards a attiré l'attention des gens dans la rue, qui se mettent à hurler mon nom, ajoutant à l'hystérie générale.

Par miracle, et sans trop d'égratignures, nous arrivons à ma voiture, que je fais démarrer en trombe pour quitter les lieux. Les flashs continuent de crépiter et des paumes claquent sur les vitres jusqu'à ce que je réussisse à sortir du parking.

– Waouh ! C'était quoi, ça ? s'étonne Camilla une fois qu'on a rejoint le calme de la route.

La séquence que nous venons de vivre a plongé tout le monde dans un silence d'après-bombe.

– C'est toujours comme ça quand tu sors, Alec ?

– Pas toujours. Mais ça peut arriver. Surtout quand les paparazzis voient que je suis accompagné. Désolé, les mecs, de vous avoir gâché la soirée.

Clara pose sa main sur ma jambe.

– Tu nous as rien gâché du tout. Ne t'en fais pas.

– Oui ! Tu n'y es pour rien. C'est un peu effrayant, mais c'est plutôt cool. J'ai l'impression d'être une star, ajoute Anthony. On ne m'a jamais couru après pour prendre ma photo.

– Non, d'habitude, c'est toi qui nous harcèles pour qu'on te prenne sous toutes les coutures, se moque son petit ami.

– C'est vrai. Mais tu adores ça !

– Ce que j'adore, c'est toi ! Malgré ton narcissisme et ton ego surdimensionné.

– Je ne sais pas si je dois te frapper ou t'embrasser, Stefano.

– Les deux.

Un bruit de baiser vient conclure la conversation, alors que je vérifie dans le rétro qu'on n'a pas été suivis.

– Bon, on fait quoi, maintenant ? Il est beaucoup trop

tôt pour rentrer se coucher, clame Camilla.

– Allons à ton hôtel, propose Clara. On pourra prolonger la soirée là-bas.

– Mauvaise idée. Les paparazzis y seront sûrement.

– Allons chez moi dans ce cas, propose Matt.

Tout le monde s'enthousiasme à cette idée.

29

Alec

La villa de Matt se trouve à Coral Gables, sur une plage privée, idéale pour être au calme.

Quand on arrive, les amis de Clara sont subjugués par la beauté des lieux. C'est vrai qu'il a fait fort, cet enfoiré. Cette villa est magnifique, moderne, toute en vitres. Il y a un jardin tropical, une piscine et l'accès direct à une plage privée.

– On va se baigner ! propose Camilla.

Et avant même qu'on ne lui réponde, elle retire sa robe et se dirige en sous-vêtements vers l'océan.

– J'adore cette fille ! dit Matt avant de se déshabiller à son tour et de courir derrière elle.

– Allez, le dernier dans l'eau est un loser, crie Clara dans son éternel besoin de lancer des défis.

On se débarrasse de nos fringues en courant et on se retrouve tous dans l'eau. La froideur de l'océan ne semble pas altérer notre bonne humeur et l'envie de profiter de cette soirée jusqu'au bout.

– Alec, m'interpelle Clara.

Je me retourne vers elle, et elle me crie « *Dirty dancing !* ». Je comprends tout de suite à quoi elle fait allusion.

Adolescents, nous adorions regarder ce vieux film qui appartenait à mon père, et à l'époque nous aimions rejouer la scène du lac, où Bébé, le personnage féminin, se jette sur Patrick Swayze pour qu'il la réceptionne à bout de bras et la maintienne au-dessus de sa tête. Nous nous sommes entraînés des dizaines de fois avec plus ou moins de succès. Mais Clara n'hésite pas une seconde à s'élancer vers moi. Je l'attrape et la porte au-dessus de ma tête avec beaucoup plus d'aisance que dans mon souvenir.

Merci, le foot et les centaines d'heures de muscu.

Les autres nous applaudissent, impressionnés.

Je finis par la déposer délicatement devant moi. Elle me sourit. Son visage s'illumine de bonheur.

– On n'a rien perdu de notre talent, dit-elle en enroulant ses bras autour de mon cou.

Je dépose un baiser sur son nez, car je sais que si je me laisse aller à plus, on ne pourra plus m'arrêter.

– Tu veux mon avis ?

Elle acquiesce.

– J'ai l'impression qu'on s'est améliorés dans tous les domaines.

Je lui caresse les fesses, elle se mordille les lèvres.

– Je ne peux pas te contredire là-dessus.

Et alors que j'approche mon visage pour l'embrasser de nouveau, elle m'éclabousse avant de se barrer en se marrant, la garce !

– Oh, ça, tu vas me le payer !

Je la rattrape vite. Elle lâche un cri strident quand je la saisis par le pied et, pour éviter que je ne la noie, elle se retourne et enroule ses jambes autour de ma taille, puis inonde mon visage de baisers, tout en cambrant son bassin vers le mien. Elle ne joue pas à la loyale. Je suis cuit. Impossible de me venger dans ses conditions ; par contre, une autre envie tout aussi primaire me fait contracter les couilles.

– Pardon ! Pardon ! Pardon, dit-elle entre chaque baiser.

Je ris et l'embrasse à pleine bouche, avant de lui mordre gentiment la lèvre inférieure et de bloquer le mouvement de ses hanches.

– Arrête de bouger comme ça, ou je risque de te faire l'amour ici devant tes amis.

– Je suis sûre qu'ils apprécieraient le spectacle.

Sa remarque me fait encore plus bander.

– Tu n'es pas sérieuse ?

Elle lève un sourcil de défi.

Notre dangereuse étreinte est interrompue par Anthony qui nous ordonne, et je le cite, « d'arrêter de nous bécoter et de ramener nos petits culs par ici ». Nous rejoignons le reste de la bande.

Tous ont décidé d'essayer le « dirty dancing » et ça donne lieu à des situations hilarantes et de fausses disputes, surtout quand Stefano et Anthony se lancent. D'abord, ils se disputent pour savoir qui va soulever qui. Stefano clame être le plus léger, ce qui vexe Anthony.

– Tu n'as qu'à me traiter de gros lard tant que tu y es !

– Non ! Tu es parfait, mon amour, mais je suis moins lourd que toi, c'est un fait.

– Il a raison, se risque Camilla, qui se prend immédiatement les foudres de son ami.

– T'es de quel côté, toi ? Je te rappelle que tu m'as connu avant lui.

– Je suis du côté de la vérité ! Allez, décidez-vous, on n'a pas toute la nuit, s'agace-t-elle.

– OK ! OK !

Stefano s'élance et s'écrase littéralement sur son compagnon, ce qui cause un fou rire général.

– Il vous manque un peu d'entraînement, se moque Matt.

– T'en fais pas, Scarface, on va y arriver.

Effectivement, ils y arrivent après une multitude de tentatives toutes plus drôles les unes que les autres, encouragés par nos applaudissements.

Nous restons longtemps à nous baigner sous le clair de lune. Je nage avec Clara sur mon dos.

Matt hisse Camilla sur ses épaules et nous défie de la faire tomber. Je hisse Clara à mon tour, et nous voilà lancés dans une bataille sans merci contre Matt et Camilla. Le jeu dure un certain temps jusqu'à ce que Matt se fige.

– Putain, j'ai senti un truc me frôler la jambe.

Il est tout blanc et n'a pas son flegme habituel de mec qui n'en a rien à foutre de rien.

– Tu crois que c'est un requin ? lui demande Camilla, toujours perchée sur ses épaules.

– Je ne sais pas, mais je n'ai pas envie de le découvrir.

Sans pression, Anthony nous explique que les requins se nourrissent essentiellement la nuit. C'est suffisant pour nous faire tous flipper et sortir de la flotte aussi vite que nous y sommes entrés.

Une fois à l'abri dans la villa, Matt distribue les serviettes de plage, et nous nous rhabillons avant de nous affaler sur l'immense canapé du salon, crevés par cette montée d'adrénaline.

La soirée se termine à l'intérieur, avec cocktails et fous rires. Stefano et Anthony sont les premiers à se lever pour partir, suivis de près par Camilla.

– Je vous raccompagne jusque chez vous, propose Matt. Alec, tu restes ici ?

– Oui. Je crois que l'hôtel, c'est fini pour moi. Alors si ta proposition tient toujours, je ferai rapatrier mes affaires demain.

– Comme je te l'ai déjà dit. *Mi casa es su casa*, bro.

– Merci.

Il se tourne vers Camilla, qui a déjà rassemblé ses affaires.

– Ça vaut pour toi aussi, princesse.

– Princesse ? On m'a donné beaucoup de surnoms dans ma vie, mais jamais princesse, minaude-t-elle en retour.

– Et nous ? On sent mauvais ? s'offusquent faussement Anthony et Stefano.

– Vous aussi, vous êtes les bienvenus quand vous voulez. Il y a sept chambres dans cette villa.

– Merci ! C'est pas tombé dans l'oreille d'un sourd.

Je suis heureux de voir que Clara ne se lève pas pour partir avec ses amis.

– Tu restes dormir ici ? demandé-je, juste pour confirmer mes espoirs.

– Oui, si ça ne te dérange pas.

Je lui susurre à l'oreille :

– Si ça me dérange… je bande rien que d'y penser.

Elle rit.

– C'est fou ce que tu es romantique.

– Et toi, c'est fou ce que tu es belle !

Elle m'embrasse passionnément, un prélude qui me donne envie de plus. Je la serre dans mes bras et la fais passer au-dessus de moi.

– Regardez-les, ces deux crevards ! Ils ne peuvent même pas attendre qu'on soit partis avant de commencer leurs cochonneries, se marre Stefano.

– Allez, venez, laissons-les tranquilles, ajoute Camilla, qui vient juste de monter au top de la liste de mes personnes préférées.

– Yo, Alec, fais comme chez toi, mais n'en fous pas partout. Il y a des chambres à l'étage. La première, c'est la mienne.

Je réponds par un signe distrait de la main qui veut dire à la fois « OK » et « Barre-toi ».

Ils sortent et referment la porte en se marrant.

– Enfin seuls, constate très justement Clara, tout en continuant à m'embrasser et à faire onduler son corps de déesse contre le mien.

– Enfin, oui !

– J'ai envie de toi, dit-elle en se redressant, me laissant, la bite en feu, sur le canapé.

– Ça, j'avais compris, mais pourquoi tu t'éloignes ? Tu sais que le principe, c'est que je me retrouve au plus profond de toi.

Elle secoue la tête en riant.

– T'es vraiment con ! Je veux dire, j'ai envie de toi mais pas ici. Pas sur ce canapé.

Elle laisse glisser les bretelles de sa robe, qui lui tombe aux pieds. Puis dégrafe son soutien-gorge avant de me le balancer. Je le réceptionne en déglutissant.

– Putain, Clara. Tu es douée pour le teasing !

Je me caresse au-dessus de mon pantalon tout en lui dévoilant deux ou trois trucs crades que j'aimerais lui faire. Ses tétons rose pâle se dressent, appréciant mon parler cru. Elle retire sa culotte rouge en dentelle, toujours très lentement, puis elle me la balance aussi. Je la fourre directement dans la poche.

– Tu sais que tu ne la verras plus jamais ?

Elle hausse les épaules.

– Cadeau. Maintenant, déshabille-toi et suis-moi.

Je la vois se retourner. Son petit cul rond et parfait s'éloigne vers la piscine. Elle s'installe sur le rebord, les jambes immergées et le reste au sec. Elle se cambre en arrière et se caresse le sexe tout en me regardant d'un air torride.

Je la rejoins en essayant de ne pas me précipiter. Je n'oublie pas de récupérer une capote dans ma poche.

Puis, complètement à poil, je marche vers elle et m'arrête à quelques centimètres de son petit show.

Elle m'observe toujours avec cette intensité dans le regard. Je ne sais pas où et quand elle a pris autant d'assurance, mais ça m'excite à un point que ça en devient douloureux.

Je me caresse en la regardant se masturber le plus longtemps possible. Elle gémit en se touchant les seins, me faisant complètement perdre la tête.

– Suce-moi, déclaré-je en approchant mon sexe d'elle.

Elle sourit, triomphante, et se met sur les genoux pour me prendre en bouche. Je grogne de plaisir quand je sens sa bouche chaude englober ma verge.

– Putain, oui, c'est ça ! Comme ça, Clara. Prends-moi, je sais que tu peux me prendre.

Elle accélère ses mouvements de tête ; sa bouche, sa langue et ses doigts ne laissent aucun répit à ma queue.

Je dégage ses cheveux pour mieux admirer le spectacle. Elle est belle, à genoux devant moi. Elle me suce fort, tellement fort que ses seins rebondissent. Je tends la main pour les toucher, les tirer, car je sais qu'elle aime ça. Elle ressort mon sexe de sa bouche pour gémir et encercle mon bout de sa langue, tout en me branlant, puis elle fait glisser ma queue sur ses seins, entre ses seins.

– Putain !

Elle va me faire jouir plus vite qu'un puceau.

Je suis à deux doigts de me répandre sur elle. Pour éviter que cela n'arrive, je la saisis par les poignets et la redresse avant de l'embrasser ou plutôt de la dévorer. Je tire sur ses cheveux pour qu'elle m'offre son cou.

Dans une tentative de reprendre le pouvoir, elle me pousse dans l'eau et s'installe au bord, les jambes écartées, complètement offertes. Je nage jusqu'à elle.

À mon tour de lui faire perdre la tête.

Le visage trempé, j'écarte ses chairs pour mieux les découvrir et les déguster. J'isole le point le plus haut de son clitoris, que je gobe, puis je la lèche en ne laissant aucun endroit inexploré. Elle gémit et se cambre de plus en plus, cherchant à se rapprocher et à se dérober lorsque le plaisir se fait trop intense.

Quand elle s'y attend le moins, je la retourne sur le ventre pour la stimuler par-derrière ; elle lâche un cri de surprise puis gémit encore plus fort, me supplie de ne surtout pas arrêter, qu'elle est proche, qu'elle va jouir, alors j'enfonce deux doigts en elle, tout en continuant à la stimuler de ma langue. Et c'est l'explosion. Ses halètements deviennent des cris et sa chatte est aussi mouillée que cette piscine. Elle tourne la tête pour me regarder faire.

Nos yeux s'accrochent un instant avant que les siens ne se ferment, que son corps ne se tende et que son sexe se contracte si fort sur mes doigts que j'ai la certitude qu'elle vient de vivre un orgasme dévastateur. Cela ne m'arrête pas pour autant et je continue à sucer son suc jusqu'à ce qu'elle cesse de trembler et qu'elle pousse mon visage de sa main.

– Arrête, je vais mourir, là.

J'embrasse ses fesses, son dos, puis nage quelques brasses avant de sortir de la piscine. J'attrape le préservatif que je déroule sur ma queue, avant de m'installer sur un des transats.

Clara relève la tête après quelques minutes et me rejoint.

– Viens sur moi !

Elle s'installe à califourchon sur mes jambes. On se regarde dans les yeux intensément. Elle a les joues encore roses de son orgasme, et son regard trahit son trouble.

– Ça va ?

– Oui, je suis juste heureuse d'être ici avec toi. Il y a encore quelques semaines, rien de tout ça ne semblait possible.

– Moi aussi.

J'ai envie de lui dire tellement de choses. Que je l'aime. Que je ne veux plus jamais qu'elle me quitte ! Que je veux faire ma vie avec elle ! Je me demande si elle ressent la même chose pour moi.

– Embrasse-moi, dit-elle tout bas.

Je dépose plusieurs doux baisers sur sa bouche, elle humidifie ses lèvres, les écarte et m'invite à un baiser plus profond, où nos langues se cherchent, se touchent et se dérobent. Mes mains caressent son dos, et les siennes sont autour de mon cou. Nous nous embrassons longuement, tendrement, jusqu'à ce que notre désir se fasse trop intense et qu'elle se mette à onduler sur moi. En une poussée, je me retrouve à l'intérieur d'elle. Le paradis.

Elle est chaude, trempée, étroite et je glisse en elle avec une facilité déconcertante. Nos corps trouvent naturellement leur rythme. Sa bouche quitte la mienne et elle bouge sur ma queue, imposant le tempo qu'elle veut, tout en me regardant dans les yeux. Son regard ne se dérobe jamais au mien. Elle est concentrée à la fois sur son plaisir et sur le mien. Nous respirons de plus en plus fort. Elle est belle. Elle bouge avec grâce ; sa peau nacrée se nappe de sueur à mesure qu'elle me baise de plus en plus intensément. Je fais glisser ma main de son cou à son nombril, puis m'approche pour sucer ses seins. Elle gémit plus fort. J'accompagne son mouvement. Ma bouche sur ses seins. Ses mains dans mes cheveux. Elle se cambre et j'intensifie mes coups de reins.

– Oh, Alec, gémit-elle la bouche en *o*.

Je continue de la pénétrer longuement, profondément, jusqu'à ce que je ne puisse plus me retenir. Je grogne, alors que le plaisir déferle dans mes veines puis se libère. Elle a un cri d'extase puis elle s'écroule sur mon torse. Je l'entoure de mes bras. L'encre noire de mes tatouages fait tache sur sa peau nacrée. Elle ne bouge pas pendant un moment et, si je ne sentais pas son souffle contre ma peau, je m'inquiéterais. Je dépose un long baiser sur le sommet de son crâne et nous restons ainsi pendant de longues minutes, sous le ciel étoilé, à écouter les vagues s'écraser au loin. Le paradis. Mon paradis retrouvé.

30

Clara
Quelques jours plus tard

– Allez vous faire foutre, bande de charognards ! hurle Camilla avant de claquer la porte de notre appartement.

Elle revient de son footing matinal. Footing auquel je ne peux même plus participer car les paparazzis sont sur mon dos. Ils ont publié les photos de la soirée sous les titres sulfureux. « Qui est la mystérieuse blonde au bras d'Alec Graham ? » « On dirait que le bad boy des Chicago Bears s'est trouvé un nouveau parfum du mois. »

Puis, à force d'investigation, ils ont trouvé mon adresse. Pour l'instant, ils ignorent que je travaille au Babydoll, mais ce n'est qu'une question de temps. Ils sont déterminés à vendre leurs clichés.

Je ne peux plus faire un pas dehors sans être aveuglée par des flashs. J'ai l'impression d'être Lady Diana avant la tragédie du pont de l'Alma. Bon, peut-être que j'exagère un peu, ce n'est pas aussi grave, mais je déteste voir ma gueule placardée sur Internet alors que je suis en pyjama en train d'acheter des donuts.

Boris m'a donné quelques jours de congé pour éviter que les paparazzis ne débarquent au Babydoll. Beaucoup de ses clients sont des hommes d'affaires qui n'aimeraient pas voir leur *dirty secret* révélé si une photo volée trahissait leur présence dans l'établissement.

– Ils sont toujours là ? demandé-je à Camilla.
– Comme des mouches à merde sur une bouse.
– Jolie image ! dis-je en riant avant de crier « À table ! » J'ai préparé des omelettes.
– Oh, Barbara ! Qu'est-ce que je ferais sans toi ?
Chaque fois qu'elle m'appelle comme ça, j'ai un pincement au cœur. Je dois lui dire la vérité.
Je dépose le plateau sur la table et nous nous servons toutes les deux généreusement.
– Café ?
– Oui, merci !
– Bon, qu'est-ce qu'on va faire à propos de ces merdeux qui nous gâchent la vie, dehors ?
– Alec dit que ça va se tasser. S'ils ne trouvent rien à se mettre sous la dent, ils passeront à autre chose. Et puis il nous a proposé de venir vivre dans la villa de Matt, si vraiment ça devenait insupportable.
– C'est gentil, mais je ne peux pas partir. Qui va s'occuper de Mme Hernandez ? Elle arrive à peine à se déplacer depuis qu'elle s'est fait remplacer la hanche.
Mme Hernandez est l'une de nos voisines. Camilla s'est prise d'affection pour elle car elle lui rappelle sa grand-mère restée à Cuba. Depuis son opération, nous nous relayons toutes les deux pour lui faire les courses et lui préparer ses repas.
– Tu as raison ! Elle a besoin de nous.
Nous continuons de discuter de tout et de rien quand je trouve enfin le courage de lui révéler mon secret.
– Camilla, il faut que je te parle.
Elle arrête immédiatement de beurrer son toast et me regarde, l'air grave.
– Oh, non. Tu es enceinte ?
Offensée, je regarde mon ventre.

– Non ! Qu'est-ce que tu vas chercher ?

– Je te trouve un peu plus en appétit en ce moment et, avec tout le sexe que tu as eu ces derniers temps, c'est une possibilité.

Je pose immédiatement le donut que j'étais sur le point de m'enfiler et me nettoie les mains.

– Bon alors, qu'est-ce que tu as à me dire ?

Je ne sais pas vraiment par où commencer alors je balance la première chose qui me passe par la tête.

– Je ne m'appelle pas Barbara.

– Quoi ? C'est une blague ?

– Non.

– Alors c'est quoi, ton vrai prénom ?

– Clara !

– Mais c'est très joli, Clara. Pourquoi tu en as honte ?

– Je n'en ai pas honte, c'est pas ça, le problème.

– Alors, c'est quoi, le problème ? Explique-toi ! Tu as une double identité ? demande-t-elle en plaisantant.

J'acquiesce.

– En fait, j'ai fui l'endroit où j'ai grandi et je me devais de disparaître car j'ai fait quelque chose de grave.

Elle fronce les sourcils.

– Enfin, je pensais avoir fait quelque chose de grave.

– Qu'est-ce que tu as fait ?

Je déglutis et essaie de rassembler mes esprits.

– Tu sais que je n'ai pas eu une enfance facile.

– Oui. Tu m'as dit que vous étiez très pauvres et que tu ne mangeais pas toujours à ta faim.

– La véritable raison de mes difficultés, c'est que ma mère était sous l'emprise d'un psychopathe. Violent, qui baignait dans des trafics en tout genre. Il était horrible avec moi quand j'étais petite et puis, une fois que j'étais adolescente, il a commencé à me harceler, sexuellement.

Elle porte une main à sa bouche, horrifiée. J'avale le nœud qui s'est formé dans ma bouche et continue mon récit sordide.

– Un jour, il a tenté de me violer et ma mère l'a tué en essayant de me défendre.

Elle ouvre de grands yeux choqués. Je ferme les miens pour continuer à trouver la force de me confier.

– Nous l'avons laissé pour mort et nous nous sommes enfuies. Ici, à Miami. Pour éviter que la police ne nous retrouve, nous avons coupé les ponts avec tout le monde. Et nous avons changé d'identité, grâce à une filière d'immigration qui attribuait de faux papiers aux migrants. On s'est fait passer pour des Russes. Voilà comment Barbara Maddoff est née. Le secret aurait pu durer longtemps. Mais Alec, qui était mon petit ami à l'époque, a fini par me retrouver ici, au Babydoll. Ça faisait dix ans qu'on ne s'était pas vus, mais il m'a tout de suite reconnue. Au début, j'ai tout essayé pour lui faire croire que ce n'était pas moi. Et la suite, tu la connais : il s'est accroché et je lui ai tout avoué.

– Mais tu as dit que tu pensais avoir fait quelque chose de mal ! Pas que tu l'avais effectivement fait.

– Alec m'a révélé que Jeff, mon beau-père, n'était pas mort, mais qu'il était en prison. Il n'a pas porté plainte contre nous, tout le monde s'en fiche de nous ou croit qu'on a été tuées. Avec ma mère, on s'est interdit de faire toute recherche Internet pour éviter que la police ne remonte jusqu'à nous. Alors j'ai passé dix ans dans le brouillard le plus total, et ma mère est morte en croyant être une criminelle.

Je cache mon visage dans mes mains et Camilla vient me réconforter.

– Quelle histoire ! J'ai toujours su que tu cachais quelque chose, mais je n'imaginais pas un truc aussi énorme.

– Je suis désolée. J'ai beaucoup culpabilisé de te mentir et plus notre amitié devenait profonde, plus c'était difficile.

– Non… c'est moi qui suis désolée, désolée de ce que ton beau-père t'a fait. Si tu veux mon avis, j'aurais préféré que ta mère le tue réellement. Ce genre de merde ne mérite pas de vivre.

Nous restons silencieuses toutes les deux, abasourdies. Moi de revivre ce moment sordide de ma vie et elle de découvrir l'horreur de mon passé. Elle finit par me sourire légèrement.

– Clara ! Ça te va bien… Du coup, tu n'as aucune origine russe ?

Je fais non de la tête.

– Je me disais aussi que tu n'avais pas d'accent. Tu sais quoi ?

– Non.

– Clara ou Barbara, tu restes ma personne préférée.

– Tu dis ça parce que je fais la cuisine et que je range derrière toi.

– Entre autres, oui !

– Cassez-vous ou j'appelle la police, entendons-nous soudain hurler par la fenêtre.

Nous nous précipitons toutes les deux sur le balcon et voyons un paparazzi complètement habillé dans la piscine, et Mme Rios, qui peste avec ses courses à la main.

– Tu crois que c'est elle qui l'a poussé ?

– Je crois bien. Elle en est tout à fait capable.

Lorsque le paparazzi sort de l'eau en secouant son appareil photo qui a pris la flotte, Camilla siffle entre ses dents, ce qui attire son attention. Nous lui faisons toutes les deux un beau doigt d'honneur, avant de nous marrer.

31

Clara

[Clara ! Surtout ne va pas
sur le site de TMZ !]

Je suis au lit avec Alec quand je reçois ce texto de Camilla, au milieu de la nuit.

Et évidemment, la première chose que je fais, c'est d'aller sur le site de TMZ. C'est la déflagration. L'oxygène quitte mes poumons. Il y a des photos de moi, à moitié nue, en train de faire mon show au Babydoll. Des titres plus sulfureux les uns que les autres soulignent les clichés.

« Alec Graham accro au Babydoll. », « Est-il victime d'un réseau de prostitution ? »

Je n'en crois pas mes yeux et continue frénétiquement de faire dérouler l'article ou plutôt le tissu de mensonges.

Je tombe sur l'interview d'une ancienne danseuse, qui dit que je me serais adonnée à des prestations sexuelles moyennant finance. Elle déclare même que c'est monnaie courante au Babydoll. D'autres ex-danseuses confessent que je suis une *gold digger*, prête à tout pour plumer des clients aisés. D'autres encore déclarent que je suis une diva à la grosse tête, qui n'hésite pas à écraser ses concurrentes pour rester la vedette du show.

Les larmes me montent aux yeux, et je les ferme pour échapper à toutes ces horreurs. Il faut que je prenne l'air, je n'arrive plus à respirer. Je sors du lit, en évitant de réveiller Alec, qui dort profondément, attrape un peignoir et descends sur la terrasse, celle qui a une vue directe sur l'océan.

Mais ni l'odeur iodée ni la quiétude de la mer n'arrivent à m'apaiser.

C'est quoi, toutes ces conneries ? Pourquoi racontent-ils toutes ces horreurs sur moi ?

Mes mains tremblent lorsque je saisis de nouveau mon téléphone, et je redoute de découvrir d'autres infamies sur Internet, mais je ne peux m'en empêcher. Je google mon nom et je vois que l'article a déjà été repris par plusieurs sites. À travers moi, c'est Alec qu'ils essaient d'atteindre. Des sites sportifs se demandent pourquoi il n'est pas à Chicago à se préparer pour la saison. D'autres discutent de la possibilité de le remplacer. « C'est la frasque de trop ! » « Les Chicago Bears ne peuvent pas continuer à soutenir ce joueur. » « C'est pas bon pour l'équipe. »

Putain, cette histoire risque de gâcher la carrière d'Alec.

Qu'est-ce que j'ai fait ?

J'aurais dû rester loin de lui. Je suis un poison, je l'ai toujours été. Mon cerveau divague vers des idées noires.

Un nouveau texto de Camilla me sort de ma torpeur.

[Clara ! Je suis désolée. Je ne sais pas
ce qu'il m'a pris de t'envoyer ce message.
J'aurais dû attendre demain matin
et venir te parler de vive voix.]

Je l'appelle immédiatement, j'ai besoin de parler à quelqu'un, sinon je vais devenir folle.

– Clara ?

– Oui.

– Oh, Preciosa, je suis désolée. J'aurais dû tenir ma langue.

– Non, tu as bien fait. Je préfère savoir. Comment ça se passe au Babydoll ? J'imagine que c'est la déflagration.

– Oh, Clara, c'est la merde ! Boris est furieux que son établissement ait été cité dans l'article. Il a peur de se faire accuser de proxénétisme. Il est en train de renvoyer toutes les filles qui font plus que danser pour les clients. Il dit que, si la police s'en mêle, on risque de fermer.

Je cache mon visage dans mes mains. Tout ça à cause de moi.

– Et toi, comment tu vas ?

– Comme si un tracteur venait de me passer dessus.

– Je suis désolée, ma puce. Essaie de te reposer un peu. De toute façon, il n'y a rien qu'on puisse faire. Je me demande quelles sont les salopes qui ont bavé sur toi. Une source anonyme. Mes fesses ! Je suis sûre que c'est Cassie. Elle a toujours été jalouse de toi. Je me demande combien elle a été payée pour raconter tous ces mythos. Elle a pas intérêt à me croiser.

– Arrête, Camilla ! On n'est même pas sûres que c'est elle. Ça peut être n'importe qui.

– Tu as raison. Le pire, c'est que ces connards peuvent publier exactement ce qu'ils veulent et personne ne les contredira.

– Oui, c'est ça qui est frustrant.

– Qu'est-ce qui est frustrant ?

C'est la voix d'Alec. Je me retourne alors qu'il avance vers moi, torse nu et l'air inquiet. Dès que je le vois, j'éclate en sanglots et laisse tomber mon téléphone pour foncer dans ses bras.

– Bébé ! Qu'est-ce qui se passe ? Tu me fais peur ?

Il me faut quelques minutes pour arrêter de chialer. Nous nous asseyons sur le canapé. Il me supplie du regard de lui parler. Mais je n'ai pas les mots, je suis mortifiée et morte de honte. Alors je ramasse mon téléphone, raccroche l'appel avec Camilla, et lui mets l'article de TMZ sous les yeux.

Ses mâchoires se contractent et son poing se serre, à mesure qu'il découvre l'envergure des dégâts.

– Qu'est-ce que c'est que ces conneries ? Ces enflures ! Ça ne va pas se passer comme ça ! Je vais les attaquer pour diffamation, cette fois.

– Je suis désolée, Alec ! Tout ça, c'est ma faute, dis-je le visage enfoui dans mes genoux.

J'aimerais disparaître. J'aimerais que le sol s'ouvre et qu'il m'avale. J'ai honte. Je n'arrive même pas à le regarder dans les yeux.

– Eh ! Eh ! Eh. Ne dis pas ça. Tu n'y es pour rien.

Il m'englobe dans ses bras et embrasse le sommet de mon crâne.

– Ils sont prêts à dire tout et n'importe quoi pour vendre leurs merdes. C'est moi qui devrais m'excuser. Je n'aurais pas dû t'exposer ainsi. Te rejoindre au Sambuca était une mauvaise idée, je le savais, mais j'avais trop envie d'être avec toi. Ne les laisse pas t'atteindre, ou briser ce qu'il y a entre nous.

Je finis par lever les yeux. Son regard gris intense et sincère me transperce.

– Mais cette histoire va impacter ta carrière, Alec. Et je refuse d'en être la cause. Tu as travaillé tellement dur pour arriver là où tu es que je ne pourrais pas me le pardonner.

– Tu sais ce que je ne pourrais pas me pardonner ?

Je fais non de la tête. Il saisit mon menton.

– De te perdre encore une fois, Clara. Je t'aime.

J'ai un hoquet de surprise.

– Je n'ai jamais cessé de t'aimer.

Mes larmes à peine maîtrisées reprennent du service. Mon cœur bat tellement fort qu'il est sur le point d'exploser.

– Je t'aime aussi, Alec. Tellement. Depuis toujours.

Il sourit et m'embrasse tendrement. Mes larmes donnent un goût de sel à nos lèvres. Il pose ensuite son front contre le mien.

– Alors on va se battre, parce que notre histoire en vaut la peine.

J'acquiesce tout en reniflant.

– Je vais commencer par appeler mes avocats demain matin, et puis il va falloir que je rentre à Chicago. Pour faire du *damage control*. Je pensais que j'avais encore quelques jours, mais à la suite de cette affaire, mon coach n'acceptera pas une minute d'absence de plus de ma part.

Mon cœur se serre. Il va partir. Non. Je ne sais pas si je peux vivre sans lui. Ces dernières semaines, nous avons passé tellement de temps ensemble que c'est comme s'il était de nouveau devenu une partie de moi.

– Je comprends.

Il embrasse mes mains.

– Viens avec moi, Clara.

– À Chicago ?

– Oui ! Pourquoi pas ? Tu pourrais t'installer avec moi et reprendre tes études ou faire ce dont tu as envie.

– Je… Euh. Je…

– C'est rapide, mais à quoi bon attendre ?

Il plonge ses yeux gris dans les miens, et je peux y lire toute sa sincérité et toute sa détermination aussi.

– Moi, je sais ce que je veux et ce que je veux, c'est toi. Je viendrais m'installer à Miami si je le pouvais, mais il y a l'équipe.

– J'ai besoin de réfléchir. Je ne peux pas partir comme ça. J'ai plein de choses à régler. L'appart. Je ne peux pas laisser Camilla sans lui donner quelque temps pour se retourner, et puis il y a ma dette.

– Je t'en supplie, Clara, laisse-moi régler cette putain de dette pour toi. Tu peux me rembourser si tu y tiens, mais ne laisse pas cette histoire d'argent s'interposer entre nous. Je ne veux plus vivre une seconde de plus sans toi. On a déjà perdu dix ans.

Il a raison. Je sais qu'il a raison, mais je n'ai plus l'habitude de me reposer sur quelqu'un, et l'idée de m'abandonner de nouveau me donne le vertige.

– Je ne veux pas que notre histoire reprenne sur un déséquilibre, Alec. Si j'accepte, j'aurai l'impression de te devoir quelque chose.

– Tu ne me devras rien. On est une équipe, toi et moi. Je veux pouvoir t'aider quand je le peux et je suis sûr que tu ferais la même chose si les rôles étaient inversés.

J'acquiesce. Évidemment que je ferais n'importe quoi pour lui. Je l'aime tellement et surtout en cet instant où son regard est si sincère que je peux y lire tout l'amour qu'il me porte. On pourrait croire que sa vie dépend de la décision que je vais prendre. Alors je décide de faire une chose folle, une chose que je m'étais promis de ne plus jamais faire. Je baisse ma garde.

– C'est vrai qu'on a déjà perdu beaucoup de temps. Et de toute façon, je ne suis pas sûre que Boris voudra que je remette un pied au Babydoll après ça.

Il sourit comme si je venais de lui annoncer la plus belle des nouvelles, et je fais de même ; mon cœur tambourine dans ma poitrine a l'idée de ce que cela implique. J'ai peur, je suis terrifiée de tout quitter, j'ai peur de brûler les étapes, d'aller trop vite, mais je ne peux pas non plus me résoudre à le voir partir. Il a réussi en quelques semaines à retrouver sa place d'essentiel à ma vie.

– Alors tu viens vivre à Chicago avec moi ?

– Oui ! Mais pas tout de suite. Il faut que je m'assure que Camilla trouve quelqu'un pour l'appart.

– Entendu, dit-il en m'attirant vers lui.

– Et je tiens à te rembourser !

Il promène ses lèvres partout sur ma mâchoire, mon cou, me coupant le souffle et le train de mes pensées.

– Jusqu'au dernier centime, bébé.

Il sourit contre ma peau.

– Tu viens de faire de moi l'homme le plus heureux du monde. Je crois qu'on a deux ou trois trucs à célébrer.

Il me soulève d'un coup sec, m'arrachant un rire au passage, qu'il étouffe par ses baisers. J'enroule mes jambes autour de sa taille et nous nous dirigeons vers l'étage.

Je ne sais pas comment il fait. Il y a encore quelques minutes, j'étais dévastée, avec l'impression que mon monde ne tournerait plus jamais rond, et maintenant j'ai de nouveau de l'espoir.

Dans l'escalier, nous croisons Matt, qu'on a dû réveiller.

– Mais vous vous arrêtez jamais de baiser, tous les deux.

Nous l'ignorons complètement et continuons à marcher vers notre chambre.

Nous avons fait l'amour avec tendresse et intensité, enivrés par l'idée de ce nouveau départ. Puis le jour s'est levé alors que je n'ai pas réussi à fermer l'œil, la valse des tourments prenant mon cerveau en tenaille.

La lumière du jour s'infiltre, illuminant le beau visage d'Alec, qui dort à poil sur le ventre. Je promène ma main sur son dos musclé, ce qui le fait sourire et ouvrir les yeux.

Sa voix encore endormie me gratifie d'un « Hey » rauque.

Je réponds par un « hey » mélancolique, qui éveille son inquiétude. Il me connaît tellement bien que c'en est effrayant. Je ne peux rien lui cacher, et je ne veux rien lui cacher. Je lui dois toute la vérité, même la plus noire. Il pourra ensuite prendre sa décision en son âme et conscience. Les mensonges, les non-dits, c'est ce qui nous a toujours détruits.

– Qu'est-ce qui se passe ? Tu regrettes ? Tu n'es plus sûre de vouloir me rejoindre ?

– Non, c'est pas ça. Je repensais à cet article, à ce qu'ils ont dit sur moi. À propos de la prostitution.

– Bébé ! S'il te plaît, n'y pense plus. Je t'ai dit qu'ils étaient prêts à raconter tout et n'importe quoi, du moment que ça fait vendre.

– Et si je te disais que c'était vrai. Est-ce que tu voudrais toujours que je te suive à Chicago ?

Il se redresse et s'appuie sur sa main pour me faire face, alors que j'ai un mal fou à soutenir son regard. Je trouve refuge dans la contemplation du plafond.

– Qu'est-ce qui est vrai, Clara ?

– Je l'ai fait une fois. J'ai accepté de l'argent de ce client pour…

Il ferme les yeux, s'allonge sur le dos et place ses paumes sur ses yeux comme pour échapper à ce que je suis en train de lui révéler.

– Maman était au plus mal. La clinique réclamait toujours plus d'argent ; ils menaçaient d'arrêter ses traitements si je ne payais pas. Boris ne pouvait plus m'avancer de l'argent. Il avait déjà fait beaucoup pour moi, et je ne supportais pas de la voir souffrir. Alors je l'ai fait.

Silence pesant. La gorge serrée, je trouve quand même le courage d'avancer.

– Je ne pensais pas que je le vivrais si mal ; après tout, j'étais déjà devenue Bambie. Mais je me suis sentie tellement sale après ça. Je ne pouvais plus me regarder dans le miroir. Je crois que, ce jour-là, quelque chose s'est brisé en moi.

Un long silence s'ensuit. Alec ne dit rien et ne bouge pas non plus. Je ne sais pas trop que faire.

– Parle-moi, Alec. Je te dégoûte, c'est ça ? Je ne suis plus la fille que tu as aimée et tu ne veux plus entendre parler de moi ?

Il finit par sortir de son mutisme. Ses yeux graves trouvent les miens. La sentence est sur le point de tomber.

– C'est pour ça que tu me dis tout ça ! Pour que je te quitte ?

Je hausse les épaules.

– Non. Je te le dis parce que je veux que tu saches tout avant de prendre des décisions importantes. Tu m'as toujours mise sur un piédestal, mais je ne suis plus la fille innocente que tu as connue autrefois. J'ai fait des choses qui me hantent encore aujourd'hui, des choses qui m'ont salie, et je ne te mérite pas.

– Clara, regarde-moi.

Il me faut un peu de temps pour lui obéir. L'impression que son regard risque de me brûler de honte. Quand j'y arrive, je ne vois que de l'amour dans ses yeux, avec un peu de tristesse, mais pas de dégoût.

– Je t'aime, Clara. Et rien ne pourra changer ça.

– Je ne te dégoûte pas ?

– Non ! Tu as traversé des moments difficiles, des

moments de désespoir qui t'ont poussée à prendre des décisions tristes. Ça m'arrache le cœur que tu te sois retrouvée dans une telle situation et de ne pas avoir été là pour t'aider. Mais ça ne change pas la personne que tu es.

Il prend mon visage en coupe.

– Rien ne pourra changer qui tu es à mes yeux. Je te connais, toi. Je sais ce que tu as, là.

Il pose sa main sur mon cœur, qui bat contre sa paume.

– Rien ne pourra jamais me dégoûter de toi. Tu es mon tout. Mon *ride or die*. L'amour de ma vie.

Je ne peux empêcher mes larmes de monter. Ces mots me touchent profondément. Je pensais qu'il allait me rejeter après ces révélations, mais, encore une fois, je me suis trompée. Alec m'aime avec mes qualités, mes défauts, mon passé et mon présent. Rien ne pourra jamais changer ça, j'en suis maintenant persuadée. Soulagée et bouleversée, je viens me blottir contre lui ; il me serre dans ses bras et nous restons ainsi un moment à écouter nos cœurs battre à l'unisson.

– Merci, lui dis-je simplement après un long silence avant de m'endormir paisiblement.[2]

32

Clara
Quelques jours plus tard

– Alors, ça y est, c'est officiel, tu me quittes pour un mec ? soupire Camilla, d'un air déconfit et sa cuillère plantée dans le pot de glace.

Je viens de lui annoncer mes projets de déménager à Chicago. Ça fait un moment que j'essaie de lui parler, mais, avec le *Babydoll gate*, nous n'avons pas eu une minute à nous. Alec est parti comme prévu, en me faisant promettre de le rejoindre le plus vite possible.

Après plusieurs jours à me planquer, je me suis résignée à aller au Babydoll avec une perruque et un imper, pour échapper à la vigilance des paparazzis. L'accueil a été plutôt froid ; certaines danseuses m'en veulent, car j'ai mis en péril leur gagne-pain. Inutile de leur expliquer que je n'y suis pour rien. Que je suis moi-même victime de calomnie ! Le fait que Boris a décidé de fermer l'établissement quelque temps, officiellement pour rénovation, mais officieusement pour se faire oublier, n'arrange rien à l'affaire.

J'appréhendais de le voir. J'étais sûre qu'il me blâmerait lui aussi. Mais, une fois encore, je me suis trompée. Notre entretien a été des plus amicaux, j'en ai profité pour le rembourser et pour le remercier de tout ce qu'il a fait pour moi. Il m'a serrée dans les bras un peu trop longtemps, puis m'a souhaité bonne chance dans ma nouvelle vie. Mama, la régisseuse, Edgar, le garde du corps, et quelques filles qui ne me détestent pas se sont joints à nos au revoir. C'est le cœur lourd que j'ai quitté le Babydoll et une partie de ma vie.

– Oh, Camilla, arrête de faire cette tête, je culpabilise déjà suffisamment. Et puis, c'est pas pour tout de suite, je ne partirai qu'après t'avoir trouvé une remplaçante.

– Personne ne sera une coloc aussi cool que toi, ma Preciosa.

– Oh !

Je la prends dans mes bras pour la réconforter un peu.

– Pourquoi les mecs viennent toujours tout gâcher ? demande-t-elle en boudant.

– Je ne sais pas.

J'embrasse le sommet de son crâne, dans l'espoir de l'apaiser.

– Je suis sûre que tu vas m'oublier, une fois que tu seras dans ta nouvelle vie à Chicago.

– Ça, c'est impossible, ma copine. Et puis tu viendras me rendre visite. C'est pas si loin, Chicago. On ira faire du shopping, et on mangera des *deep dish*, la spécialité locale.

– Tu as raison, maintenant que le Babydoll est fermé, je peux bien manger n'importe quoi.

Elle plante encore une fois sa cuillère dans le pot de glace caramel salé. Rien de tel qu'une bombe de sucre pour consoler les chagrins.

C'est notre rituel chaque fois que nous recevons de plein fouet les déceptions de la vie ; notre arme suprême pour faire front se résume à deux noms : Ben & Jerry's.

Alors avant de lui annoncer mon départ, je me suis assurée de la faire asseoir et de lui mettre son parfum préféré sous le nez.

– C'est une fermeture temporaire, Camilla, finis-je par lui répondre.

– Ouais, mais je crois que je n'y retournerai plus. Sans toi, ce ne sera pas pareil et j'aspire à faire autre chose. Je ne sais pas encore quoi, mais je trouverai. Il faut juste que ça paie aussi bien que le Babydoll. Ma famille à Cuba compte toujours sur mes mandats.

– Et pourquoi tu ne viendrais pas t'installer aussi à Chicago ? Alec dit qu'il y a plein de possibilités.

– Non, Preciosa. Miami, c'est chez moi. Je ne me verrais pas vivre ailleurs. Je suis Cubaine ; des températures en dessous de vingt degrés, je trouve ça inhumain. Et puis qui s'occuperait de Mme Hernandez si je partais ? Déjà que, toi, tu nous lâches.

– Arrête, je me sens déjà comme la pire des amies.

– Tu peux. Mais si tu veux te faire pardonner, tu n'as qu'à me préparer tes super lasagnes.

– Tout ce que tu veux.

– Et tu me laisseras aussi ton sac Fendi ?

– Eh, n'abuse pas, plaisanté-je.

– Je serais bête de ne pas essayer. Mais au fond, je suis heureuse pour toi, c'est la meilleure chose qui puisse t'arriver, de retrouver ton premier amour.

– Mon seul amour, murmuré-je presque malgré moi.

– Oh, c'est romantique, j'aimerais bien être à ta place. Moi, je ne tombe que sur des mecs pas finis, pour qui choisir le restaurant est déjà une trop grande responsabilité. Alors d'ici à ce qu'un de ces abrutis me propose un truc sérieux, j'ai le temps de crever.

Elle soupire et reprend de la glace.

– J'en ai marre des plans cul. Moi aussi, j'aimerais qu'on tombe amoureux de moi.

– Et Edgar ou Matt ? Ils ont l'air de beaucoup t'apprécier.

– Edgar est sympa, mais ce n'est pas mon genre physiquement ; quant à Matt, c'est carrément un *player*. Il a trop de *swag* avec les filles. Il est comme un chiot : dès qu'il voit une bombe passer, il remue de la queue.

– T'exagères.

– Non, tu te souviens quand on est partis faire du bateau tous ensemble, et qu'il y avait cette jolie guide de plongée ? Il n'a pas arrêté de la draguer.

Je me souviens très bien de cette journée. Anthony, Stefano, Camilla, Alec, Matt et moi avions loué un bateau pour nager avec les raies au large des Bahamas. Un de mes plus beaux souvenirs.

Miami va me manquer ! Mes amis vont me manquer. Je réalise soudain que je laisse toute ma vie derrière moi, et cela m'attriste un peu. Ici, je m'étais construit une famille, j'avais retrouvé un équilibre.

Je plonge à mon tour la cuillère dans le pot et avale une grosse bouchée de glace.

Mon désarroi n'échappe pas à ma copine.

– Qu'est-ce qu'il y a, Clara ?

– Je ne sais pas, je suis triste. J'ai très envie d'aller vivre avec Alec, je l'aime de tout mon cœur, mais j'ai pas envie de te quitter, ni toi, ni les garçons, ni même Miami. Nos journées à la plage vont me manquer.

– Ouais, ça craint ! Mais je sais ce qui peut nous remonter le moral, à toutes les deux !

– Quoi ?

– On va se faire des margaritas et on va se mater tous les films niais qu'on adore.

– *Bridget Jones* ?

– Ouais !

– *La Revanche d'une blonde* ?
– Double ouais !
– Et *Bridezillas* ?
– Ouiii ! hurle-t-elle avec enthousiasme.
Nous passons le reste de la soirée à manger les pires conneries et à rire devant nos films préférés, avant de nous endormir toutes les deux sur le canapé, comme deux sœurs que la distance ne pourra jamais éloigner.

***

Les semaines qui ont suivi n'ont pas été de tout repos. La nouvelle de mon départ s'est répandue comme une traînée de poudre et tous mes amis n'ont cessé de m'organiser des pots de départ. Entre les *beach partys* de mes potes et les barbecues cubains des membres de la résidence, je crois avoir plus de rhum que de sang dans le corps en ce moment.

C'est ça, Miami, le soleil n'est pas que dans le ciel, il est aussi dans le cœur des gens. Et toute occasion est propice à faire la fête. Mais aujourd'hui, c'est la veille de mon départ, et j'ai voulu célébrer ça en petit comité. La plupart de mes affaires sont réglées et mes valises sont prêtes. Je laisse une grande partie de ma garde-robe à Camilla, dont le sac Fendi qu'elle aime tant. De toute façon, vu les températures de Chicago, la plupart de mes fringues sont inadaptées.

Camilla a fini par trouver une nouvelle coloc qui correspond à sa montagne de critères. Sara, une fille fraîchement débarquée de Hollywood. Elle bosse sur le tournage de *Scarface*. Elle est jeune, dynamique et a l'avantage de bien s'entendre avec Camilla. C'est Matt qui les a mises en relation, sous la menace d'Alec, qui commençait sérieusement à s'impatienter. Il ne cesse de me dire à quel point je lui manque et qu'il me réserve un accueil d'anthologie. Par accueil d'anthologie, je comprends du sexe, du sexe et du sexe.

J'ai hâte de le retrouver. Nos conversations jusque tard dans la nuit ne me suffisent plus. J'ai besoin de lui, de retrouver sa peau, son sens de l'humour et sa mauvaise foi.

Je suis en train de choisir des carottes au marché cubain, tout en pensant à mes retrouvailles avec Alec.

– Elles ont l'air de vous inspirer, ces carottes, ma petite demoiselle.

– Hein ?

Je rougis de honte en m'apercevant que j'étais en train de les caresser.

Le vendeur se marre.

– Vous comptez les prendre ou juste les bichonner ?

– Je vais vous les prendre.

– Ça vous fera quatre dollars.

– Tenez !

– Merci.

Je place les légumes dans mon panier et termine mes courses, en achetant un bouquet de fleurs. Ce soir, je compte cuisiner mes fameuses lasagnes pour faire plaisir à Camilla, je n'oublie pas de prendre des *cannoli*, le dessert préféré d'Anthony avant de rentrer.

D'habitude, je marche le long de South Beach pour profiter de la vue. Mais depuis que j'ai fait la une de TMZ, j'évite les endroits bondés où je peux être de nouveau la cible des paparazzis. Je traverse donc le quartier cubain en passant par toutes les ruelles, les plus calmes, quand j'entends soudain des pas résonner derrière moi.

Je n'ose pas me retourner, de peur de voir un appareil photo pointé sur moi. J'accélère le pas, et sens que la personne accélère également et se rapproche. Agacée, je me fige et me retourne.

– Putain, mais vous ne pouvez pas laisser les gens…

Le reste de ma phrase reste coincé dans ma gorge. Ce n'est pas un paparazzi, mais mon pire cauchemar qui se trouve devant moi.

33

Alec

Le retour à Chicago a été brutal. Entre les entraînements qui me font cracher mes poumons, les conférences de presse pour calmer la NFL et tous les connards qui veulent voir ma tête sur un trophée, je n'ai pas touché terre.

Mais jusqu'à présent, le directeur de l'équipe me soutient, mes coéquipiers également, reste à convaincre le coach. Pour regagner sa confiance, ça va se jouer sur le terrain. Il est homme de peu de mots et préfère juger sur les actes. Je ne peux que respecter ça. Il faut donc que je développe mon meilleur jeu et permette aux Chicago Bears de finir champions de la saison, pour réussir à remonter dans son estime et pour que tout cet acharnement médiatique cesse autour de moi.

Mon agent m'a dit que le meilleur moyen de désintéresser la presse people est d'avoir la vie plus ennuyeuse qui soit. J'ai bien l'intention de suivre son conseil ; en attendant l'arrivée de Clara, je vis comme un moine.

Le coup de sifflet retentit alors que le long ballon que je viens de lancer, en évitant le tacle de la défense, a atterri dans les mains magiques de Jude. Ce mec est un prodige du foot. Je peux toujours compter sur son amitié indéfectible dans les bons comme dans les mauvais moments.

Et là, je vois qu'il met tout son talent en action pour me faire passer pour meilleur quarterback que je ne suis, allant chercher même les ballons les plus merdiques que je lance, faute d'entraînement.

On se connaît bien, tous les deux ; on joue ensemble depuis l'université, ce qui lui permet d'anticiper mes actions et moi ses accélérations.

– Super, les gars ! C'est comme ça qu'on joue au football, nous congratule coach Evans, dont les compliments sont si rares qu'il faut les célébrer lorsqu'ils sortent de sa bouche.

Il ne me regarde pas et s'adresse essentiellement à Jude, mais je sens que ma détermination commence à faire son effet. Il lui faudra juste un peu plus de temps pour se dérider.

– Zack ! À toi. Alec, tu peux aller au vestiaire.

Mon pote, qui est aussi l'autre quarterback de l'équipe, prend le relais tandis que je me dirige vers une douche bien méritée. Je m'entraîne depuis cinq heures déjà. Mais je ne me plains pas. J'ai merdé ces derniers temps par mes absences et mes frasques, et je dois racheter mes fautes. S'il faut pour cela que je m'arrache plus que les autres, eh bien, soit.

J'ai l'impression de pouvoir soulever des montagnes depuis que j'ai retrouvé ma Clara, et qu'elle a décidé de venir s'installer chez moi. Un miracle. Putain. On va être ensemble tous les jours. Ça va être difficile de quitter son lit tous les matins. Cette fille est une drogue dure. Plus j'en prends et plus j'en veux.

Je prends la douche la plus longue de l'histoire des douches, et passe à la salle des massages musculaires, où Jude et Zack sont déjà allongés, à discuter stratégie pour notre prochaine rencontre avec les Panthers. Ce sera le premier match de la saison, l'occasion de donner le ton. Les deux sont passionnés par ce qu'ils font. Et si Zack est le petit nouveau, il est aussi très talentueux, avec une intelligence stratégique redoutable. Il repère tout de suite la faille chez l'adversaire.

Je m'installe sur l'une des tables libres. Brice, l'un des kinés, s'affaire à la relaxation musculaire de mes jambes. Nous parlons de sa famille. De son fils dont il est tellement fier.

– Dîner chez moi, ce soir, les mecs, dix-neuf heures, annonce Zack. Ella vient de me texter. Elle veut essayer un nouveau plat pour son restaurant et elle réclame des avis sincères. Et je vous préviens, vu le stress dans lequel elle est, elle n'acceptera pas qu'on lui dise non.

– C'est une invitation ou une menace de mort ? me moqué-je.

Il se marre à son tour.

– Un peu des deux.

– Je préviens Rocky, mais je pense que ce sera bon.

– Pareil pour moi. Je ne refuse jamais un bon plat du cordon-bleu qu'est ta femme.

– Super !

– C'est pas demain qu'elle débarque, ta Clara ? me demande Jude.

– Ouais.

– Regarde-moi ce sourire.

En effet, je ne peux cacher mon excitation, et accepte de me faire chambrer par mes potes qui ne m'ont jamais vu comme ça pour une fille.

– J'ai hâte de rencontrer celle qui a réussi à dompter Alec Graham, ajoute Zack.

– Moi aussi, j'ai hâte que vous la rencontriez. Vous verrez, elle est merveilleuse.

– Elle doit l'être, pour te supporter, se moque Jude.

Je lui balance une serviette dans la gueule, ce qui le fait marrer.

***

Quelques heures plus tard, je me gare dans l'immense propriété de Zack et Ella. La plupart des membres de l'équipe vivent dans le même quartier résidentiel et cossu. Je suis l'un des seuls à être resté au centre de Chicago.

J'ouvre la porte, sans sonner. Je suis comme chez moi ici, j'y passe beaucoup de temps, à débriefer sur les matchs, à faire de la muscu et à déguster des plats d'anthologie.

Comme chaque fois, je suis accueilli par des effluves délicieux qui me mettent directement l'eau à la bouche.

Ella est au fourneau et mon estomac ne peut que s'en réjouir. Tout le monde est déjà là, Maria et Pierce, les meilleurs amis d'Ella, et bien sûr Rocky et Jude. Je salue tout le monde et dépose un baiser sur la joue de notre cuisinière en chef ainsi que sur la tempe de Rocky, qui est enceinte jusqu'aux yeux.

– Comment va la future maman ?

– Comme une Cocotte-Minute sur le point d'exploser. Apparemment, les jumeaux ont décidé de ne pas sortir. Ça fait déjà trois jours que j'aurais dû accoucher.

– Qu'est-ce que tu veux ! Ils sont comme leur père, ils préfèrent rester dedans.

Elle le frappe sur l'épaule, il attrape sa main et en embrasse la paume, pour l'apaiser.

Ces deux-là sont tellement amoureux qu'ils vous foutent le cafard. Ils se sont connus à l'université et personne n'aurait pu parier qu'ils en seraient là aujourd'hui. Elle était contre tout engagement, et la voir aujourd'hui mariée, comblée et sur le point d'accoucher est un véritable miracle. Je me mets à rêver à la même chose avec Clara. Voir son ventre s'arrondir et avoir une mini version de nous deux. Ça serait le pied.

– Franchement, j'ai tout essayé pour qu'il sorte, rebondir sur un ballon, leur parler…

– Les menacer, tu veux dire ! se moque gentiment Jude.

– J'aimerais bien t'y voir, toi. Neuf mois à porter deux garçons qui jouent déjà au football dans mon ventre, comme s'ils étaient à la NFL.

Il pose sa main sur le ventre de sa femme.

– Papa est fier de vous.

Elle l'observe d'un air mi-meurtrier mi-attendri. Il dépose un baiser sur ses lèvres.

– Ils sortiront quand ils seront prêts, bébé ! En attendant, moi, je vais te bichonner.

Il glisse quelque chose à son oreille qui lui fait lever un sourcil coquin.

– En même temps, je les comprends de vouloir rester au chaud vu le temps qu'il fait en ce moment dans cette ville, lance Zack avant de boire une gorgée de bière.

– Tu vas arrêter de faire ton Californien ? Ici, on a des saisons, c'est comme ça. Il faut s'y faire, *surf boy*, se moque gentiment Ella, toujours occupée à cuisiner.

Elle a fait appel au chef de son restaurant ainsi qu'à quelques serveurs pour ce soir.

J'aime le franc-parler d'Ella ; c'est une killeuse au grand cœur, en plus d'être un véritable cordon-bleu. Zack a beaucoup de chance et il le sait.

– Vous avez déjà choisi des prénoms ? demande Maria, qui jusque-là était occupée sur son ordinateur.

À ce que j'ai compris, Pierce et elle travaillent sur le nouveau site Web de Gloria's, la franchise d'Ella.

Pierce est un génie de l'informatique, tellement doué qu'il est courtisé par les plus grandes firmes de l'intelligence artificielle.

– Oui, mais on le garde pour nous pour le moment.

Rocky a un petit mouvement de douleur et tout le monde se fige.

– Tout va bien, bébé ? demande Jude, inquiet.

– Oui, c'est juste que les jumeaux ont faim et le font savoir.

– Ça tombe bien, c'est prêt ! annonce Ella avec enthousiasme. Allez, à table.

Nous nous installons tous, alors que le chef annonce le plat que nous allons déguster. Salade tropicale en entrée, *steak flamenda* en plat et cake en dessert.

– Bon appétit ! Et soyez honnêtes, j'ai besoin de savoir ce que je peux améliorer, nous demande Ella, soucieuse.

Nous nous lançons dans une dégustation silencieuse et solennelle.

– La banane plantain est vraiment délicieuse, et ces champignons, une merveille ! Comment tu fais pour être aussi douée, ma chérie ? la complimente Zack.

– C'est vrai, tu aimes ? J'étais pas sûre de pouvoir marier les deux.

– C'est un délice, la rassure-t-il et nous nous joignons tous à la pluie de compliments.

– Merci, dit-elle en rougissant, et bravo aussi, chef Fierez, qui partage également notre table.

Nous applaudissons. Il retire sa toque pour nous remercier.

– En tout cas, continue-t-elle, j'espère que vous serez tous là pour l'inauguration du nouveau Gloria's qui ouvrira sur Wentworth Avenue dans trois mois.

– On ne manquerait ça pour rien au monde, dis-je.

– Toi, je sais que je peux compter sur ton estomac.

Je m'apprête à lui répondre quand mon téléphone vibre. D'habitude, je ne réponds pas quand je suis en plein dîner, mais un coup d'œil sur l'écran m'annonce que c'est Clara. Et je ne loupe jamais un de ses appels. Je m'excuse et m'éloigne pour répondre.

– Clara, ça va ?

– C'est pas Clara, petit merdeux.

Cette voix, sortie du passé, me glace le sang. Il me faut quelques secondes pour comprendre ce qui se passe.

– Jeff ?

Il rit. Tellement fier de son effet de surprise.

– Toujours aussi perspicace, à ce que je vois.

– Qu'est-ce que tu fais avec le téléphone de Clara, et où est-elle ? crié-je, paniqué.

– Elle est ici avec moi.

Il fait un geste brusque qui provoque des grésillements dans le téléphone, puis j'entends la voix de Clara.

– Alec.

Elle pleure, sa voix tremble, elle a l'air complètement déboussolée. Je serre le téléphone de toutes mes forces.

– Clara ! Dis-moi où tu es. Je vais venir te chercher.

– Non, ne viens pas ici, c'est un piège.

Un bruit de coup, un cri de douleur, mon estomac se retourne quand j'entends de nouveau la voix de Jeff.

– Si tu touches à un seul de ses cheveux, je te tuerai, tu m'entends, menacé-je.

Il ricane de ce rire de hyène qui le caractérise tellement. Ce fils de pute, je vais lui faire la peau. J'aurais dû le tuer quand j'en avais l'occasion. Le monde se porterait tellement mieux. La haine afflue dans mes veines à la vitesse de la lumière. La haine, et le désespoir aussi.

– Si tu tiens à revoir ta précieuse Clara vivante, tu as intérêt à faire exactement ce que je te dis, petit merdeux.

– Qu'est-ce que tu veux ?

– Je veux réparation. Tu vois, ta petite amie et sa mère ont essayé de me tuer et m'ont laissé pour mort. Quand la police, alertée par des voisins, m'a retrouvé, je respirais à peine, et puis ils ont fouillé la maison et ont trouvé ma came, et ma thune. J'ai pris neuf ans, à cause de ces deux connasses. Et tu sais à quoi je pensais quand j'étais en taule ? À me venger. Tu as tout ce temps devant toi pour réfléchir quand tu es enfermé. Problème, je ne savais pas où elles étaient, mais, grâce à toi, petit merdeux, j'ai réussi à les localiser. J'n'en croyais pas mes yeux quand j'ai vu dans la presse que la petite sainte-nitouche de Clara était devenue strip-teaseuse à Miami. J'ai toujours su que c'était une pute qui cachait bien son jeu. Je devrais peut-être en profiter maintenant que je l'ai retrouvée.

– Si jamais tu la touches, je te ferai la peau.

– Tu as intérêt à te dépêcher alors, avant que la tentation soit trop grande.

– Qu'est-ce que tu veux ?

– Je veux que tu m'apportes un million de dollars contre la vie et le petit cul de ta Clara.

– Un million de dollars ? Je n'ai pas cette somme en liquide. Il me faudrait quelques jours pour mobiliser…

– Démerde-toi, c'est pas mon problème, ça. Tu as quarante-huit heures. Je te recontacterai pour te donner le lieu et le moment de l'échange. Et n'implique pas les flics ou qui que ce soit là-dedans, si tu veux revoir Clara vivante. Au moindre soupçon, je n'hésiterai pas à la buter. Tu as compris ?

– Compris. Attends ! Laisse-moi lui parler, s'il te plaît.

Un nouveau froissement et la voix de Clara chevrotante et tremblante dans mes oreilles me mettent K.-O.

– Alec, j'ai peur.

– Bébé, je vais venir te chercher. Ne t'en fais pas, ce cauchemar sera bientôt fini. Tiens bon.

– Quarante-huit heures ! Enfoiré ! Après quarante-huit heures, ma proposition expire.

La ligne se coupe, et j'ai l'impression que le monde s'effondre sous mes pieds.

34

Clara

Le bruit de l'eau qui s'égoutte lentement sur le carrelage froid résonne dans toute ma cellule. J'ai froid et je n'ai pas réussi à fermer l'œil de la nuit.

Allongée sur ce matelas à même le sol, j'essaie de me bercer, de calmer les tremblements qui secouent mon corps.

Je ne sais pas où je suis. Une usine désaffectée ou une ancienne chambre froide, ce qui pourrait expliquer l'odeur et les températures glaciales. Je ne sais pas si je suis toujours à Miami, ni combien de temps j'ai passé ici à me morfondre, à sursauter au moindre bruit.

– Le déjeuner est servi, princesse.

La voix de Jeff me fait tressaillir. Je m'assieds pour ne pas lui paraître vulnérable. Qui sait ce qu'il est capable de faire.

Il fait glisser un plateau sur le sol et me regarde me jeter sur le morceau de pain. Je n'ai rien avalé depuis vingt-quatre heures.

– J'ai soif, osé-je lui dire.

Il me balance une gourde d'eau qui vient s'échouer sur mon sternum, ajoutant la douleur à l'humiliation. J'en bois le contenu d'un seul trait et en réclame encore.

– Tu n'es pas dans un 5 étoiles, ici ! Tu devrais m'être reconnaissante de te nourrir. Après ce que tu m'as fait, je ferais mieux de te laisser crever de faim.

Je ne réponds pas, et continue de dévorer le contenu de mon assiette. Je ne sais pas où je trouve la force de m'alimenter, alors que je n'ai qu'une envie : disparaître, mourir. Ne plus faire partie de ce cauchemar.

– Où est ta salope de mère ? demande-t-il sans préavis.

Je continue de l'ignorer, ce qui le fait entrer dans une rage folle.

– Réponds-moi, avant que je te fasse un autre œil au beurre noir.

Je déglutis car je sais qu'il ne plaisante pas. Il n'a pas hésité à me passer à tabac quand nous sommes arrivés dans cet endroit désaffecté, et je suis sûre qu'il meurt d'envie de recommencer. Il est capable du pire et j'ai passé la nuit à trembler, à l'imaginer s'introduisant dans ma cellule pour me violer.

Par miracle, ça ne s'est pas produit, mais je ne devrais pas le pousser dans ses retranchements. Alors même si ça me coûte de lui parler, je ne dois pas le provoquer davantage.

– Elle est morte.

Il plisse les paupières, comme si ça lui faisait quelque chose.

– Tu mens, espèce de salope.

– Je te jure que c'est vrai. Elle était très malade, elle avait un cancer. Peut-être que si tu n'avais pas été si camé, tu t'en serais rendu compte.

Je me mords les lèvres.

– Alors c'est pour ça qu'elle gerbait tout le temps ?

J'acquiesce.

– Tant mieux, ça me fera une pute de moins à buter, crache-t-il sans aucune once d'humanité.

Ce mec est un monstre, et j'ai l'impression que la prison n'a fait que l'endurcir. J'essaie de ravaler mes larmes, qui menacent de refaire surface devant sa cruauté, mais je ne veux pas pleurer devant lui. Je ne lui ferai pas ce plaisir.

– Par contre, toi, je vois que tu t'en es bien sortie. Une pute de luxe qui se tape un footballeur de renom. Si j'avais su que ce petit merdeux irait aussi loin, j'aurais peut-être été plus sympa avec lui.

Il reste là à dire des atrocités pendant quelques minutes, avant de repartir je ne sais où pour faire je ne sais quoi.

Quand je n'entends plus de bruit, j'ose m'assoupir sur le matelas. La peur au ventre, je réussis quand même à dormir quelques heures.

***

Un coup de pied dans les chaussures me fait sursauter, et je suis brusquement soulevée sur mes jambes.

– Mains derrière le dos, grommelle Jeff.

J'obéis sans broncher.

Il noue mes mains, puis me bande les yeux. Je crains le pire.

– Allez, maintenant, avance ! dit-il en me tirant avec lui.

– Où est-ce que tu m'emmènes ?

Aucune réponse. Je suis terrifiée. Dans le noir, tous les sons et toutes les odeurs sont exacerbés. Les bruits de pas, la chaleur du soleil tout à coup sur ma peau. Une portière qui s'ouvre. Le contact du cuir sous mes jambes. Un moteur qui démarre et cette odeur insoutenable de cigarette qui me rappelle tellement de souvenirs sordides.

Seul l'espoir de revoir Alec me met du baume au cœur. Mais j'ai aussi peur de ce qui pourrait se passer.

Je ne veux pas que Jeff lui fasse du mal.

Après des heures de voiture, on finit par s'arrêter et j'entends Jeff dire :

– Il est là, ton petit merdeux.

35

Alec

Ça fait deux heures que j'attends dans ce terrain vague à une heure au sud de Miami. Je suis en train de perdre patience et d'imaginer le pire.

Ces dernières quarante-huit heures ont été un véritable enfer. Essayer de rassembler la somme sans éveiller le moindre soupçon de mes amis et imaginer que le pire est arrivé à Clara m'ont fait perdre le sommeil.

« C'est grâce à toi que j'ai réussi à la localiser ! »

Les mots de Jeff tournent en boucle dans ma tête. Tout ça, c'est ma faute. Si j'avais laissé Clara tranquille comme elle me l'avait demandé, rien de tout ça ne serait arrivé.

Un nuage de poussière s'élève au loin, je crois que c'est eux. Je me mets en état d'alerte. J'espère qu'il a respecté sa promesse et qu'il a amené Clara.

Un Range Rover noir aux vitres teintées se gare en face de moi. La portière avant s'ouvre et un Jeff dégarni, qui a pris vingt ans dans la gueule, en sort. Il semble plus musclé que dans mes souvenirs, mais il a gardé sa tronche de fouine, qui n'annonce rien de bon.

Il s'avance vers moi, flingue à la ceinture, comme un putain de cow-boy.

– Petit merdeux. Content de te revoir !

Mes mâchoires se crispent à mesure qu'il avance. Il jette sa clope et regarde autour de lui pour s'assurer qu'il n'y a personne avec moi.

– Tu permets que je te fouille ? Au cas où tu aurais un mouchard sur toi.

– J'ai rien sur moi.

– Je veux quand même vérifier.

Je n'ai d'autre choix que de le laisser me fouiller. Ses mains crasseuses, son odeur de clope, tout me donne envie de le massacrer. Mais je prends sur moi. Il est armé et, surtout, il détient ce que j'ai de plus précieux au monde, Clara.

– Où est-elle ?

– Doucement. Un vieil ami ne peut pas dire bonjour à un vieil ami avant de parler business ?

– Où est Clara ? répété-je, le regard empli d'envies de meurtre.

– T'as mon argent ?

J'acquiesce.

– T'as parlé aux flics ?

– Tu vois bien que je suis seul ici.

Je lève les bras pour lui prouver ma bonne foi.

– Je veux voir Clara !

– La thune, d'abord.

– Tu auras ton fric quand tu m'auras amené Clara.

Il soupire, réfléchit un instant puis finit par retourner à sa voiture. Il ouvre la porte arrière et sort ma Clara. Elle a des ecchymoses sur le visage et la lèvre fendue.

Mon cœur se met à battre à mille à l'heure. Il me faut tout le self-control du monde pour ne pas me ruer sur lui, pour la prendre dans mes bras, la libérer de ses griffes.

Elle a les yeux et les mains bandés. Il marche en la

traînant jusqu'à moi, puis s'arrête et lui colle un flingue sur la tempe. Elle a un mouvement de terreur. Je lutte pour garder mon sang-froid.

– Chose promise, chose due, dit Jeff.

– Clara. C'est moi ! Tu vas bien ? demandé-je pour la rassurer un peu.

Elle acquiesce rapidement tout en continuant à trembler entre ses mains.

– Où est mon argent ?

Je contourne ma voiture et sors l'une des valises de billets.

– Voici cinq cent mille dollars. Tu pourras avoir le reste quand tu m'auras donné Clara.

Il ricane.

– Mais tu crois que tu es en position de négocier en plus, petit merdeux ?

Je ne dis rien, et réfléchis à une solution s'il décidait de ne pas honorer sa part du contrat. J'ai un flingue dans ma boîte à gants et n'hésiterai pas à l'utiliser.

– Tiens, elle est pour toi, cette salope.

Il la pousse vers moi, et je la réceptionne avant qu'elle ne s'écroule car elle ne voit rien. Je la mets immédiatement à l'abri dans la voiture. Lui enlève son bandeau et libère ses mains. Elle prend mon visage en coupe. Son regard désespéré en dit long sur ce qu'elle a subi.

– Ça va ?

Je regarde son visage tuméfié, en essayant de ne pas trop l'alarmer. Mais il ne l'a pas loupée, l'enfoiré.

– Oui, il ne m'a rien fait de grave, dit-elle pour me rassurer.

– Il y a un flingue dans la boîte à gants. Tu t'en sers pour te défendre, si besoin.

– Tu crois que j'ai toute la journée ? hurle Jeff,

interrompant ce bref moment de retrouvailles. Donne-moi le reste.

Je prends la seconde valise, que je dépose à ses pieds. Comme pour la première, il l'apporte à sa voiture, en vérifie le contenu puis revient vers moi.

– On est quittes maintenant, dis-je.

– Ouais. Un plaisir de faire du business avec toi, petit merdeux.

Je me retourne pour aller à ma caisse. Je vois les yeux de Clara s'écarquiller puis j'entends son cri, qui est couvert par le bruit d'une déflagration.

Le sifflement d'une balle, puis une douleur intense me coupe la respiration. Je m'effondre.

– Non ! Alec ! Non.

Clara sort de la voiture en trombe pour me porter secours. Jeff se rapproche de moi. Il va tirer. Il va m'achever, c'est sûr. C'est la fin.

Je ferme les yeux et entends une autre déflagration. Un hurlement. Cette fois, c'est Clara qui a tiré. Elle vient de me sauver la vie.

Jeff est au sol, il grogne en se tenant la jambe. Il essaie de récupérer son arme, qui lui a échappé des mains, mais dans un réflexe qui force le respect, Clara l'éloigne d'un coup de pied. Elle surplombe maintenant son bourreau, ses mains tenant fermement l'arme en direction de son visage. Elle s'apprête à l'achever.

– Non ! Clara ! crié-je pour l'en dissuader.

Mais elle ne m'écoute pas. Elle a un air absent, absorbé.

– Tire ! Vas-y ! Tire, petite salope, la provoque Jeff.

Elle reste ainsi longuement. On dirait qu'elle est en transe, dans un état second et qu'elle contemple vraiment l'idée de le tuer.

Dans un effort surhumain, je réussis à me redresser

malgré ma blessure à l'épaule, qui me fait un mal de chien, et m'approche lentement d'elle par-derrière. Le moindre geste brusque risque de la faire vriller.

– Ne fais pas ça, Clara ! Il n'en vaut pas la peine. Si tu le tues, tu t'en voudras toute ta vie et c'est lui qui aura gagné. Il ne mérite pas de vivre, même pas dans ta tête. On va appeler les flics et il va aller en taule.

– Il finira par sortir et reviendra me hanter, dit-elle d'une voix éteinte, méconnaissable, tout en continuant à pointer son arme sur lui. Il ne me laissera jamais tranquille, ni moi ni les gens que j'aime.

Des années d'abus et de souffrances l'ont amenée ici et aujourd'hui, elle a le pouvoir d'y mettre un point final.

– C'est clair, petite salope. Tu ne te débarrasseras jamais de moi, jamais, ajoute cette fouine de Jeff, avec l'envie malsaine de l'entraîner dans son enfer.

Elle se prépare à lui asséner le coup de grâce. Il a un sourire démoniaque. Ce mec est fou, j'en ai maintenant la certitude.

Je ne sais pas comment la faire sortir de cette transe, alors je place ma main valide sur les siennes.

– Si tu décides de le tuer, nous allons le faire tous les deux. Je ne te laisserai pas porter ce lourd fardeau seule.

– Non, Alec, lâche-moi. Je ne veux pas que tu sois mêlé à tout ça. C'est mon combat.

– Tes combats sont mes combats, Clara. Et là, tu dois te battre contre l'envie de te venger. Si tu tires, le soulagement ne sera que de courte durée ; ensuite, la culpabilité viendra te ronger et te voler ton humanité. Tu n'es pas comme lui. Tu ne le seras jamais. Ne le laisse pas t'entraîner dans sa noirceur. Tu vaux mieux que ça.

Ses mains se mettent à trembler nerveusement, puis elle revient à la raison et baisse le putain de flingue.

J'accompagne son geste et lui retire avant de le vider de toutes ses balles. Je récupère également l'arme de Jeff, que Clara avait réussi à éloigner. Je force ce connard à se lever malgré ses protestations et l'enferme dans le coffre de sa voiture, là où je suis sûr qu'il ne pourra pas s'enfuir ou nous attaquer. Il me faut tout le self-control du monde pour ne pas lui mettre un coup de poing dans la gueule qui le ferait taire.

Clara continue de trembler de tous ses membres, alors je la prends dans mes bras et l'amène à ma caisse.

J'appelle ensuite les flics et les secours, arrache une partie de mon tee-shirt pour m'en faire un bandage et arrêter les saignements. Pendant tout ce temps, ma petite amie reste immobile, et silencieuse. Je crois qu'elle est en état de choc. Je la prends dans mes bras. J'ai besoin de la sentir contre moi. Elle demeure raide comme un bout de bois, mais pose quand même sa tête sur mon torse. On reste ainsi tous les deux un long moment, puis sa voix vient briser le silence.

– J'aurais pu le tuer, tu sais ! Je n'étais vraiment pas loin d'appuyer sur la détente.

– Je sais, mais tu ne l'as pas fait. Et c'est ce qui compte.

Je dépose un baiser sur son crâne, et elle retombe dans un mutisme qui dure encore de longues minutes.

– Est-ce que tu crois que je suis comme lui ? Que je suis un monstre comme lui ?

Je l'oblige à me faire face cette fois pour mieux la convaincre.

– Non, Clara ! Tu n'as rien à voir avec lui. Tu m'entends. Ne laisse pas son poison infiltrer ta tête.

Elle ferme les yeux et, quand elle les ouvre de nouveau, ils sont pleins de larmes.

– Oh, mon Dieu, Alec. J'ai eu tellement peur. L'espace

d'un instant, j'ai cru qu'il t'avait tué. J'ai cru que tu étais…

Elle ne finit pas sa phrase et éclate en sanglots.

– Je suis là, bébé. Je suis bien vivant, dis-je en dégageant ses cheveux de son visage que j'aime tant.

Je pose mon front contre elle.

– C'est fini, maintenant. C'est fini. Il ne pourra plus jamais te nuire.

Nos larmes et nos baisers se mêlent, alors qu'un tourbillon de poussière et de lumières bleu et rouge apparaît au loin.

***

Et c'est dans ce chaos que nous avons vu Jeff se faire embarquer, menottes aux poignets. Nous avons dû nous rendre à l'hôpital pour soigner nos blessures et répondre aux questions des inspecteurs. Au vu de nos déclarations et de ses antécédents, Jeff n'a aucune chance de s'en sortir. Il va crever en prison comme il le mérite, et nous en sommes tous les deux soulagés. Je me suis fait sermonner par la police et mes amis pour avoir agi seul. Je me rends compte que j'ai pris de gros risques, mais je ne regrette rien. Je suis prêt à tout pour Clara, même à traverser l'enfer. Enfant, je m'étais fait la promesse solennelle de toujours la protéger et c'est bien ce que j'ai l'intention de faire pour le reste de ma vie.

ÉPILOGUE

Clara
Un an plus tard

« Alec loves Clara. »

– Je n'arrive pas à croire que l'inscription y est toujours, dis-je en caressant l'écorce du saule pleureur de notre enfance.

Celui sous lequel on adorait se retrouver, face à l'étang de Bayou Creek. Ses longues branches qui descendent jusqu'au sol nous offraient la parfaite protection contre le monde.

– Tu te souviens de tout ce qu'on a fait ici ? Si cet arbre pouvait parler, il en aurait des choses à raconter, souffle langoureusement Alec à mon oreille, me faisant frissonner.

Je rougis et me retourne vers lui.

– Nous n'étions vraiment pas discrets. Je suis surprise qu'on ne se soit jamais fait prendre.

– Moi aussi.

Nous sommes à Baton Rouge pour voir Belinda. Cela fait un an que j'ai repris contact avec elle et que je lui promets notre visite. Elle n'en revenait pas quand elle a entendu ma voix au téléphone.

– Clara ! C'est bien toi ? Oh, ma fille, tu es vivante ! Dieu soit loué.

Après avoir toutes les deux pleuré, nous avons décidé de nous revoir au plus vite.

Mais ma nouvelle vie à Chicago était un véritable tourbillon. Entre mes cours à la fac de sciences, Alec, sa convalescence, puis ses matchs et les différents événements auxquels nous devions assister, nous n'avions que très peu de week-ends de libres. Et ce qui devait se faire au plus vite a pris quelques mois. Mois qui n'ont pas été des plus faciles pour moi.

Si j'étais heureuse d'être avec Alec, de vivre avec lui, de le voir tous les jours, de lui faire l'amour chaque fois que l'occasion se présentait, j'ai eu un mal fou à m'intégrer à son monde, à son groupe d'amis. J'avais honte de ce que j'étais, une *white trash*, une ancienne strip-teaseuse.

Je savais qu'ils avaient vu mes photos de nu dans la presse people et qu'ils étaient au courant pour Jeff. Ce qui ne m'aidait pas du tout à me détendre. J'étais persuadée qu'ils voulaient mieux pour leur ami.

J'étais particulièrement intimidée par leurs femmes. Ella possède plusieurs restaurants de renom à Chicago. Quant à Rocky, c'est une grande architecte, en plus de s'occuper de ses jumeaux à la perfection. De quoi vous foutre des complexes.

Alec avait beau me dire qu'ils m'adoraient, qu'ils ne me jugeaient pas, qu'ils étaient heureux pour lui, je n'arrivais pas à y croire. Du coup, je gardais un peu mes distances.

Et puis Rocky a organisé une soirée entre filles. Elle avait besoin d'un break car ses jumeaux ne lui laissent aucun moment de répit. J'ai d'abord refusé, prétextant tout et n'importe quoi, mais Ella et Rocky sont des nanas à la forte personnalité, auxquelles il est difficile de dire non.

Et voilà comment nous nous sommes retrouvées toutes les trois dans un pub en ville à essayer de se connaître pour briser la glace. J'ai découvert qu'Ella était issue des quartiers pauvres de Chicago et qu'au lycée, elle ne se sentait pas à la hauteur de Zack. Tandis que le parcours de Rocky et le mien sont vraiment similaires : sa mère était une addict, elle a vécu avec différents beaux-pères qui ne l'ont pas toujours bien traitée, et seul Jude a réussi à lui faire croire à l'amour à force de persévérance.

Apprendre cela m'a véritablement rassurée. Nous n'étions pas si différentes, finalement. La tequila aidant, nous avons fini par échanger des anecdotes hilarantes sur nos hommes respectifs. Rien ne rapproche autant que de se moquer de l'élu de son cœur ! Nous avons fini la soirée à chanter et à danser comme des folles. Chacune d'entre nous avait besoin de lâcher prise, de crier son bonheur d'être en vie, d'être heureuse, d'être une survivante.

Depuis ce jour, nous sommes inséparables. Nous adorons sortir, faire du sport ensemble ou juste s'inviter l'une chez l'autre. On partage les bons et les mauvais moments. Les défaites et les victoires de nos hommes. Les ragots de la presse people, les difficultés d'être mère, ou de ne pas réussir à le devenir. Elles ont toutes les deux été là quand j'ai fait une fausse couche. Trouvant les mots que la douleur avait retirés à Alec.

– J'étais revenue ici après ta disparition, dit Alec, me sortant de mes pensées.

– Ah ouais ?

– Oui, le temps avait commencé à faire disparaître l'inscription et je ne pouvais pas le supporter. Alors je l'ai gravée de nouveau.

– Tu as fait ça ?

– Oui, je me suis dit que peut-être un jour tu

repasserais par là et que tu penserais à moi. Au fond je savais que tu étais vivante et que tu étais quelque part. Je l'aurais su si ton cœur avait cessé de battre.

Je souris en essayant de cacher l'émotion qui s'empare de moi. Je n'arrive toujours pas à croire que la vie nous a donné une seconde chance. Chaque matin, je le regarde dormir et remercie le ciel.

Je me retourne de nouveau face à l'écorce et, tandis qu'il m'enlace par-derrière, je lui dis :

– C'est bizarre qu'aucun autre amoureux n'ait pensé à graver son amour ici également.

– Je crois que si. Viens voir de l'autre côté.

Nous contournons l'arbre, et là mon cœur loupe un battement.

– Mais qu'est-ce que…

Le reste semble coincé au fond de ma gorge alors que mes yeux embrumés de larmes lisent les mots qui se trouvent devant moi.

« Clara Kinney ! Veux-tu m'épouser ? »

Je me retourne vers Alec, qui a mis un genou à terre et, les yeux remplis d'émotions, me dit des mots que je n'entends pas. Tout ce que je perçois, ce sont les battements de mon cœur. Je remarque à peine la jolie bague en diamant dans son écrin.

Il se redresse, cesse de parler et me regarde, les sourcils froncés, alors que je reste muette comme une carpe.

– Je crois que c'est le moment où tu dois dire oui, Clara.

Je sors de ma torpeur, efface mes larmes et lui saute au cou.

– Oui ! Oui, évidemment que je veux t'épouser. Je t'aime, Alec ! De tout mon cœur !

Il me passe la bague au doigt, alors que je trépigne

d'excitation comme une petite fille. Je me jette ensuite dans ses bras et l'embrasse passionnément. Si passionnément que le saule pleureur aura encore d'autres secrets à garder jalousement.

***

Quelques heures plus tard et après avoir brûlé notre amour en pleine nature comme quand nous étions ados, nous nous garons devant chez Pete's pour retrouver Belinda, qui nous attend. Nous sommes censés dîner ensemble. Hier était le soir de nos retrouvailles et nous avons passé des heures à nous serrer dans les bras, à tout nous raconter. Elle est devenue grand-mère et envisage de vendre le café Pete's pour s'installer en Floride afin de se rapprocher de sa fille et de ses petits-enfants. Quant à moi, je lui ai fait part de mon désir de devenir astrophysicienne. La route est encore longue, mais ces études me passionnent.

Égale à elle-même, Belinda n'a cessé de chambrer Alec. C'était tellement bon de la retrouver. Et maintenant, je peux lui annoncer la bonne nouvelle. Alec et moi allons nous marier. Répéter ces mots dans ma tête me paraît irréel et je lâche un petit cri de bonheur alors qu'Alec gare la voiture.

– Tout va bien ?

– Oui, je suis juste tellement heureuse.

– Moi aussi, je le suis.

On se regarde un instant avec l'envie de se sauter dessus de nouveau.

– On aurait dû repasser à l'hôtel, me dit-il en me saisissant par le cou pour me voler un baiser.

– Tout à l'heure. Ce soir, on est là pour Belinda.

– Tu as raison. Allons-y.

– Surpriiiiise !

Je sursaute en ouvrant la porte et suis accueillie par des cris de joie et de bonheur. Tous nos amis sont là.

Rocky, Jude et leurs garçons, Ella, Zack, Pierce, Maria, Matt, Camilla, Anthony et Stefano, et bien sûr Belinda et Pete ; même le père d'Alec et sa nouvelle compagne ont fait le déplacement. Il ne boit plus depuis qu'il a retrouvé l'amour et le bonheur au Mexique.

– Qu'est-ce que vous faites tous là ?

– Nous sommes venus célébrer vos fiançailles.

Mes yeux balaient la pièce, et je remarque la déco, les ballons et une banderole de félicitations. Je me retourne vers Alec, qui a un sourire jusqu'aux oreilles.

– C'est toi qui as organisé tout ça derrière mon dos ?

– Oui, ça n'a pas été chose facile, car tu es une véritable fouine. Mais j'ai eu quelques alliés.

Je secoue la tête et l'embrasse de nouveau, ignorant les sifflements de nos amis.

Camilla est la première à me sauter dessus.

– La bague ! On veut voir la bague.

Elle est suivie de près par Ella et Rocky. Elles semblent déjà avoir fait connaissance et s'apprécier. Ça ne m'étonne pas, Camilla est tellement fun qu'on ne peut que l'adorer.

Je leur tends la main avec le grand sourire dont je n'arrive plus à me défaire depuis qu'Alec a fait sa demande.

– Elle est magnifique.

– Oui. Il l'a vraiment bien choisie.

Je regarde le diamant en forme de l'infini scintiller. Le parfait symbole de notre amour.

– Tu l'aurais vu en train d'organiser tout ça. Il a pensé

aux moindres détails, m'explique Rocky. Il était prêt à tout pour te faire plaisir. Il est terriblement fou de toi.

– Je sais. J'ai beaucoup de chance.

Je regarde Alec au bout de la pièce, qui est en train de recevoir les félicitations de ses coéquipiers. Nos regards s'accrochent et il me décoche un clin d'œil qui fait virevolter un tas de papillons dans mon ventre. Je l'aime tellement, j'ai hâte de passer le reste de mon existence avec lui.

Nous passons la soirée à danser, à rire et à trinquer à toutes les bonnes choses que la vie a finalement décidé de nous rendre.

Pour moi, Baton Rouge n'est plus synonyme de drame, de souffrance et de tristesse. Non. Cette ville est devenue le lieu de mon plus beau souvenir et de notre nouveau départ.

REMERCIEMENTS

Merci à ma formidable éditrice, Émilie, qui sait toujours trouver les mots pour me pousser à terminer mes histoires.

Merci également à Clémence pour son enthousiasme, sa gentillesse, son sens de la communication et surtout son sens de l'humour.

addictives

Vic Anders
Lost in Chaos

Ana K. Anderson
Indompté
Scottish Bastard

Sophie Auger
Be with Me

Louve Baxter
Challenge the Boss

Rose Becker
Dangerous
Désirs & Désastres (en poche)
Torride, sexy & dangereux

Aimée Bianca
B.O.S.S. Beau, Odieux, Sexy, Snob (aussi en poche)

Sonia Birdy
Babydoll
California High School
L'Initiation (aussi en poche)
Touchdown. Campus Star

Laura Black
Dark Initiation
Games of Desire
H.A.R.D. Hot, Arrogant, Rebelle, Déterminé (aussi en poche)
Italian Boss
Sulfurous Bad Boy

Margot D. Bortoli
Too Young (aussi en poche)

Marjorie Burbaud
The Campus Teacher (en poche)
Foutu Highlander… (en poche)

Jocabel Caballero
The Experience List

Phoebe Campbell
Lui résister… ou pas

Mia Carre
Bad for You
Charmant connard!
Teach Me Everything

Sarina Cassint
Avec toi… peut-être
Insolent Boss

Mélodie Chavin
Campus Rules
Coloc avec mon ennemi
Fake Lovers (coécrit avec Camilla Simon)
Fucking Wedding
Stepbro' Next Door

Alexia Clemens
Red Python. Save Me

Romy Cole
Never Kiss a Soldier

Mary Ann Davis
Coach Me Love

Olivia Dean
À lui, corps et âme – volumes 1 et 2 (en poche)

Gwen Delmas
Noël, toi & moi
Sex Friends. Pas de contraintes, que du plaisir!

Sarah Dheilm
Elite Fighter
Hot Reward
Je te déteste... Moi non plus !

Eugénie Dielens
Imprévisible Boss (aussi en poche)
The Boss Next Door

Cléa Dorian & Ninon Vars
Dark Love

Claire Dust
Mon coloc est une rock star

Juliette Duval
Falling for my Stepbrother

Sonia Eska
My Last Chance (en poche)
Ne me tente pas

Lil Evans
Boss Affair

Lou Everly
Bad Boy Crush (en poche)
Violet & Blake 1 : La théorie des contrastes
Violet & Blake 2 : La théorie du papillon

Anne Ferra
One More Time

Lou Garance
Can You Keep a Secret ? (aussi en poche)
Foutu coloc !
L'Infiltrée

Alexandra Gonzalez
Shades of You

Erin Graham
Back to Campus (en poche)
Coloc avec mon boss
L'Héritier des Doyle
Nos amours contraires (en poche)
Secret Stepbrother
Strong Addiction
Teach Me Love (aussi en poche)
The Boss
The Initiation
Un boss dans mon chalet

Emma Green
(Im)parfait (aussi en poche sous le titre *Fais-moi une place*)
10 bonnes raisons de te détester !
Âmes indociles (aussi en poche)
Bien plus forte que toi !
Bliss. Le faux journal d'une vraie romantique
Call Me Baby (aussi en poche sous le titre *Oh My Lord !*)
Call Me Bitch
Cent facettes de Mr Diamonds
Cœurs insoumis (aussi en poche)
Corps impatients (aussi en poche)
Fallait pas me chercher ! (aussi en grand format sous le titre *(Im)parfait*)
If You Wanna Be My Lover…
It's Raining Love !
Jeux imprudents
Jeux insolents
Jeux interdits
Just 17
Kiss Me if You Can
La Vie en vrai
Le Goût de nos rêves
Love & Lies on Campus
Love Me if You Can
PS : Oublie-moi !
Recherche coloc : emmerdeurs, râleurs, lovers... s'abstenir !
The Boy Next Room
The Boy on Fire
Toi + Moi : Envers et contre tout (aussi en poche sous le titre *Envers et contre tout*)
Toi + Moi : L'un contre l'autre (aussi en poche sous le titre *L'un contre l'autre*)
Toi + Moi : Seuls contre tous (aussi en poche sous le titre *Seuls contre tous*)
Une toute dernière fois

Kim Grey
Fausse fiancée & vrais ennuis (en poche)

Megan Harold
Breaking the Rules
Initiation with My Boss

Joh Harper
Broken but Alive
Crazy Love

Ludivine Hart
Arrogant & Tattooed

Marie Hayle
Lover Next Door
Under Control

Missy Heart
Dark Domination

Amy Hopper
Le Coloc

Ellie Jade
About Last Night
More Than Anything

Emma S. James
Under the Rain
Upside Down

Sara June
Rider in the Dark
Sexy Wild Rider

Emily Jurius
Love to Hate You

Antinea Kane
In Love with My Enemy

Emily Kind
Fleurs de foudre

Allie Krown
High School Challenge

Marion Laurent
I Want You in My Bed!
Mr Alpha
My Fake Boyfriend

Charlie Lazlo
Kiss Me I'm Famous (en poche)
Mon insupportable boss
The Duke (en poche)

Sienna Lloyd
Mords-moi !

Nina Loren
Breaking the Ice
Teach Me Again. Impossible Desire

Ella Lores
Fucking King
Mariée par accident à un connard arrogant rencontré la veille…
My Best Enemy

Aimée Lou
Royal Bodyguard (en poche)

Jessica Lumbroso
Emma X. Secrète et insoumise

Émilie Maes
7 Days to Resist

Lili Malone
Coloc avec un inconnu

Luna March
Brooklyn Girl

Mila Marelli
Crazy Wedding
Dark Man in Love

Mag Maury
My Hipster Christmas

Sianna Milano
High School Initiation

Caroline Mongas
Mariage forcé. Un contrat indécent

Billie Morgan
Free Fighter

Zoé Murat
Boss Me Around (aussi en poche sous le titre *The New York Office*)

Clara Nové
Offside

Aurore Nox
Foutu menteur !

Lina Parker
Campus at Sea

Alix Parks
Never Kiss the Boss

Jeanne Pears
Colocs & Sex Friends
H.O.T. Hypnotique, Obstiné, Ténébreux
Insupportable coloc
Jamais avec mon coloc ! (en poche)
The Most Insolent Man

Alexia Perkins
Arrogant Fake Lover

Sophie S. Pierucci
Deep & Dark (en poche)
L'Inconnu de l'ascenseur & Moi (aussi en poche)
My Stepbrother. L'initiation (aussi en poche sous le titre *My First Step)*

Silvia Reed
Darkest. La dernière heure

Anita Rigins
J'aime pas Noël ni les voleurs de taxis !
My Rules
No Rules (aussi en poche)
Toxic Hell

Lise Robin
Forbidden Stepbrother (en poche)

Jana Rouze
Effet de vague – saisons 1, 2 et 3

Isla A. Rowley
Le Coloc de mon frère (aussi en poche)
The Ultimatum
Toxic Games

Gaëlle Sage
Arrogant Rider
Kiss, Kill & Ride
Lost Rider

Caroline Sauvage
I Hate my Boss !

Ana Scott
À corps brisés (aussi en poche)
Dark Ride
Entre nous le chaos
Evil Ride
Last Ride
Le Meilleur Ami de mon frère
Say Yes to the Boss
Sensual Stepbrother
The Dominant
Un enfoiré mais un coup d'enfer !
Vicious Ride

Camilla Simon
Avant la tempête
Fake Lovers (coécrit avec Mélodie Chavin)
Initiation with My Enemy (aussi en poche)
Le mec parfait est un inconnu… ou presque !
Le rockeur parfait est insolent et tatoué

Tyra Skady
Scars of Hell

Adora Sky
Decadent Lover

Léana Soal
Fight & Hope

Cara Solak
Perfect Obsession

Izia Soley
Fauve
Initiation. On Your Skin

Liv Stone
Initie-moi. Mes jours contre tes nuits
Love Lessons (en poche)

Lena K. Summers
Donovan, roi des connards
Perfect Bad Boy

Kaly Swann
Austin. Breathe with Me

Lisa Swann
Adore-moi !

Oly TL
Jardin secret

Alexane Tolley
The Boss Rules (en poche)

Fanny Twice
Burning First Love

Louise Valmont
Campus Initiation
Mon insupportable voisin !

Anna Wendell
Arrogant Bad Boy
Break Your Chains
Colosse. Le maître du jeu

Chloe Wilkox
Dominant Boss. Apprends-moi
Immoral (aussi en poche sous le titre *Demi-Frère*)
Your Game, My Rules (en poche)

Mina Zadig
Arrogant Highlander
Be my Teacher
Just Sex & Tattoos

Autrice : Sonia Birdy

Edisource – Éditions Addictives
100, rue Petit, 75019 Paris
Imprimé par FINIDR – Lipova cp. 1965 – 73 701 Cesky Tesin,
République tchèque
Dépôt légal : septembre 2023 – Achevé d'imprimer : juillet 2023
ISBN : 978-2-37126-588-2
Réf. contrat : ZDOL_001